大家文丛

江力 李克 主编

探索人的生命世界

乐黛云 著

江力 选编

人民东方出版传媒
People's Oriental Publishing & Media
东方出版社
The Oriental Press

目 录

> **人生感悟**

> **散文纪事**

> ## 夫子自道

> ## 文化评说

┃ 人生感悟❯

山水六题

会当凌绝顶，一览众山小

●

生在群山环绕的山城，我从小就喜欢静静地面对群山，就像幼时已会背诵的李白的诗："众鸟高飞尽，孤云独去闲。相看两不厌，唯有敬亭山。"缭绕着云雾的螺蛳山就是我的"敬亭山"。我常常凝视着这一片苍蓝，心里想，这山后面是什么呢？母亲说，山后面还是山。那么，山后面的后面呢？后来，年龄稍长，我才领悟到，其实中国人心目中的山是没有尽头的。它象征着人的眼界和思想境界的不断提升。《孟子·尽心篇》曾记载："孔子登东山而小鲁，登泰山而小天下。"孔子是鲁国人，他曾经登上鲁国的东山，从山顶俯视人寰，这才发现鲁国原来也并不是那么大。后来，孔子登上了更高的泰山，就更感到自己所能看到和所能知道的天下，原来竟如此渺小！山外有山，天外有天！人们应不断突破自己的局限，扩大自己的视野。孔子死后一千多年，中国最著名的诗人之一杜甫（712—770）步孔子的后尘来到了泰山。当时他还很年轻，他在泰山写下了不朽的名篇《望岳》，这首诗最后的两句是："会当凌绝顶，一览众山小。"如果你来到凌空的绝顶，就会感到足下的

3

大山、小山原来都很渺小。又过了近千年，明代诗人杨继盛（1516—1555）追随杜甫的诗境，又来到了泰山。他写道："志欲小天下，特来登泰山。仰观绝顶上，犹有白云还。"他原想沿着孔子和杜甫的行踪，登上泰山的绝顶，一览显得渺小的群山。但他发现这样的登临是没有止境的，即便来到了"绝顶"，山顶之上，也还有来往的白云。大自然是无法穷尽的，"登高望远"成了中国诗歌中一个很重要的母题，永远鼓舞人们站得更高，看得更远。在众多的这类诗歌中，最著名的一首是王之涣（688—742）的《登鹳雀楼》。鹳雀楼在山西省永济市的黄河岸边，它面对巍峨的中条山，下临波涛汹涌的黄河。当诗人在一千多年前登临这座楼时，落日西下，黄河东流的宏伟气象尽收眼底，正是"白日依山尽，黄河入海流"，但诗人并不以此为满足，他渴望着更高的立足点，更开阔的视野。随之吟唱出被广泛引用的千古名句："欲穷千里目，更上一层楼。"这种以登高望远为主题的诗，在中国可以说不计其数。

那么，这种登高望远是不是真的没有尽头呢？人能够登到多高呢？庄子回答了这个问题。庄子认为人不能不受各方面的局限，首先是时间的局限，也就是生命世界的局限。例如朝生夕死的小虫，它们的生命只有一天，它们绝不可能既看到月缺，又看到月圆；春生夏死或秋生冬死的蝉类也不可能既看到秋天，又看到春天。庄子说楚国南部有一只灵龟，它以五百年为一春，五百年为一秋；上古时代有一棵大椿树，以八千年为一春，八千年为一秋。只能活百年的人类当然不能和它们同日而语。因此，燕雀之类的小鸟只能翱翔于蓬蒿之间，它们生命的时间决定了它们生命的空间只能非常狭小。而鲲鹏就比它们自由得多了，这种鹏鸟，脊背像泰山一样宽广，翅膀像天边的云，一飞就是九万里！更自由的是一位名叫列子的人，他连翅膀也不需要，只要乘着风，就可以随意到任何地方去。但在庄子看来，这也还不够自由，列子毕竟还要依靠风和空气，只有他理想中的"至人"，乘天地之正气，把握着"六气"（阴、阳、风、雨、晦、暝）的变化，遨游于无穷之境，那才是得到了真正的自由。庄子理想中的藐姑射之山就住着很多这样的神人，他们"肌肤若冰雪，绰约若处子；不食五谷，吸风饮露；乘云气，御飞龙，而游乎四海之外"。藐姑射之山是挣脱了时间与空间局限的神人的住所。庄子通过这样一层层比喻和剖析，就是要让人们明白，人在肉体上不能不受百年时间和一定空间的束缚，但只要能打开思想之门，超越利害、得失、成败、生死等各种界限，就能像藐姑射山上的神人，获得精神上的真正自由。

然而，能够打开思想之门，超越界限的人终究少之又少，几乎没有；因此，人们在登高望远之时，总是感到生命的有限和宇宙之无穷，而沉入一种宿命的悲哀。清代著名诗人沈德潜（1673—1769）说："余于登高时，每有今古茫茫之感。"南朝诗人何逊（？—518）的诗有"青山不可上，一上一惆怅"的诗句。唐朝诗人李白（701—762）也说："试登高而望远，咸痛骨而伤情。"可见，在中国传统文化中，山，总是和空间的辽阔、时间的永恒相联系的。

美丽的巫山神女

⊙

十八岁那年，我终于决定去四川重庆投考群山之外的大学。那时，贵阳还没有通向外省的铁路，我没有钱买正式的车票，只能搭乘一辆运货的大卡车。车厢里装满了货物，只有我一个人颠簸在货物箱的缝隙之中，周围是险峻的群山，我只觉得那些大箱子和夹道耸立的黑黝黝的山峰，势不可当地向我扑来。这些山完全不像故乡的山那样亲善温和，它们露出狰狞可怖的面容第一次使我感到了山的威压！

后来，我终于有机会离开这养育了我十八年的高原山区。从重庆坐江船，沿长江奔流而下，那经验是难忘的。从江上深峡中，远眺苍翠秀丽、云遮雾罩的巫山十二峰，真是令人浮想联翩！巫山多雾，朝云暮雨，变幻莫测，自古就有许多美丽神秘的传说。中国古老的地理书《水经注》曾记载巫山之下是巫峡。长江从巫山流过，首尾一百六十里，"两岸连山，略无缺处；重岩叠嶂，隐天蔽日"，除了正午，看不见太阳。两岸常有"高猿长啸"，声音凄厉，因此有渔歌说："巴东三峡巫峡长，猿鸣三声泪沾裳。"《水经注》还提到，据传说巫山上有天帝的女儿居住，她的名字叫瑶姬。她未婚早夭，魂灵变成瑶草。这种草的叶子重重叠叠，开着黄色小花。相传女子吃了瑶草的果实就获得一种魅力，使天下的男子都爱她。公元前三世纪的著名辞赋家宋玉曾写过《高唐赋》和《神女赋》，讲巫山神女的故事。宋玉曾和楚襄王一起来到一个叫做"云梦之台"的地方，看到瞬间变化无穷的云雾。楚襄王问这是什么，宋玉说这是"朝云"。楚襄王问"朝云"又是什么呢？宋玉就给楚襄王说了神女的故事。他说，过去楚襄王的父亲楚怀王曾游巫山的高唐，梦见一个美丽的少女来看望他，并说自己是"巫山之女，高唐之客"，听说楚王来了，愿意和他相爱永好。经过美好的一夜，少女告别楚王，依依不舍地告诉他，自己住在"巫山之阳，高丘之阻，且为朝云，暮为行雨，朝朝暮暮，阳台之下"。从梦境回到现实的楚王，看到的只是一片飘然消逝的云。他就命人在巫山上修了一座庙，纪念神女，并将这座庙命名为"朝云"。楚襄王听了这个故事，对神女无限思慕。这一夜，神女果然来到了他的面前；梦醒后，神女又像云彩一样飘逝。楚襄王十分惆怅，但再也无缘与神女一见。后来，朝云暮雨、巫山神女、高唐阳台就都成了男女间发生性关系的美丽的隐喻。

关于巫山神女，还有另一个故事谈到她与治水英雄大禹的恋情。这个传说记载大禹治水时，来到长江上游。当时巫山阻断长江水路，长江泛滥成灾，民不聊生。住在巫山之阳的瑶姬知道大禹会来，就打发侍女给他送去一本能召唤鬼神的书，并派了几位大神帮助大禹打通了巫山，使长江的水顺利流过。瑶姬做这件事，违背了天帝的意志，当大禹功成去探望瑶姬时，她和她的侍女们已被天帝变成十二座山峰，这就是我在巫峡船上仰望的巫山十二峰，其中最美丽、最奇峭的一座，就是瑶姬的化身。

与巫山神女相联系的还有一个更美丽、更幽怨、更多情的形象，那就是屈原（前340—前278）笔下的"山鬼"。《山鬼》这首诗一开始就写一位美丽的少女出现在山的幽深处，她用藤萝一类的花草当作衣裳和腰带，美目含情，露出一副可爱的笑容。她乘坐的是辛夷木做的车，还装饰着用芳香的桂花编织成的旗。拉车的是赤豹，跟随的是文狸。她一路用石兰等野花把自己打扮得更美丽。她一边走，一边采摘着芳草，她正要去赴一次约会，她要将芳草送给她心爱的人。然而，这却是一次未实现的悲伤的约会。她的情人也许已经走了，也许根本没有来！她只能站立在"山之上"，独自等待，一直等到云升雾起，风起雨落，猿声夜啼，黑夜来临！她空叹着岁月之易逝，惆怅忘归。她始终站在松柏之下，渴饮山泉之水，等待情人，疑虑丛生。按照中国的传说，人，如果是不该死而死，"阴魂不散"，就会凝而为"鬼"①。在我的心目中，山鬼一定是一个爱情失意，而又始终期待着爱情的少女的幽魂，《山鬼》一诗把这个美丽的少女形象凝固了，她一直孤独地站在群山之巅，越过两千多年的风雨，来到我们心中。她始终是我最心爱的中国文学所塑造的美丽形象中的一个。

逝水与流光

◉

　　山，无论多高，总是占有着一定的空间，实际存在，可以仰望的。它永远静静地矗立在同样的地方，给人高远的、永恒的、沉稳的、可信赖的感觉。

　　水可就不同了。水给人的第一个感觉就是它永不止息地流逝。因此中国古人很早就把流逝不回的时光和流逝不回的流水联系在一起。孔子曾在奔腾不息的河边叹息说："逝者如斯夫，不舍昼夜。"他的意思是说，逝去的时光，如同这流水，永远日夜地在流。后来的人们也就总是把时光和流水并提。例如李白的诗："逝川与流光，飘忽不相待。"就是说，逝去的流水和消失的时间都是永不会再来的。人们甚至把永不停息的时光就径直称为"逝水"。在中国古代诗歌中，以流水作为时间的隐喻再发展为人生短暂、自然永

---

①考据见张元勋著：《九歌十辨》，中国广播电视出版社1991年版。

恒的咏叹是很普遍的。唐代诗人张若虚（660—720）的《春江花月夜》就是很典型的一首："江天一色无纤尘，皎皎空中孤月轮；江畔何人初见月？江月何年初照人？人生代代无穷已，江月年年只相似；不知江月照何人，但见长江送流水。"在这首诗中，消逝的时光和流水与相对永恒的江上明月形成了鲜明的对照。杜牧（803—852）有一首著名的诗也是咏叹同样的内容。他写道："六朝文物草连空，天淡云闲古今同；鸟去鸟来山色里，人歌人哭水声中。"流水总是令人想起逝去的光阴：曾经繁华一时的六朝文物早已变成一片连天的荒草，而悠闲的白云和淡淡的蓝天却千载相同；在同样的山色里，飞鸟去了又来，而人的欢乐和痛苦却永远消逝在永不再来的时光和流水之中。

另一方面，由于水的多变和难以捉摸，也常常给人带来新的希望。山，总是一样，不会有太大的变化；水，却变化无穷，从不使人绝望。正如王安石在《江上》一诗中所说："青山缭绕疑无路，忽见千帆隐隐来。"水，总是把人引向辽阔的、不可知的远方。

《庄子·秋水》篇讲了一个著名的故事，说的是，秋天涨水的时候，百川灌河，河流比往时更加宽阔，连两岸的牛马都看不见了。河神很高兴，以为天下万物都已在他的管辖之下了。他骄傲地沿着泛滥的河水来到了北海，发现这里的水根本看不见边际，这才自惭形秽，认识到自己的渺小。北海的海神虽然教导河神说"天下之水莫大于海"，但他比较了解自己的局限，他给河神描写了一幅更大的空间，告诉他，即便是东南西北四海加在一起，不也就像蚁穴在大泽里一样吗？中国在四海之内不也就像一粒小米在大谷仓之中吗？水和时光一样总是通向浩瀚无际的、不可知的空间！

10

庄子认为，人们应该向往于大江大湖，当湖泊干涸的时候，两条互相关爱的鱼不得不以自己的唾沫润滑着对方的身体，其实它们不如忘记对方和住惯的湖泊，寻求新的环境，遨游于大湖大江。

跨越浩瀚的海洋

◉

　　中国人总是把大海想象为一个无边无际的、开阔自由的空间。他们也曾渴望跨越这浩瀚的海洋。在中国民间流传十分广远的八仙过海的故事就是一例。八仙是道教的神仙，他们原来都是老百姓，后来修炼成仙，个个身怀绝技。有一天，住在海那边的女神西王母开了蟠桃宴，请八仙去参加她的生日酒宴并分享她的仙桃，这种仙桃吃了是可以长生不老的。可是怎样才能渡过这辽阔的大海呢？八仙于是各显神通：瘸腿的铁拐李将自己的拐杖掷入惊涛骇浪之中，轻身一跃，站在拐杖上乘风破浪而去；倒骑驴的张果老一扬鞭，小毛驴踩着风浪急起直追；喜欢音乐的汉钟离将自己常用的乐鼓往空中一抛，盘腿坐在鼓上，渡过大海；爱唱歌的曹国舅唱起好听的民间歌曲，使海中的龟鳖听得入了迷，他们争相驮着曹国舅向海中游去；英俊潇洒的韩湘子吹起美丽的芦笛，掌管波涛的仙女们不禁心醉，簇拥着韩湘子，一直把他送到海那边；爱喝酒的吕洞宾从他盛酒的葫芦里倒出一朵色彩绚丽的彩云，踏云而去；以采药为业，经常背着满筐奇花异草的何仙姑将自己常用的手帕向海上一扔，踩着手帕冉冉而起；还有蓝采和，直接踏着浪尖飞速前行。八位仙人都用各不相同的、自己的特殊办法渡过了挡在前面的大海。后来，就有了"八仙过海，各显其能"的成语，至今八仙过海的故事仍然广泛流传，成为鼓舞人们发挥各自独特的创造性的普遍说法。许多年画、民间工艺品、陶塑、瓷塑都以八仙和他们各显其能，渡海祝寿为题材。

其实，传统中国人也不像某些人所说的那样总是面朝黄土地，背对着海洋。早在 15 世纪前后，中国的造船业和航海业已是相当发达。著名的航海家郑和（1371—1435）曾于 1405 年率领舰队出使西洋，在海外达两年之久。他是回族，父亲和祖父都曾到过伊斯兰圣地麦加。他在 28 年间，航海出国七次，据考证，他最远曾到过非洲东岸和红海海口。

然而，水，对于传统中国人来说毕竟主要是一种难以逾越的鸿沟的象征。每当月明星稀，银河横亘，仰望蓝天之际，大多数中国人都会想起牛郎和织女的故事。相传天上的织女，爱上了人间的放牛娃，私自逃出天宫，与牛郎相爱成婚，过着男耕女织，幸福美满的生活。天上的天后十分嫉妒，就派天兵天将捉拿织女回府。那时他俩已有一对可爱的儿女，牛郎用一根扁担挑着一双儿女，紧追在后，看看快追上了，天后用自己的玉簪在他俩之间划了一条道。这条线瞬间变成了波涛滚滚的银河水，织女在一边，牛郎挑着两个孩子在另一边。银河水成了他俩无法逾越的鸿沟，他们能做的只是在晴朗的夜空中相互凝视。后来，在天上飞翔的鸟雀很同情他们，就在七月七日这一天，召集所有鸟雀，衔来各种花草树枝，搭成一座花桥，让牛郎、织女渡河相会。他们欢聚一夜，第二天必须在太阳出山之前回去，否则阳光将花草晒得凋谢，他们就会落入汹涌的银河。直到如今，七月七日还称为"乞巧节"。这一天，女孩子们会用各种鲜花编织成美丽的花环和花篮，并以

此向织女求得高超的刺绣和缝纫技巧。

水，不但划断了天上和人间，也隔绝了人间和地下的"阴间世界"。很多民间传说都谈到人间和"阴间"相隔一道"迷津"，这是一条深邃无底的黑色的河，河上有一条很窄的独木桥。人死后，就到了河的那一边，他们永不可能再回来；只有经过各种审判和考察，由"阴间"之神根据你一生的善行和恶行确定你的"下一世"应该成为什么人或变成什么动物之后，才让你通过那条被称为"奈何桥"的独木桥再回人间。桥头有一个老太太，她的名字叫孟婆，她的任务就是让每一个过桥的人都必须喝一碗"迷魂汤"，喝了这碗汤，人们就忘记了前世的一切。1973 年，湖南长沙马王堆出土了一处汉墓，墓葬中有一幅帛画，这幅帛画全长二百零五公分，画以朱砂、石青、石绿等矿物原料为主，因此色彩十分绚丽。这幅画分三段：上段显然画的是天上，右边是太阳，其中有一只黑鸟；左边是月亮，其中有蟾蜍和玉兔。月下还有正向月亮飞去的仙女嫦娥。中段是人间，主要画一年老贵妇人拄杖缓步而行，其后有三人恭敬侍立，可能画的是死者生前的生活。下段是地下，画的是大海之中有两个巨人站在两条大鱼之上，双手高举一座平台，人间、天上都在这平台之上。巨人左右有两条巨蛇，一条赤首白身，另一条黑首赤身。画的最下部是黑足、白背、蛇尾的巨龟，巨龟之下是深不可测的黑色深渊。这就是《山海经·海内经》所说的"黑水"。宇宙和生命都是从这"黑水"中浮现出来的。按中国的说法，"无"能生"有"，"有生"出于"无生"，"黑水"也就是"黄泉"，是人们死后灵魂坠入的地方，同时也是生命和万物浮起的最幽深、最神秘的处所。

如梦如幻的水神

◉

　　在中国，如果说山是永恒和稳定的象征，那么水就代表着流动、多变和捉摸不定。正因为水的品性本身是多变的，有柔和的一面，也有汹涌澎湃的一面。因此中国典籍常把老百姓比喻为水，它可以载舟，也可以覆舟，也就是说老百姓可以成就一个政权，也可以颠覆一个政权。按照中国古代的说法，天地未开之前，是一片混沌，后来出现了阴、阳两种"气"。阳气向上飘浮，形成了天；阴气向下凝坠，形成了地。阳气的热聚集而成火，火的精华是太阳；阴气的精华聚集而为水，水的精华则是月亮。阴和阳是互补、互动的两种力量，都同样强大，但用力的方式不同。汉代典籍《淮南子·原道训》有一段话描述水的这种特殊方式的威力："天下万物没有比水更柔弱的了。水虽然柔弱，但是大到没有极限，深到不可测量，长得没有穷尽，远得没有涯岸……水上到天空就成为雨露，下到地上就生出润泽。水的流行无穷无尽，水的细微无法把握，水的性质至柔至弱。打它，它不会受创；刺它，它不会受伤；斩它，也不能斩断。它的锋利可以穿透金石，它的大力可以通济天下。它游动在不可知的区域，翱翔在无边际的太空，在深山峡谷间委曲流转，在大荒之野排浪滔天。"

　　水神冯夷在诸神之中是最神气的了。他"以天作道，以地为车，用春夏秋冬四时为马，令雨师开道，风伯扫尘，以闪电为鞭，用轰雷作车轮，乘着云气，直上霄汉！"（同上）他驾着"时间"之车，威武雄壮地在无垠的空间来往奔驰。也许正是由于这种天地风雷时空的沟通，中国诗歌常常是把山水和云天联系在一起的。例如李白的诗："人游月边去，舟在空中行。"小船在江中漂游，似乎已和月亮一样在空中漫步。著名诗人王维也有诗说："行到水穷处，坐看云起时。"诗人沿着潺潺的流水，来到小溪的源头，却见水流已成为冉冉升起的浮云。

中国的水神除了大水神冯夷之外，还有许多是温柔美丽的少女，特别是那些幽静澄澈的河流，往往都有关于那条河流的女神的传说。在这些美丽的女神中，最著名的就是洛水之神——宓妃。相传宓妃是伏羲氏的女儿。伏羲氏是人类始祖之一，他曾经教人畜牧，结网捕鱼，传说他还创造了八卦。少女宓妃溺水而死，成为洛水之神。洛水发源于陕西雒南，这是一条宁静碧绿的小河，它经过洛阳，流入黄河。黄河却是奔腾咆哮，浊浪滔天。黄河河神就是威震天下的冯夷。不知道为什么，秀美的洛水之神却嫁给了暴躁的冯夷，这当然不是一桩美满的婚姻。在古代神话中，洛神背叛了自己的丈夫，和曾经射落了九个太阳，使人民从酷热中得到解脱的神射英雄后羿有一段恋情。这个传说大概是出于清澈秀丽的洛水，不得不无可挽回地流入浑浊的黄河而引起的不平和同情罢。神话中说，洛神和后羿的恋爱终于被黄河河神冯夷察觉。冯夷化身为一条白龙，卷起翻滚的波涛，与后羿大战，被神射手后羿射瞎了一只眼睛。冯夷要求天帝杀死后羿，但天帝没有同意。为了这段爱情故事，伟大的诗人屈原（前340—前278）在他的名诗《天问》中还有一问，问的就是：既然天帝降生冯夷和后羿来为老百姓排忧解难，为什么后羿又要箭射河神而和他的妻子洛妃发生关系呢？（"帝降夷羿，革孽夏民。胡射夫河伯，而妻彼雒嫔？"）后来，三国时代，著名政治家曹操的次子、诗人曹植来到洛水之上，他心里思念着已经嫁给他哥哥的、他的旧情人甄妃，写下了名垂千古的长诗《洛神赋》。他笔下的洛神"像天空中翩翩飞翔的大雁，又像在水中婉转悠游的游龙。远远看去，有如在一片朝霞中冉冉升起的早晨的太阳；从近处看去，又像是澄碧的水波涌现出一朵耀眼的荷花"。洛神的形象一直活在今天的民间故事和年画中。

水神的特点就是和水一样，浮游、变异、不可捉摸。在古老的、经过孔夫子删改的《诗经》中，有一首描写黄河另一支流——伊川的水神的诗①，我从小会背，而且常常幻想着那个活泼、灵巧、逗引人的、慧黠的女神。"蒹葭苍苍，白露为霜。所谓伊人，在水一方。"当芦苇茂盛成长，洁白的露水已凝结成霜的时候，就会看见伊水之神出没在伊水之上。诗中描写道，当你沿着曲折的小路去追随她时，路是那样难行，又那样漫长！当你顺流而下去寻她，她却好像在水中央；当你逆流而上去寻她，她又好像在水草滩上……总之，任你历尽千辛万苦，百般追寻，她却一会儿在沙滩上，一会儿在小洲边，真是让人无法捉摸，永远在前面逗引着，而又让你永远不可企及。

长江最大的支流汉水也是发源于陕西，向东南流到湖北，至武当山一带，被称为"沧浪之水"。相传伟大诗人屈原曾经在这里遇到一位以捕鱼为生的渔翁，渔翁问他，何以颜色憔悴，形容枯槁？屈原说："举世皆浊我独清，众人皆醉我独醒。"因此不能见容于人。渔翁劝他应随俗而安，不要离群独行。屈原说，他宁可自沉于湘水，也不愿随波逐流，扭曲自己清白的人格。渔翁微笑而去，临去时

---

① 考据见王孝廉著：《水与水神》，台湾三民书局 1992 年版。

为屈原唱了一首《沧浪歌》。这首歌说:"沧浪之水清兮,可以濯我缨;沧浪之水浊兮,可以濯我足。"河水有时清,河水有时浊,各有变化,各有其用。应该顺应自然,一切不可强求,尤其不可扭曲自然来顺应自己。"沧浪之水"就是因《沧浪歌》而得名。

中国的大江大河一般都是从西向东流,只有汉水从北向南长达一千五百多公里,由西北高原直泻入湖北平原,汇入长江。这是唯一的一条流向与天上的银河流向相对应的大河,因此,银河在中国又被称为"天汉",即"天上的汉水"。关于汉水的女神也有很多传说。《后汉书·马融传》载有"湘灵下,汉女游",李贤注说:"汉女,汉水之神女。"《诗经》中的《汉广》一首可能就是祭祀汉水女神的歌谣:"南有乔木,不可休思。汉有游女,不可求思。汉之广矣,不可泳思。江之永矣,不可方思。"著名学者闻一多曾有详细考证说明"游女"就是汉水女神。汉水女神和伊、洛水神一样,也是游动的、难以企及的,只能远远地对她们怀着不尽的情思。浪漫多情的中国皇帝隋炀帝杨广(569—618)曾写过一首《春江花月夜》,抒发他对这些迷人的、梦幻一般的水神的怀想。诗中写道:"汉水逢游女,湘川值两妃。""汉水游女"就是上面讲的汉水女神,"湘川两妃"则是另一个哀婉动人的故事。

湘江源出于景色秀丽的广西壮族自治区灵川县,流到桂林著名的风景区阳朔,分流为湘水和漓水。湘水流贯湖南省东部,又与潇水等支流汇合,注入洞庭湖,再汇入长江,流入东海。湘水在湖南境内,称为湘江,亦称潇湘,这条湖南省最大的江历来以它的清澈明丽见称,水深虽达五六丈(一丈约3.3米),仍然可以清楚地看到净如霜雪的水底白沙,水中色泽鲜艳的石子也都历历可数。它的支流汨罗江就是伟大诗人屈原被放逐后，行吟流浪，终于自沉长眠的地方。湘江流过之处都是风景绝佳的地区。湘水与漓水分流的阳朔，早已成为古今驰名的风景胜地，早有"桂林山水甲天下，阳朔山水甲桂林"的说法。湘水与潇水汇合的永州一带，更如未入世的处子，神秘艳丽。诗人柳宗元（773—819）的山水游记《永州八记》对这一带的描绘十分引人入胜。明代皇帝明宣帝朱瞻基（1398—1435）曾写过题名《潇湘八景》的诗，其中有"高楼谁得江湖趣，坐听潇湘夜雨声"的名句。后来，"潇湘八景"成为中国许多绘画和民间工艺的重要素材。古代著名学者沈括（1031—1095）所写《梦溪笔谈》曾载有当时名画家宋迪所画的"潇湘八景"题目，那就是："平沙落雁""远浦归帆""山市晴岚""江天暮雪""潇湘夜雨""烟寺晚钟""渔村落照""洞庭秋月"，谓之八景。如今，潇湘八景已是人们望乡思归的象征，无论在中国诗画里，还是在枕头、被面等的刺绣图案中，我们都能发现它的踪影。日本绘画史上著名的"近江八景"显然受到"潇湘八景"的影响。

在如此美丽景色中隐现出没的湘江女神当然就更是活跃于许多诗人、画家、民间艺人的幻想和情思之中了。传说湘水的女神湘夫人是中国圣王唐尧的两个女儿，名叫娥皇和女英，唐尧将帝位禅让给虞舜，把两个女儿也嫁给了他，她们协助舜帝治理国家，帮助他克服了许多困难和危机。舜帝经常在外奔波，有一次来到湖南九嶷山，不幸就在那里去世，不再回来。娥皇和女英为了寻找丈夫，千里迢迢，从遥远的北方来到南方，一直走到洞庭湖边的云梦大泽，只见云雾茫茫，再也没有路了。她们俩用双手挖泥，用罗裙兜土，筑了一座高台，希望从高台上能看见前方的路。但是当她们登上高台，前面仍是水天一色，什么也看不见。她们只好一边哭，一边往南走。她们的眼泪溅在绿竹上，形成了竹身上的点点斑痕，直到如今，这种带斑痕的湘南竹子就称为"湘妃竹"。她们继续往前走，一直来到湖南的九嶷山。她们的衣裙撕破了，手上也划了很多血道，她们的绣花鞋失落在山上，又被山水冲到湘江下游。那里的老百姓以为她们在湘江淹死了，就把她们的鞋埋葬在湘水之滨，为她们修建了一座二妃墓，立了一块"虞帝二妃之墓"的石碑①。从一些传说看，湘江女神和前面谈到的伊江和洛水的温柔美丽的水神很不相同。她们住在洞庭湖边的高山上，她们一出来就会有暴风骤雨，带着许多神怪，有的是人面蛇身，有的是两手高举着巨蛇。《史记·秦始皇本纪》有一段很有意思的记载:说始皇"浮江，至湘山祠。逢大风，几不得渡。上问博士曰:'湘君何神？'博士对曰:'闻之，尧女，舜之妻，死而葬此。'"始皇大怒，他说他不管什么帝尧之女，帝舜之妻，他只知道人间之帝，自他而始，他就是始皇帝，在他之前没有帝，何来帝女？于是，"使刑徒三千人皆伐湘山树，赭其山"。但湘江女神仍然经常出没，呼风唤雨，吞云吐雾，使舟船不能渡。可见，水神也不都是那样柔媚多情、如梦如幻的，水给人的感觉也不总是那样柔和清澄。

---

① 参阅黄知义等编《潇湘的传说》，上海文艺出版社 1984 年版。

仁者乐山，智者乐水

◉

　　孔夫子认为人和自然是一体的，山和水的特点也反映在人的素质之中。因此他说："智者乐水，仁者乐山。智者动，仁者静；智者乐，仁者寿。"在千变万化的大自然中，山是稳定的，可信赖的，它始终矗立不变，包容万物，是最可靠的支持。水则是多变的，具有不同的面貌，它没有像山那样固定、执著的形象，它柔和而又锋利，可以为善，也可以为恶；难于追随，深不可测，不可逾越。聪明人和水一样随机应变，常常能够明察事物的发展，"明事物之万化，亦与之万化"，而不固守一成不变的某种标准或规则，因此能破除愚昧和困危，取得成功，即便不能成功，也能随遇而安，寻求另外的发展，所以，他们总是活跃的、乐观的。仁爱之人则和山一样平静，一样稳定，不为外在的事物所动摇，他们以爱待人、待物，像群山一样向万物张开双臂，站得高，看得远，宽容仁厚，不役于物，也不伤于物，不忧不惧，所以能够长寿。

　　智、仁、勇是儒家人格的最高理想。勇是智和仁的结果。像山一样坚忍不拔，像水一样勇往直前，这就是一个崇高的人，一个有价值的人，一个快乐的人，一个长寿的人。直到现在，爱山、爱水，以山和水为自己人生的楷模，仍然是我，也是许多中国人的最高追求。

忧郁——中国视野

⊙

"忧郁"一词并非如一般所说由西方通过日本传来。"忧郁",
首先见于《管子·内业》:"忧郁生疾,疾困乃死。"可见"忧郁",
最初是与精神方面的疾病相连。《诗》三百篇中的《小雅·正月》
也有"心之忧也,如或结之",笺:"心忧如有结之者。结,郁结
于心也。"《楚辞》中多次出现"郁邑(悒)""郁结",如"心郁邑
余侘傺兮,又莫察余之中情"(《惜诵》),"遭沉浊而污秽兮,独郁
结其谁语"(《远游》),注:"郁结,思虑烦冤,无告陈也。""郁邑"、"郁
结"都是指不被理解,无处申诉,长期压抑,难于抒发缓解的一
种深沉的精神痛苦。中医把这种精神痛苦导致的疾病称为"郁证",
由"肝气郁结"引起,其典型症状是情志抑郁,心神受伤,精神恍惚,
悲伤疑虑。"郁邑""郁结"也就是"忧郁"。

在西方,"忧郁"(melancholy)也和"忧郁症"(melan
cholia)相连。按一般词典的解释:忧郁是一种精神的沮丧和悲伤,
一种阴沉和痛苦的沉思或回想,一种以阴郁、怨怒为特点的情感
状态,这种状态由诱发悲哀和阴郁的黑胆汁引起。"忧郁症"是一

种精神失序，特点为感到沮丧，一般是孤独抑郁所致，是一种精神压抑的心理现象。可见东西方关于"忧郁"（郁邑、郁结）的理解颇有一致的地方。

从广义来说，忧心、忧思、忧伤也都和忧郁相关。"忧"在中国是一个古老的用语，在《诗》三百篇中出现凡38次。大约有四方面的用法：

第一，诉说孤独、离别、思念之苦。如《秦风·晨风》中反复吟唱的"未见君子，忧心钦钦"，"未见君子，忧心靡乐"，"未见君子，忧心如醉"和《桧风·羔裘》中的"岂不尔思，我心忧伤"，都是为离别和思念而生忧郁。

第二，为社会不公，自身遭受不幸，内心痛苦而忧郁，如《邶风·柏舟》："忧心悄悄，愠于群小。"《邶风·北门》："出自北门，忧心殷殷。终窭且贫，莫知我艰。"《小雅·苕之华》："心之忧矣，维其伤矣！……知我如此，不如无生。"

第三，忧国忧民，如《小雅·节南山》："忧心如酲，谁秉国成？不自为政，卒劳百姓。"《小雅·正月》："正月繁霜，我心忧伤……忧心惨惨，念国之为虐！"以及《王风·黍离》中一唱三迭的"知我者，谓我心忧；不知我者，谓我何求"。

第四，生死之忧，即由于生命的倏忽而逝所引起的忧伤，如《曹风·蜉蝣》："蜉蝣之羽，衣裳楚楚。心之忧矣，于我归处。"就是由蜉蝣的朝生夕死，想到生命的短暂而感忧伤。

以上这些"忧心""忧伤"，如果长期郁结于心，也就是一种"忧郁"。

◉

在儒家经典《论语》《孟子》中，"忧"被区分为外感的"忧"和内发的"忧"。前者指物质之"忧"，如个人遭遇坎坷，欲望不得满足而产生的"忧"，上述《诗经》中经常咏叹的前两种"忧"即这种"忧"；后者为精神之"忧"，指发自本性所追求的理想无法实现而产生的忧。"一箪食，一瓢饮，在陋巷，人不堪其忧"（《论语·雍也》)，这里的"忧"是前一种"忧"；"君子忧道不忧贫"（《论语·卫灵公》)的"忧"则是后一种"忧"。孔夫子明确地说："德之不修，学之不讲，闻义不能徙，不善不能改，是吾忧也。"(《论语·述而》)这是追求自身道德完善而产生的"忧"。"先天下之忧而忧"，这是忧国忧民的"忧"。儒家认为，作为一个君子，这种由道德和社会的不完善而产生的内在的"忧"是永远的。孟子说："君子有终身之忧，无一朝之患。"(《孟子·离娄下》)所谓"一朝之患"就是上面说的属于个人的、短暂的物质之"忧"；而"终身之忧"则是意欲突破种种困难以达到一种完美的道德理想和社会理想而又不能达到时的心理状态。儒家提出的这种"君子之忧"包含一种为改变现状而奋发争取的积极精神，甚至"知其不可为而为之"。这种"忧"与我们今天所理解的"忧郁"显然有所不同。

由于儒家对于君子之"忧"如此看重，因此有人认为这种忧患意识不仅是儒家思想的基本品格，也是中国文化的基础之一。其实，在孔夫子看来，君子的基本品格不仅是"忧"，还必须包括"忧"的对立面"不忧"，也就是"乐"。他指出最重要的"君子之道"有三："仁者不忧，知者不惑，勇者不惧"（《论语·宪问》)。"仁者"

是儒家最高的道德规范,而"不忧"居"君子之道"之首,足见"不忧"的重要。既然道德理想与社会理想都难得以实现,何以又能"不忧"呢?

孔夫子说:"内省不疚,夫何忧何惧?"(《论语·颜渊》)"内省不疚"就是孟子说的"仰不愧于天,俯不怍于人"(《孟子·尽心上》),也就是所谓"君子坦荡荡,小人常戚戚"和中国老百姓常说的"平生不做亏心事,夜半不怕鬼敲门"。儒家正是用这种主观的、内在的、自宽自解的办法来缓解佛家所说的精神上的"求不得苦",以达到内心的平衡与社会的和谐,既避免了激愤之情,也较少引向现代意义上的忧郁。

三

与儒家的"君子无日不忧,无日不乐"相反,道家的理想是"心不忧乐,德之至也"(《庄子·刻意》)。他们批评儒家说:"彼仁人何其多忧也!"(《庄子·骈拇》)又说"绝学无忧"(《老子·十九章》),也就是弃绝儒家倡导的仁义礼智之类束缚人类本性的道德学问,才能真正无忧。道家又认为"至乐无乐,至誉无誉",因为"至乐"即无为之乐("无为诚乐"——《庄子·至乐》),也就是一般人认为的"无乐"。其实,道家的"无忧无乐"和儒家的亦忧亦乐一样,都是力图从主观方面寻求一种解决人类无法解决的大忧或大悲的设想。这一大忧、大悲就是生命的短暂和人类知识的有限。《庄子》载老子说:"人生天地之间,若白驹之过郤,忽然而已……已化而生,又化而死。生物哀之,人类悲之。"(《知北游》)人类既无法控制生，也无法控制死；既不知道何所为而生，也不明白何所为而死；人类从一生下来，就不能不被这种无知、无能所困扰。因此，道家认为："人之生也，与忧俱生。"（《庄子·至乐》）如何才能超脱于这种大忧大悲的困扰呢？道家提出了"至人"的最高理想。

"至人"理想的最高境界是像水一样涌流，无为而自然。"至人之于德也，不修而物不能离焉，若天之自高，地之自厚，日月之自明，夫何修焉！"（《庄子·田子方》）对于"至人"来说，儒家式的道德修炼是完全不必要的，他犹如天一样自然地高，犹如地一样自然地厚，犹如日月一样自然光明。大自然不需要任何人为的加工，与大自然合一的"至人"还需要什么修炼呢！正如野鸭的腿虽短，接上一段便造成痛苦；野鹤的腿虽长，切断一节便造成悲哀。只有顺其本性，才能自然无忧。顺其本性就是无为。既然"天地有大美而不言，四时有明法而不议，万物有成理而不说"，"至人"以大自然为榜样，也应该"不言""不议""不说"，也就是无为。所以说"至人无为，大圣不作"（《庄子·知北游》）。懂得这个道理，"至人"就能超脱于生死苦乐。他将生死看作昼夜的自然交替，他"不知道悦生，也不知道恶死；出生不欣喜，入死不拒绝；无拘无束地去，无拘无束地来"。"不忘记他自己的来源，也不他追求自己的归宿；事情来了欣然接受，忘掉死生任其复返自然"（《庄子·大宗师》，陈鼓应译文）。这样的人，连生死都置之度外，更何况世间的苦乐荣辱呢！所以说："至人神矣……乘云气，骑日月，而游乎四海之外，死生无变于己，而况利害之端乎！"（《庄子·齐物论》）可见道家的"至人"正是通过自然无为的途径，超越了大忧和大悲。

◉

综上所述，《诗》三百篇、儒家经典、道家经典都谈到人类与生俱来的各种层次的"忧"。这些"忧"在各种文化中都有类似的根源，也都有相同或不同的表现。以儒、道为代表的中国文化特别注重于对"忧"的疏通和消解。这种疏通和消解并不依靠外在的神的力量，也不是依靠对神的信仰，而是依靠自身对生命和自然的认识与觉悟。无论是儒家"内省不疚"，还是道家的"自然无为"，都是用自身的精神力量来战胜与生命同在的大忧和大悲。这就使中国文化，特别是在极其丰富的抒情诗传统中，许多诗歌往往一方面显示着沉重的忧郁，另一方面又极力追求着对这种忧郁的超脱。曹操的"对酒当歌，人生几何。譬如朝露，去日苦多"，最后从"山不厌高，水不厌深"，寻求"天下归心"的事业中找到了寄托。杜牧的"六朝文物草连空，天淡云闲今古同。鸟去鸟来山色里，人歌人哭水声中"，表现了对人世沧桑、生命短暂的沉重的忧郁，这种忧郁同时又被世事如此、古今皆同的认识所缓解。因此，也许可以说中国的忧郁一般不是那种浓重的、无法自解、作茧自缚的忧郁，而常是带着一种像水中涟漪，不断消散的、淡淡的色彩。

（德国波恩大学"中国的忧郁与社会"国际学术讨论会论文提纲）

从"不可见"到"可见"

——突尼斯国际会议随记

正当美国的亨廷顿教授断言西方与非西方的文化冲突难以避免，甚至将导致第三次世界大战，并以近东的伊斯兰文化和远东的儒家文化为假想的敌手时，在伊斯兰传统的北非国家突尼斯却召开了一个别开生面的，研究不同民族文化如何相互理解、多元共存的国际讨论会。会议由欧洲跨文化研究院和突尼斯地中海文化中心联合主办，地点在美丽的地中海海滨小镇哈玛默特。到会者有来自法国、德国、意大利、西班牙、马里、塞内加尔、黎巴嫩、日本、中国海峡两岸的人类学家、宗教学家、哲学家、文学理论家、诗人和宗教领袖——神父、佛教法师。会议主题是"从'不可见'到'可见'"，意在从各种不同文化角度讨论不可见之神，在不同的宗教中如何成为可感、可见，这实在是不同宗教共同的根本问题。另一方面，也讨论文学，特别是诗，如何从少量可见的"字"引向广阔的不可见的意义空间。我在此无意介绍会议的全面情况，只想谈谈我自己。

我发言的题目是"意义的追寻"。我认为中国人早在公元前3世纪或更早，就已经提出"书不尽言，言不尽意"的问题。既然"言不尽意"，那么，圣人的意思，人们又是如何得知呢？《易经·系辞上》说："圣人立象以尽意，设卦以尽情伪，系辞焉以尽其言。"圣人于是创立八卦符号（变动不居的卦象）来表达各种意义，又作系辞，用语言对卦象加以详细解释，以便人们能通过语言了解卦象，通过卦象了解其所蕴藏的意义。这就是中国人通过言、象来追求意义的最早雏形。言、象是符号，意是符号所表现的，因语境不同而千变万化，永无穷尽的意义。我大致介绍了庄子得意忘象、得象忘言的理论，王弼关于"尽意莫若象，尽象莫若言"的补充，以及魏晋"言尽意论""不用舌论""言不尽意论"多种学派的辩论；也谈到佛教禅宗"我向尔道，是第二义"的主张，他们强调"只可意会，不可言传"，话一说出，就受到语言的限制和切割，不再是原意。最后，归结到中国诗歌和诗学对"言外之意"，对尽量扩大字词与读者体味之间的意义空间的追求，并举了一些实例加以说明，如"曲终人不见，江上数峰青"，"千山鸟飞绝，万径人踪灭。孤舟蓑笠翁，独钓寒江雪"之类。总之是从可见的极少字词引向无穷的不可见的意义。

这些议论在中国也算不得很新鲜，但却引起了不少到会学者的兴趣，特别是一些人类学家。最令我高兴的是一些学者以此为例，论证以"多种文化并存"取代过去的"文化封闭"或"文化吞并"，势必带来 21 世纪人类文化的新发展。从其他一些讨论中，我也深深地感到，21 世纪，由于信息和传播媒介的空前发达，更由于人类新观念的空前开阔，长久以来的东、西（即中、外）和古、今（即传统与现代）的二分法很有可能不复再有意义。中国知识界讨论古今中外的关系已有一百多年的历史，现在看来，这些界限在 21 世纪也许将不再存在。最"古"的也可能是最"新"的，例如我国最古老的《易经》，目前已成为世界文化讨论中"最新"的内容；一些原以为是"最新"的事物和思想，也许瞬间就变为"陈旧"，如许许多多"一次性消费"的"文化"。这种变化或多或少是源于历史观念的变化。现代历史被二分为"事件的历史"和"叙述的历史"，"事件的历史"绝大部分人都不可能亲身经历，我们所能接触的只可能是"叙述的历史"。叙述必有叙述者，"叙述的历史"也必包含当代叙述者自身的视角、取舍和阐释，因此也可以说，一切历史都是当代的历史。这样一来，线性的、历时性的历史长卷遂即展现为并时性的、诸事纷呈的复杂画面。古代的东西可以以今天的形式表现出来，旧的未必即过时，新的也未必就一定好。

东、西的关系亦复如此。东方的未必就好，就有用，西方的也未必就坏，就无用，反之亦然。如果我们把小小的地球看作一个整体，排除狭隘的民族主义情绪，摆脱殖民地、半殖民地心态，那么只要有益于发展自己文化的东西，都可拿来利用，不必拘泥于它的原创者是属于哪一个民族，不必计较它来自东方还是西方，更不必算计自己是"出超"还是"入超"。有些人总在考虑我们正在讨论的问题是自己提出来的还是西方人提出来的。在我看来，只要问题本身对我们当前的建设有意义，谁提出来并不重要。况且作为一个大国，我们当然需要参与讨论从世界角度提出来的一些重大问题，如这次在突尼斯讨论的"从'不可见'到'可见'"的问题，它确实是有关宗教和文学的一个普遍问题。从话语方面来说，有些人很强调屏除西方的一套名词概念和话语，从自己的本土文化中，重新建构一套新的话语。理由是西方的话语并不适于阐释中国本土的一切。在我看来，这一意愿虽好，却不能不说只是一种空想。首先，所谓本土文化是指哪一时期的文化呢？20世纪80年代？50年代？30年代？鸦片战争之前？其次，话语只能产生于较长时期的对话之中，自说自道，恐怕很难产生现代意义上的话语，想要人为地去营造一种本土文化的话语，恐怕不可能。因为，如果是指当代文化话语，那么，在我们的成长过程中，现代精神、西方精神已深深渗入了我们的心智和血液，例如我们都是从学校而不是从私塾培养出来，学的都是声光化电而不只是诗云子曰……期待从我们身上发掘纯粹的本土文化，实属不可能。况且，即便有了这样一种在封闭中营造出来的话语，我们又如何用它去和别人对话，去在世界上发挥我们的影响呢？具有反讽意味的是"话语"这个概念本身就是西方传统语言学解体和法国福柯理论发展的产物！我的意思当然不是说现在的话语就已经完美无缺，事实上，世界各地，话语都在飞速地发生变革。我们当然应该在与外来文化的对话中，将本土文化与外来文化结合起来，不断更新我们的话语。

突尼斯会议提出的另一个发人深思的问题，就是关于文化相对主义的讨论。由于日本人类学家稻贺繁美教授提交了一篇关于拉什迪《撒旦诗篇》日本译者五十岚一被杀害的讨论文章，会议遂转向了讨论文化相对主义的极限问题。文化相对主义就是把某种思想或事物放到其自身的文化语境中去观照和评价，反对用他种文化的标准来加以干扰和判断。例如关于人类尸体的处理，西藏用天葬的方式，把亲人遗体撕成碎块喂鹰；埃及却将死人制成木乃伊，以求永存。古代中国人坚持"父母在，不远游"，必须"承欢膝下"，孝养父母，以尽其天年；非洲一个部落却将老年父母砍杀，以释放其灵魂，帮助他们转世。在文化相对主义者看来，这些都无可非议，无法评判，而且应该得到他种文化的理解和尊重。问题在于永远如此相对下去，各民族文化之间又如何能够沟通并得到提高呢？我想，非洲杀父母的部落一旦认识了并无灵魂这回事，他们可能就不会再屠杀他们的父母。但是，不杀父母是他种文化的标准，认同这一标准是否违背文化相对主义呢？这就是文化相对主义的两难境地。

我认为把文化相对主义绝对化是不可行的，这样只会导致各民族文化之间的隔绝和封闭，显然与"通过对话沟通，在共同的语境中，多元共存"的总趋势相悖。过去，西方文化霸权，以自己的文化标准强加于人，当然是错误的，但人类总有可以认同的准则。例如，人类的某些需要是普遍性的，著名的人类学家列维·斯特劳斯说："人类大脑无论在哪里都具有相同的构造……具有相同的能力。"我同意荷兰佛克马教授提出的关于评断经验理论的三种标准：即与经验现实相适应的标准，与其他理论相契合的标准，研究者普遍认同的标准。这些标准当然都不是绝对的，但可以普遍有效和有用。另外，由于信息、传播事业的发达，各民族文化之间的接触越来越多，不同文化群体之间的共同性也可能逐渐大于同一文化群体中的不同集体。例如当今中国醉心于 MTV 的青年群体，他们与同样醉心于 MTV 的西方青年群体的共同点显然要大大多于与国内老战士群体的共同点，至于与明、清时代的中国青年相比，其差异就更不用说了。

参加突尼斯会议的非洲塞内加尔女学者玛梅·库瓦娜作了一

个很有趣的报告，她谈的是"妇女是非洲象征的承传者和保护者"。她的报告使我想起了一个问题，那就是一定要把文化传统与传统文化的产品区别开来。

建筑、绘画、雕塑、音乐、文学作品，以至饮食、服饰都体现着一定的传统文化，同时也有其时代性，是某一时期、某种传统文化凝聚而成的"产品"，是"已成之物"，而我们所说的文化传统却是看不见、摸不着，不断发展变化的。不断生成更新的"将成之物"，是不断形成的各种文化产品并不断对历史和现实进行着新的阐释的一种根本动力。我认为分清"活的文化传统"和已经凝固的"传统文化产品"是非常必要的。例如在美国的旅游商店可以看到许多本土印第安人的文化产品，但这并不能说明印第安本土文化很发达，相反，印第安传统文化显然正在衰落，它已经不大能赋予印第安民族以新的创造的活力。这就是为什么鲁迅一再批判"国学家的崇奉国粹，文学家的赞叹固有文明，道学家的热心复古"的原因。

文化传统总是隐蔽在一个民族的心灵深处，而在不知不觉中形成了不同民族之间的差别。活的文化传统不断在变，但绝不是按照那种"肯定—否定""正确—错误"的模式在变，而是像一棵大树，不断汲取外在的阳光、空气和水；不断调整自己，以适应外部环境的变化；它的枝叶不断伸展，"今日之树"已不复是"昨日之树"；当然，也有"无边落木萧萧下"的时候，但"落叶归根"，又为同一棵树孕育着新的生命。固定"昨日之树"而不精心培植"今日之树"的民族是一个没有希望的民族。例如追求"和谐"是东方各民族共同的传统精神。印度诗哲泰戈尔说：

在印度，文明的诞生是始于森林，这种起源和环境形成了与众不同的特质。印度文明被大自然的浩大生命所包围……这种森林生活的环境并没有压抑人的思想，减弱人的活力，而只是赋予人们一种特殊的倾向，使他们的思想在与生气勃勃的大自然产物的不断接触中，摆脱了想在他的占有物周围建起界墙以扩展统治的欲望。他的目的不再是获得而是去亲证，去扩展他的意识，与他周围的事物契合……古代印度林栖贤哲们的努力正是为了亲证人类精神与宇宙精神之间的这种伟大和谐。(《人生的亲证》)

追求"普遍和谐"更是中国文化的基本精神。中国传统文化的儒、道、释（主要是中国化的佛教禅宗）三家哲学无不贯穿着"自然本身的和谐""人与自然的和谐""人与人之间的和谐""个人本身各方面的和谐"等基本精神。

但我认为目前最重要的不是不断重复这些精神，事实上，我们不大可能再去做冥想、"坐忘"的庄子或做陶渊明那样的隐士，也大不可能去做印度林栖的贤哲（当然也不排斥有的人可以这样做），最要紧的是赋予这些极可宝贵的传统精神以现代内容，使之能为改进备受工业文明戕害的、人类共居的地球和人类社会关系作出新的贡献。

即将到来的 21 世纪将是一个文化多元共生的时代。19 世纪和 20 世纪 200 年的历史已经雄辩地证明不同文化之间的吞并和统一都不可能。我们应以更加博大的胸怀来容忍和欣赏不同民族传统文化的特点，在沟通和理解中，共同进步。任何民族无论多么弱小，都有权发扬自己的文化传统，从自己的文化传统中汲取活力，在整个世界文化的交响乐中，和谐地唱出自己的声音。亨廷顿教授的文化冲突导致世界大战论，当然也就可以不攻自破了。

不同的文化　不同的月亮

　　世界各地都有说不尽的关于月亮的诗文和民间传说。月亮永远是人类欢欣时分享快乐的伴侣，也是忧愁时诉说痛苦的对象。但是，不同文化却对月亮有不同的描述，他们对月亮的欣赏角度和欣赏方式也往往是各不相同的。

　　在中国文化中，月亮首先是超越时间和空间的孤独的象征。千百年前，一个美丽的少女，吃了长生不死的灵药，她感到身轻如羽毛，一直飞升到月亮之中。在那里，她永远美丽年轻，陪伴她的只有玉兔和吴刚。玉兔永远重复着捣药的动作，年轻力壮的吴刚则被罚砍树，砍断了又重新长上，年复一年，永无休止。总之，时间消逝了，不再有发展，空间也固定了，不再有变化。然而这个名叫嫦娥的少女却并不快乐，她非常寂寞，正如唐朝诗人李商隐在《嫦娥》一诗中所写的："嫦娥应悔偷灵药，碧海青天夜夜心。"

　　在中国诗歌中，月亮总是被作为永恒和孤独的象征，而与人世的烦扰和生命的短暂相映照。唐朝诗人李白最著名的一首《把酒问月》诗是这样写的：

　　白兔捣药秋复春，嫦娥孤栖与谁邻？

今人不见古时月，今月曾经照古人。

古人今人若流水，共看明月皆如此！
唯愿当歌对酒时，月光长照金樽里。

今天的人不可能看到古时的月亮，相对于宇宙来说，人生只是一个微不足道的瞬间，然而月亮却因它的永恒，可以照耀过去的、现在的和未来的人们。千百年来，人类对于这一"人生短暂和宇宙永恒"的矛盾完全无能为力。但是，我们读李白的诗时，会想起在不同时间和我们共存于同一个月亮之下的李白，正如李白写诗时会想起也曾和他一样赏月的、在他之前的古人。正是这种无法解除的、共同的苦恼和无奈，通过月亮这一永恒的中介，将"前不见"的"古人"和"后不见"的"来者"联结在一起，使他们产生了超越时间的沟通和共鸣，达到了某种意义上的永恒。

李白终其一生总是把他对永恒的追求和月亮联系在一起。他的另一首诗《月下独酌》写道："花间一壶酒，独酌无相亲。举杯邀明月，对影成三人。"在深夜绝对的孤独中，他只有永恒的月亮和自己的影子做伴。虽然三者之间也曾有过快乐的交会，但那只是短暂的瞬间："我歌月徘徊，我舞影零乱。醒时同交欢，醉后各分散。"李白所向往的是永远超越人间之情，和他所钟爱的月亮相会于遥远的星空银河之上，即这首诗的结尾所说："永结无情游，相期邈云汉。"传说李白死于"江中捞月"。他于醉中跃进江里，想要拥抱明月，他为明月献出生命，也就回归于永恒。

日本文学也有大量关于月亮的描写，但日本人好像很少把月亮看作超越和永恒的象征，相反。他们往往倾向于把月亮看作和自己一样的、亲密的伴侣，有时甚至把月亮置于自己的保护之下，而对它充满爱怜。例如有"月亮诗人"之美称的明惠上人（1173—1232）写了许多有关月亮的诗，曾经写道："冬月拨云相伴随，更怜风雪浸月身。"特别是那首带有一个长序的和歌《冬月相伴随》最能说明这一点。长序是这样写的：

　　元仁元年（1224）十二月十二日晚，天阴月暗，我进花宫殿坐禅。及至夜半，禅毕，我自峰房回到下房，月亮从云缝间露出，月光洒满雪地。山谷里传来阵阵狼嗥，但因有月亮陪伴，我丝毫不觉害怕。我进下房，后复出，月亮又躲进云中，等到听见夜半钟声，重登峰房时，月亮又拨云而出，送我上路。当我来到峰顶，步入禅堂时，月亮又躲入云中，似要隐藏到对面山峰后，莫非月亮有意暗中与我做伴？步入峰顶禅堂时，但见月儿斜隐山头。

这时，他写了两句诗：

　　山头月落我随前，夜夜愿陪尔共眠。

接着，他又写道：

　　禅毕偶尔睁眼，但见残月余辉映入窗前。我在暗处观赏，心境清澈，仿佛与月光浑然相融。

最后，他写出了最为脍炙人口的两句诗：

　　心境无翳光灿灿，明月疑我是蟾光。

日本著名作家川端康成在他的诺贝尔文学奖获奖演说中，引

39

录了这首诗，并分析说：

这首诗是坦率、纯真、忠实地向月亮倾吐衷肠的三十一个字韵，与其说他是所谓"与月为伴"，莫如说他是"与月相亲"，亲密到把看月的我变为月，被我看的月变为我，而没入大自然之中，同大自然融为一体。所以残月才会把黎明前坐在昏暗的禅堂里思索参禅的我那种"清澈心境"的光误认为是月亮本身的光了。

川端康成还指出，这首和歌是明惠进入山上的禅堂，思索着宗教、哲学的心和月亮之间，微妙地相互呼应，交织一起而吟咏出来的，它是"对大自然，也是对人间的一种温暖、深邃、体贴入微的歌颂，是对日本人亲切慈祥的内心的赞美"。

明惠的诗和川端康成的分析为我们提供了另一种与李白的诗完全不同的观赏月亮的视角和意境。

希腊神话中的月神塞勒涅（Selene）也是一位美丽的女神。她身长翅膀，头戴金冠，每天乘着由一对白马牵引的闪闪发光的月车，在天空奔驰，最后，隐没在俄刻阿诺斯（Aceanus）河里。在希腊女诗人萨福的笔下，塞勒涅是一个美丽的少女，手执火炬，身后伴随着群星。月神爱上了美少年恩底弥翁（Endymion），恩底弥翁是一个生命短暂的凡人，因为塞勒涅爱他，神就使他青春永驻，但他必须长睡不醒。月神每天乘车从天空经过，来到她的情人熟睡的山洞，和这个甜睡中的美少年接吻一次。神话中说，正是由于这种无望的爱情，月神的面容才显得如此苍白。在这个神话中，美少年恩底弥翁得到了永恒，他付出的代价是无知无觉，和嫦娥一样远离人世。人类总想摆脱时间，追求永恒，其结果往往是悲剧性的；即使他们成功了，他们得到的永恒也不是幸福，而是成为异类，永远孤独。塞勒涅和嫦娥的故事都说明了这一点。

希腊月神和希腊神话中的其他神祇一样，都是有爱、有恨，有嫉妒、有仇恨，精神上过着类似于凡人的世俗生活。西方诗歌关于月亮的描写往往也赋有更多人间气息。下面是法国诗人波特莱尔的一首《月之愁》：

今晚，月亮做梦有更多的懒意，
像美女躺在许多垫子的上面，
一只手漫不经心地，轻柔地
抚弄乳房的轮廓，在入睡之前。

她的背光滑如缎，雪崩般绵软，
弥留之际，陷入了长久的痴惚，
她的眼在白色的幻象上留恋
那些幻象花开般向蓝天上升。

有时，她闲适无力，就向着地球
让一串串眼泪悄悄地流呀流，
一位虔诚的诗人，睡眠的仇敌，
把这苍白的泪水捧在手掌上，
好像乳白石的碎片虹光闪亮，
放进他那太阳看不见的心里。

这样来描写月亮，在东方人看来，多少有一点儿亵渎。波特莱尔的月亮不像李白的月亮那样富于玄学意味，也不像明惠禅师的月亮那样，人与自然浑然合为一体。在波特莱尔笔下，月亮是一个独立的客体，它将苍白的泪水一串串流向大地，流到诗人的心里，在月下想象和沉思的诗人也是一个独立的主体。在另一首诗《月的恩惠》中，诗人幻想着月亮来到了自己的身边：

> 月亮轻步走下了云梯，
> 毫无声息地穿过窗门的玻璃；
> 于是她带着母亲的柔软的温和，
> 俯伏在你上面，
> 将她的颜色留在你的脸上。

在这首诗中，月亮是独立的客体，又是诗中行动的主体，人和自然的关系无论多么亲密，始终是独立的二元。这也许正说明了东方天人合一的思维方式与西方传统的二元对立的思维方式的不同。

总之，三位不同时代、不同文化的诗人用不同的方式，欣赏和描写月亮，却同样给予我们美好的艺术享受。如果我们只能用一种方式欣赏月亮，岂不是我们的重大损失？无论排除哪一种方式，都不能使我们对欣赏月亮的艺术情趣得到圆满的拥有。我想用不同文化的人们对于月亮的欣赏作为例子，来说明不同文化可以通过一种"中介"达到互相理解和认识。诗和传说中的月亮就是这样一种"中介"，它可以使不同文化的人们欣赏并拥有另一种文化，而得到在本民族文化中不能得到的艺术享受。

探索人的生命世界

——漫谈米兰·昆德拉的小说

我最初接触米兰·昆德拉的作品是在 1985 年。那时他的书正在美国掀起一阵规模不小的热潮。《新闻周刊》载文说:"昆德拉把哲理小说提高到了梦态抒情和感情浓烈的一个新水平。"《华盛顿邮报》指出昆德拉是"欧美最杰出的和始终最为有趣的小说家之一",《华盛顿时报》则认为新出版的《生命中不能承受之轻》是 20 世纪最伟大的小说之一,昆德拉借此"坚实地奠定了他作为世界上最伟大的在世作家的地位"。美国的高档报刊《纽约客》《纽约书评》等也都纷纷发表了类似的评论[1]。其实,西方世界对昆德拉的赞赏并不是那种常见的"阵热"。早在 1968 年,当昆德拉的第一部作品《玩笑》在巴黎出版时,著名作家,共产党人路易·阿拉贡就在他那篇引起世界性轰动的前言中宣称这本书是"本世纪最杰出的小说之一",而最近又传来了昆德拉被正式提名诺贝尔文学奖候选人的消息。

昆德拉的小说以它深邃的哲理思考和非常新颖的结构方式,特别是那种寓沉痛和辛酸于幽默调侃的笔调深深地吸引了我。当

---

① 转引自韩少功:《生命中不能承受之轻》序。

时不止一次在心里重复："这些作品真该译成中文才好！"没有想到为时不过五年，昆德拉的主要作品《玩笑》《为了告别的聚会》《生活在别处》《生命中不能承受之轻》和短篇集《欲望的金苹果》都相继在中国出版，如果再加上台湾同胞翻译的《笑忘录》，可以说这位"世界上最伟大的在世作家"的小说珍品几乎已全部译成中文，并在中国知识分子中获得了相当广大的读者。

昆德拉小说之所以与众不同，这和他对于小说这种文体的，与过去完全不同的理解密切相关。昆德拉认为，"小说唯一存在的理由就是去发现唯有小说才能发现的东西[1]。"这个"东西"就是人的"具体存在"，亦即人的"生命世界"。昆德拉把现实和存在相对地分开来。他认为："小说不研究现实，而是研究存在。""现实"和"存在"究竟有什么不同呢？现实是已经实现的可能性，是既成事实。它和人的关系是主体和客体的关系，犹如眼睛面对一幅画，或演员站在布景当中，而"存在"却是将成未成，是一种尚未实现而即将实现的可能性，它随着客观世界的发展和主体内在世界的千变万化而凝聚成万千不同的现实。生活中总是有众多可能性，现实本来可以如此，却常常由于极细小的主观或客观原因而完全变成另一个样子。"存在"不是已经发生的既成之物，而是人存在于其间的一种可能的场所。在这种场所中，人与世界的关系是一体共生的关系。世界是人存在的维度（昆德拉说，有如"蜗牛和它的外壳"[2]）。描写现实的小说呈现的是一种历史境况，它写的

---

[1] 米兰·昆德拉：《贬值了的塞万提斯的遗产》。

[2] 《昆德拉关于小说艺术的谈话》。

是特定时间里的某种社会状况，如关于法国大革命的小说，关于农业集体化的小说，昆德拉称之为"一种小说化的历史编纂的小说"；另一种小说也可能写历史，但那是"审视人类存在的历史维度"的小说。它所关注的首先不是历史，而是在某种可变的历史环境中的人的存在的可能性，是人的"具体存在"，人的"生命世界"，也就是那些对个人命运来说有决定意义，而对于构成历史的现实来说却全然不值一顾的，不断在遗忘中湮灭的大量细节。

例如，1968 年，苏军进入捷克后，对捷克人的统治是由官方组织的对狗的屠杀为先导的。这一细节对任何史学家、政治学家都毫无意义而全然被忘记。昆德拉在他的《为了告别的聚会》中却以这一插曲提示了全书的历史气候而被认为"具有很高的人类学意义"①。在昆德拉看来，小说的作用不在于呈现一个社会历史片断，而在于理解、分析、考察被投入这一历史漩涡中的人的动作、行为、态度的各种可能。例如卡夫卡作品中的小说世界就不是一个真实存在的客观世界，而是一种尚未真正实现的可能性。因此，昆德拉认为："小说家既不是历史学家，也不是政治家，而是'存在'的勘探者。"小说的目标就是要详加考察人的具体的"存在"。昆德拉提出人的"存在"必须"勘探"，正是因为这种"存在"太被漠视，太久被遗忘了。笛卡儿曾经宣称人是"大自然的主人和所有者"，然而，现代人却发现他们正是各种力量（技术、政治、历史）的奴隶和占有物。相对于这些力量，"人的具体存在，他的'生命世界'既没有价值，也没有趣味，它黯然失色，从一开始就

---

① 米兰·昆德拉：《贬值了的塞万提斯的遗产》。

被遗忘"[1]!

　　只有小说以它自己的方式,通过它自己的逻辑,依次发现了"存在"的各种不同的维度。而小说的历史就是小说家不断开发人的"存在"的历史。诸如薄伽丘企图通过人的行动来认识人的存在,狄德罗发现人的行为及其结果受众多外在因素的制约,因而行动与自我之间往往有一道鸿沟(例如宿命论者雅克只想开始一场爱情艳遇,行动的结果却招致残废终身)。理查德逊离开行动的可视世界,试图在不可见的内心生活中去勘探人的"存在",普鲁斯特和乔伊斯沿着这条道路引入了时间的维度。既然每一时刻都是一个小小的世界,这个世界在后面的一刻立即被无可挽回地遗忘,我们又如何在这转瞬即逝的时刻中抓住"人的存在"呢?卡夫卡则从另一个角度提出了全然不同的问题:在一个外在的规定性已经变得过于沉重,从而使人的内在动力无济于事的世界里,人的可能性是什么呢?我们既然不能不被外界(环境、规律、条件等等)所决定,被一些谁也无法逃脱的境况所决定,"人的存在"又有什么意义?如昆德拉所说:"到了我们的世纪,周围的世界突然自己关闭了。"世界变成了无可逃遁的陷阱。或者如他在《玩笑》英文版序中所说:"受到乌托邦声音的迷惑,他们拼命挤进天堂的大门。但当大门在身后砰地关上之时,他们却发现自己是在地狱里。"

　　人类逃不出时间和空间的限制、逃不出客观条件的限制,更逃不出主观知识发展阶段的限制。人类越想超越这些无法超越的局限,就越显得渺小和可笑。因此,昆德拉引用犹太谚语说:"人

---

　　①米兰·昆德拉:《贬值了的塞万提斯的遗产》。

们一思索，上帝就发笑！"那种自以为能超越一切局限"从未听过上帝笑声，自认掌握绝对真理"的人是与小说无缘的。因为"小说的精神是复杂性的精神，每一部小说都对读者说'事情并不像你想象的那样简单'"。"小说又是个人发挥想象的乐园，那里没有人拥有真理，但人人有被理解的权利[①]。"昆德拉说："人类渴望一个善与恶能够被清楚地区分的世界，因为他有一个天生的不可遏制的欲望，就是在他理解之前作出判断。宗教和意识形态都建立在这种愿望上。他们只能这样来对付小说，那就是把小说的相对的和模糊的话语翻译成他们自己绝对肯定的、教条的话语。他们要求，总得有某人是正确的：或者安娜·卡列尼娜是一个头脑狭隘的暴君的牺牲者，或者卡列宁是一个不道德的女人的牺牲者[②]。"这就使得小说的智慧（不确定性的智慧）难于被接受和了解。

由于对于小说特点的这种不同凡响的新的认识，昆德拉在艺术表现方面也有了许多新的创造。他认为小说家最巧妙的艺术就是通过构思，把不同的情感空间并列在一起。然后通过每一情感空间进行"存在"的追问。一个主题就是对存在的一种追问。强调主题的统一性和情节的一致性使昆德拉的作品不像某些现代主义作品，那样专注于对瞬间的穷尽性探索和无休止的随意性意识流动；也不像某些后现代主义作品，那样热衷于无目的、无确定意义的摄影式反映。他"永远直接走向事情的中心，将一切可有可无的展现、描写、解释"从主体"剥离"，单刀直入，对特殊的

---

①米兰·昆德拉：《贬值了的塞万提斯的遗产》。

②同①。

词和主题词进行研究。昆德拉说："小说首先是建立在若干个基本的词之上，这就像勋伯格的'音符序列'。在《笑忘录》中，'序列'是这些，遗忘、笑、天使、曲言、边界。在小说进程中，这几个主要的词被分析、研究、定义、再定义，并因此而改变成存在的范畴。小说就建立在这几个词之上，犹如一座房屋被它的栋梁所支撑①。"不仅整个小说如此，就是人物本身也由若干关键词所组成。这些词成为人物的"存在编码"。例如在《生命中不能承受之轻》中，特丽莎的存在编码是肉体、灵魂、晕眩、软弱、田园诗、天堂；萨宾娜的存在编码是女人、忠诚、背叛、音乐、黑暗……在不同的感情空间，在另一个人的"存在编码"中，这些词都有不同的意义。这些"存在编码"不是被抽象地研究，而是在情节与境况中逐步被揭示出来。如果说现实主义作品要求人物应有完全的独立性，作者的观点应尽量隐没，让人物自己与读者对话，尽量促使读者把虚构的人物当作现实；昆德拉却力图让读者看到他的人物不是对一个活人的模拟，而是一种创造，是一个想象出来的人，是一个实验性的自我。作者正是要通过他，把自己对存在的疑问追究到底。因此昆德拉认为小说故事不能离开贯串于其中的主题，但一个主题却可以在故事之外独自得到发展，昆德拉称这种现象为"离题"，并指出"离题并不削弱小说结构的秩序而足使其更为强有力"。

为了达到从多方面勘探"存在"这一目的，昆德拉提倡用音乐的"复调"方式来写小说。复调就是多条线索同时并进而又相

---

①《昆德拉关于结构艺术的谈话》。

互对照,相互呼应,形成音乐式的"对位"。例如布洛赫的小说《梦游人》将长篇小说、短篇小说、报道、诗、论文五条根本不同的线索结合在一起。昆德拉认为"把非小说性的类,合并在小说的复调法中,这是布洛赫的革命性创举"。但他也指出这五条线索还缺乏平衡和有机联系。昆德拉说:"对于我,小说对位法的必要条件是:1. 各'线'的平等;2. 整体的不可分割①。"即各条线索必须均衡发展,并为同一主题所统率,正如"在同一主题的平台上,一架缝纫机与一把雨伞的相遇"。各条线索的文体风格也应是和谐一致的。小说哲理议论决不同于一般哲学论文。昆德拉说,他的思考"从第一个字开始就采用游戏、讽刺、挑逗、实验或疑问的语气……它后面有许多思考、经验、研究乃至激情,但语气从不是严肃的,它是挑逗性的。在小说之外,不可设想这一论文"。这就是他称为"独具小说特点的论文"②。有时候,昆德拉的小说甚至不是建立在一个故事的提纲之上,而是建立在一篇论文之上。例如《生命中不能承受之轻》的第六章,它包容了斯大林儿子的历史、一个神学思考、亚洲的一个政治事件、弗朗兹在曼谷死去,以及托马斯在波希米亚下葬等多条线索。其间并无时间顺序,也无因果关联,而只是被"什么是'媚俗'"这一永恒的疑问(主题)紧紧联系在一起。

以上所有"剥离"、"存在编码"、哲学追问、复调、对位等都是为了使读者通过虚构的人物始终保持探究其"存在状况"的兴趣,

---

① 《昆德拉关于结构艺术的谈话》。

② 同①。

而不至于认虚构为现实，失去观察和探究的距离，而这一切又都服务于一个总的策略和设计，那就是"把极为严肃的问题与极为轻浮的形式结合在一起"。因为，"一个轻浮的形式与一个严肃的内容的结合，把我们的悲剧（我们在床上发生的和我们在历史的大舞台上表演的）揭示在他们可怕的无意义中"[①]。这样，昆德拉就成功地完成了哲理与故事，梦与现实的结合，或者说创作了一支把哲学、叙事和梦合为一体的复杂交响乐。这支交响乐的主旋律不免过于悲观，但构成这一主旋律的许多"动机"和乐章却"绕梁三日"，久久回旋往复，难以忘却。

其实，昆德拉在他的小说中对于"存在"的追问，大部分是形而上的，这使他的作品带有某些"元小说"的意味。特别是关于人生的重和轻，关于肉体、灵魂、爱情、青春、软弱、晕眩等等存在状况的探究都是远远超出于一时一地，而不是某种特定的政治环境所能局限的。我想我们最好按照昆德拉的指引来读他的作品。他说："唯有在这种超民族的语境中，一部作品的价值，也就是说，它做出的发现意义，才能被充分地看出和理解[②]。"他始终坚持"如果一个作家写的东西只能使本国人了解，那么他不但对不起世界上所有的人，更对不起他的同胞，因为他的同胞读了他的作品只能变得目光短浅"[③]。让我们更好地理解昆德拉，更完美地享受和欣赏他的艺术吧！

[①]《昆德拉关于结构艺术的谈话》。

[②]米兰·昆德拉：《生活在别处》序言。

[③]同②。

话说《红楼梦》中的石头

　　石头是水的对立面，是坚贞不屈的象征，所谓"以水投石，莫之受也；以石投水，莫之逆也"。中国历史文献中关于石头的记载很多：《晋书·武帝本纪》载："大柳谷有玄石一所，白画成文。"《十国春秋·吴高祖世家天祐八年》载：有巨石"长七八尺，围三丈余，节度使刘威命舁入观中，七日内渐缩小如数尺状，已又长尺许，后止七寸"。《红楼梦》的想象显然都和这些记载有关。但石头的变异往往不是吉兆，它往往象征着天下大乱，亲人离叛，特别象征着"绝嗣"和后继无人。如《观象玩占》指出："石忽自起立，庶士为天下雄"；"石生如人形，奸臣执政，一曰君无嗣"；"石化为人形，男绝嗣"。另外，古人相信石的本体是土，云的根苗是石，如《物理论》认为："土精为石。石，气之核也。气之生石，犹人筋络之生爪牙也。"《天中记》则说："诗人多以云根为石，以云触石而生也。"《红楼梦》中，贾宝玉与林黛玉的"木石前盟"，贾宝玉与薛宝钗的"金玉良缘"，贾宝玉与史湘云的"云石关系"等都说明石头在《红楼梦》中有非常复杂的象征意义。

　　事实上，脂评本系统的 12 种版本中就有 8 种被命名为《石头记》，这正说明石头在《红楼梦》中的重要地位。那么，《红楼梦》

中的顽石故事与主体故事之间的关系，以及石头在叙述中所起的作用又是怎样的呢？

《红楼梦》中有一个描写现实世界的主体故事，还有一个从幻想世界引入现实世界的顽石故事。《红楼梦》从顽石故事开头：大荒山青埂峰下，有一块女娲炼就的巨石，无才补天，所以幻形入世。从脂评中可以看到原书的结局应是："青埂峰下重证前缘，警幻仙姑揭情榜。通部情案，皆必从石兄挂号，然各有各稿，穿插神妙。"可见《红楼梦》以石头开始，又是以石头的"返本还源，归山出世"而告终结。

那么，这个顽石故事和主体故事是怎样联系起来的呢？联系的方式有二：

在脂评本中，石头变成了"通灵宝玉"，在神瑛侍者入世时，夹带于中，来到世上。甲戌本第八回，宝钗看宝玉的玉时，作者写道："这就是大荒山中青埂峰下那块顽石的幻相。"顽石幻化为"通灵宝玉"，最后又幻化为顽石。在这种连接中，石头本身并不是主人公，不是"剧中人"，而是主体故事中所描写的悲剧和喜剧的旁观者和见证。

在程刻本中，情形就不同了：顽石到赤霞宫游玩，变成了神瑛侍者，又入世变为贾宝玉，蠢物变灵物，灵物又变人。顽石不是旁观者而是当事人，顽石的经历就是贾宝玉的经历。

看来第一种连接方式更接近作者原意。首先，顽石故事贯穿全局，并不只存在于开头和结尾。第二，正如脂评所说："通部情案，皆必从石兄挂号。"有些与贾宝玉自身无关的情节如二尤故事、鸳鸯抗婚等，作者总尽量让佩戴着"顽石幻象"的贾宝玉在场。第三，从脂评判断，原书后半部多写南方甄府之事。（甲戌本第二回脂评："甄家之宝玉，乃上半部不写者，故此处极力表明，以遥照贾家之宝玉。"又庚辰本第七十一回脂评："好！一提甄事，盖真事欲显，假事将尽。"）而这块通灵宝玉先是被窃（甲戌本第八回脂评："塞玉一段又为'误窃'一回伏线"），后来被凤姐拾得（庚辰本第二十三回脂评："妙！这便是凤姐扫雪拾玉之处"），最后又由甄宝玉送回（庚辰本第十七回脂评：《邯郸梦》中伏甄宝玉送玉"）。正是这块通灵宝玉目睹了南北两地甄、贾二府的生活，成为"真事欲显，假事将尽"的情节转折的关键。

顽石故事与主体故事，现实世界与幻想世界的交错联结使《红楼梦》的叙述方式显得十分复杂。这里有一个持全知观点的叙述者，他全知前因后果，过去未来，通晓青埂峰、赤霞宫、太虚幻境的神话世界，也了解甄府、贾府的来龙去脉。除他之外，还有一个更直接的叙述者，那就是"蠢物顽石"。他有时用作者参与的观点，直接出面，用第一人称来叙述，例如庚辰本十七至十八回："说不尽这太平气象，富贵风流。此时自己回想当初在大荒山中，青埂峰下，那等凄凉寂寞。若不亏癞僧、跛道二人携来到此，又安能得见这般世面？本欲作一篇《灯月赋》《省亲颂》，以志今日之事……"（脂评：自"此时"以下，皆石头之语，真是千奇百怪之文）。"蠢物顽石"有时又用作者观察的观点，来记载自己的所见所闻。如甲戌本第六回："诸公若嫌琐碎粗鄙呢，则快掷下此书，另觅好书去醒目。若谓聊可破闷时，待蠢物（脂评：妙谦，是石头口角）逐细言来。"

这个叙述者（石头）既不是故事主人公，如许多用第一人称叙述的小说；又不完全在故事之外，如许多用第三人称写的小说，它紧紧依附于主人公（贾宝玉和甄宝玉），是他们的象征和化身，用他们的思想观点来观察一切，并使他们和他们自己并不了解的前生与来世联结起来。

这种很特殊的叙述的复杂性使《红楼梦》的结构有如一个多面体，由于不同层面的光线的折射，人们对作品的主题也就有了不同的理解。多年来，关于《红楼梦》的主题，有人说是写清朝政治，有人说是写色空观念，有人说是写作者自传、爱情悲剧、"四大家族"、阶级斗争……这些说法见仁见智，都有一定道理，但都不全面。如果从顽石故事与主题故事的联结来考察，就可以看到顽石不甘于荒山寂寞，羡慕丰富多彩的人间，于是幻形人世，享尽尘世的富贵荣华，也历尽了凡人的离合悲欢，终于感到大荒山青埂峰下，虽然凄凉寂寞，但却自由自在，无牵无挂，并无烦恼；人世间虽有许多赏心乐事，但瞬息万变，苦随乐生。顽石枉入红尘，不如还是归去。顽石的入世和出世正表现了作者对人生的一种看法和感受，而主体故事所展现的种种悲剧则反映整个社会对渴望自由和幸福的无辜人们的残酷压迫及其本身无可挽回的衰亡与没落。从这个主题出发，反观《红楼梦》的结构，就可以发现正是石头联结着出世的幻象世界和人世的现实世界，而成为整个情节发展的契机。

曹雪芹一生对石头情有独钟，他的《题自画石》一诗，隐约透露了他以石头为契机，构思《红楼梦》的消息。这首诗是这样写的：

爱此一拳石，玲珑出自然。

溯源应太古，堕世又何年？
有志归完璞，无才去补天。
不求邀众赏，潇洒做顽仙。

（摘自富竹泉著《考槃室札记》手稿）

读书和看电视

在科技发达的美国，听说有的家庭废弃电视，不让孩子用计算器，觉得很奇怪。后来才了解到这种做法虽然不免偏激、过分，但却不无道理。孩子们看多了电视，脑子里充满着别人为他们准备的各种形象，特别是那些每天重复的形形色色的广告形象和相对固定的动画形象，他们几乎失去了建构自己的形象的想象力。计算器也是一样，中国不用计算器的孩子往往心算能力很强，买几样东西，加在一起，一会儿就算出来了；用惯计算器的孩子离开了计算器就总也算不清楚，他们失去了在心目中想象的具体计算能力。

读书和看电视不一样，你必须读一段就把这一段变成你自己的东西，否则你就很难往下进行。你要一部分、一部分地把一个人物按照你自己的想象构造起来。作品留下的大量空白，如作者没有写到的衣服颜色、头发长短、鞋袜式样等等都得由你自己用想象去补足。记得上小学的时候，语文课本中有一篇冰心写的《寂寞》，描写一个教师家庭，除父母外，只有一个小女孩，她常常感到很寂寞。有一天家里来了客人，带来一个小男孩，他们俩玩儿得可好呢，计划以后还要一起做许多好玩的事。但当小女孩满怀希望地从学校回来，客人已经离去，小男孩也走了。小女孩感到十分怅惘。作者并没有写这个小女孩长得什么样，穿什么衣服鞋袜，但她在我的想象中是什么都不缺的。她大概是和我当时一样，梳着童花头。穿着白短衣，小黑裙，我把自己的形象赋予了她。

后来长大一些，开始看各种小说，对书中的各色人物都会有自己的想象。事实上，每一个读者想象中的林黛玉、薛宝钗、简·爱、安娜·卡列尼娜都是不一样的，虽然作者创作的只是他心目中的"这一个"，但读者却按照自己的意愿重新塑造了它。这就是为什么我们对小说改编的电影、电视往往不能满意的原因：我们总觉得电影、电视塑造出来的形象与我们心目中原来的那个形象相去甚远。记得第一次看《红楼梦》电视剧的时候，我不禁大叫："林黛玉哪里是这个样子？"其实，谁也不知道林黛玉应该是什么样子，读者都是按自己的理解、性格和喜好在作者创作的基础上想象出自己的林黛玉。电视可不同，电视人物一览无余，甚至表面看不见的内心世界也要千方百计用各种细节让你一目了然。如果人们没有读过《红楼梦》原著，只是从电视上看到林黛玉，那么他们所认识的林黛玉大概也都是差不多的罢。后来学习文学理论，才明白这就是接受美学很强调的一个重要概念——"成像能力"。如果没有这种把文字在自己的想象中变成形象的能力，人和书籍就永远不可能真正结缘！如果你不能和书籍结缘，你就会永远被排除于这个蕴藏着人类无限智慧和经验的浩瀚的书海之外，那么你可真是白活一世了！当你告别这个世界时，你会感到多么后悔，多么遗憾啊！

我这样说，并没有要贬低电视的意思，它的思想意义、认识意义和美学意义不说自明；我只是说读书和看电视是两种不同的认知方式，不应偏废。在电视泛滥的今天，人们由于惰性，往往容易首先选择色彩斑斓、较少用脑的电视，而较少选择需要安静、需要深思的读书。其实，读书的乐趣并不亚于看电视，那是另一种乐趣。

三真之境：真情·真思·真美

　　初读先生的散文是在 1956 年。那时，我正在先师王瑶教授的指导下为北京大学中文系四年级学生开设每周四学时，为期一年的中国现代文学史。那是特别强调"文学史一条龙"的年代，而今而后，现代文学史都不再有如此重头的分量了。我当时还真有一点"初生牛犊不怕虎"的味道，夜以继日，遍查各种旧期刊杂志，当然是为了上课，但潜意识里也难免还有那么一点好胜之心，想在王瑶老师那本已是包罗万象的《新文学史稿》之外，再发掘出一批文学珍宝。我以为先生早期的散文就是我重新发现的一颗璀璨的明珠，原计划课程结束后即写成文章，没想到课程结束，我的政治生命也就结束了。

　　奇怪的是在那些严酷的"监督劳动"的日子里，我所喜爱的文学作品并没有离我而去。倒是常常在我心中萦绕。其中就有先生在短文《寂寞》中所写的那个比喻："天空里破絮似的云片，看来像一帖帖的膏药，糊在我这寂寞的心上。"那时，我一个人天天在山野牧猪，我真觉得那些灰暗的云片就要将我这颗无依无靠的寂寞的心完全糊满封死，真可以"无知无识，顺帝之则"了！我又常想起先生描摹的那棵美丽的树："春天，它曾嵌着一颗颗火星似的红花，辉耀着，像火焰；夏天，它曾织着一丛丛茂密的绿，在雨里凝成浓翠，在毒阳下闪着金光。然而，在这严酷的冬天，它却只剩下刺向灰暗天空的、丫杈着的、光秃秃的枯枝了。"我问自己：我的生命还刚刚开始，难道就成了那枯枝吗？幸而先生最后说："这枯枝并不曾死去，它把小小的温热的生命力蕴蓄在自己的中心，外面披上刚劲的皮，忍受着北风的狂吹，忍受着白雪的凝固，忍受着寂寞的来袭，切盼着春的来临。"这些话给过我那么多亲切的希望和安慰，事隔四十余年，我至今仍难忘怀。

什么是文学？我想这就是文学。1934年先生身在异国他乡抒写自己远离故土、深感寂寞的情思。先生写这篇文章时，我才三岁。谁能料到就是这篇字数不多、"非常个人"的短文能够在二十多年后，在完全不同的政治环境下，引起一个像我那样的人的共鸣，并使我从它得到这么多的安慰和启迪呢？时光飞逝，多少文字"灰飞烟灭"，早已沉没于时间之海，唯有那出自内心的真情之作才能永世长存，并永远激动人心。真情从来是文学的灵魂，在中国尤其如此。出土不久并被考古学家认定为制作于公元前三百年左右的郭店楚简《性自命出》已经指出："凡声，其出于情者也信，然后其入拨人之心也厚。"不正是说明这个道理吗？

中华民族是一个十分重情的民族，抒情诗从来是我国文学的主流。虽然历代都不乏道学先生对此说三道四，如说什么"有情，恶也""以性禁情"之类，但却始终不能改变我国文学传统之以情为核心。最近从郭店楚简中读到，原来孔孟圣人的时代，就有人强调："道始于情，情生于性。"又说："凡人情为可悦也，苟以其情，虽过不恶；不以其情，虽难不贵。"可见情的传统在我国是如何之根深叶茂！窃以为先生散文之永恒价值就在于继承了中国传统的这一个"情"字。试读先生散文四卷，虽然有深有浅，但无一篇不是出自真情。

但是，只有真情还不一定能将这真情传递于人，古人说"情动于中而形于言"，这"形于言"才是真情是否能传递于人的关键。而"情景相触"构成意境，又是成功地"形于言"的关键之关键。在先生20世纪90年代的作品中，《二月兰》是我最喜欢的一篇。二月兰是一种常见的野花，花朵不大，紫白相间，花形和颜色都没有什么特异之处。然而，每到春天，和风一吹拂，校园内，眼光所到处就无处不有二月兰在。这时，"只要有孔隙的地方，都是一团紫气，间以白雾，小花开得淋漓尽致，气势非凡，紫气直冲云霄，连宇宙都仿佛变成紫色的了。"如果就这样写二月兰，美则美矣，但无非也只是一幅美"景"，先生的散文远不止此。先生随即把我们带到"当年老祖（先生的婶母，多年和先生同住）还活着的时候"，每到二月兰花开，她往往拿一把小铲，到成片的二月兰旁青草丛里去挖荠菜，"只要看到她的身影在二月兰的紫雾里晃动，我就知道在午餐或晚餐的餐桌上必然弥漫着荠菜馄饨的清香"。先生唯一的爱女婉如活着时，每次回家，只要二月兰正在开花，她也总是"穿过左手是二月兰的紫雾，右手是湖畔垂柳的绿烟，匆匆忙忙走去，把我的目光一直带到湖对岸的拐弯处"。而"我的小猫虎子和咪咪还在世的时候，我也往往在二月兰丛里看到它们：一黑一白，在紫色中格外显眼"。1993年这一年，先生失去了两位最挚爱、最亲近的家人，连那两只受尽宠爱的小猫也遵循自然规律离开了人世。"老祖和婉如的死，把我的心都带走了。虎子和咪咪我也忆念难忘。如今，天地虽宽，阳光虽照样普照，我却感到无边的寂寥和凄凉。回忆这些往事，如云如烟，原来是近在眼前，如今却如蓬莱灵山，可望而不可即了。"

唐朝著名诗人刘禹锡说"境生象外"，如果用于这篇文章，那么，"象"是那有形的、具体的二月兰之"景"，而"境"是在同一景色下，由许多物象、环境、条件、气氛、情感酝酿叠加而成的艺术创造；也就是在一片紫色的烟雾里，有老祖，有婉如，有虎子和咪咪，寄托着老人深邃情思的描写。这当然远远超出于"象"外，不是任何具体的、同样呈现于各人眼前的自然之"景"（象）所能代替的。这"境"大概也就是刘勰在《文心雕龙》中所说的"情以物兴，物以情观""物我双会，心物交融"的结果罢。

有了这样浸润着情感的、由作者所创造的"境"，已经可以说是一篇好文章或好诗了，但先生的散文往往还不止于此。正如现象学美学家杜夫海纳所说，审美客体是有深度的，这种深度的呈现是对一个新世界的开启。这个新世界的开启有赖于打开主体人格的一个新的侧面，如果只停留于日常表面的习惯性联系之中，这个新的世界就不会出现；只有主体达到审美情感的深度，审美对象的深度才会敞亮出来。《二月兰》正是在我们面前展现了一个我们过去见到二月兰时从未向我们呈现的新的世界！

下面是先生写于二月兰怒放的一段描述："二月兰一怒放，仿佛从土地深处吸来一股原始力量，一定要把花开遍大千世界，紫气直冲云霄，连宇宙都仿佛变成紫色。"每当读到这里，我就不禁想起鲁迅写的"猛士出于人间"，"天地为之变色"，想起在各种逆境中巍然屹立的伟大人格，也仿佛看到了先生的身影。

西方文论常谈"移情作用"，意谓作者常使周围环境点染上自己的悲欢。《二月兰》恰好反用其意：当"我感到无边的寂寥和凄凉"，"我的二月兰"却"一点也无动于衷，照样自己开花……一团紫气，间以白雾，小花开得淋漓尽致，气势非凡，紫气直冲云霄"！在"文化大革命"那些"一腔义愤，满腹委屈，毫无人生之趣"的日子里，"二月兰依然开放，怡然自得，笑对春风"；十年浩劫结束，人世有了天翻地覆的变化，二月兰也还是"沉默不语，兀自万朵怒放，紫气直冲霄汉"！是的，和永恒无穷的大自然相比，人生是多么短暂，世间那小小的悲欢又是多么的不值一提！二月兰，"应该开时，它们就开；该消失时，它们就消失。它们是'纵浪大化中'，一切顺其自然，自己无所谓什么悲与喜。我的二月兰就是这个样子"。从二月兰，我又一次看到先生人格的另一个侧面。

然而，人毕竟不能无情，不能没有自己的悲欢。特别是对那些"世态炎凉"中的"不炎凉者"，那些曾经"用一点暖气"支撑着我们，使我们不至"坠入深涧"的人们，我们总是不能不怀着深深的眷恋。当他们与世长辞，离我们而去，与他们相处的最平凡的日子就会成为我们内心深处最珍贵的记忆。"午静携侣寻野菜，黄昏抱猫向夕阳，当时只道是寻常"，这些确实寻常的场景，当它随风而逝，永不再来时，在回忆中，是何等使人心碎啊！当我们即将走完自己的一生，回首往事，浮现于我们眼前的，往往并不是那些所谓最辉煌的时刻，而是那些最平凡而又最亲切的瞬间！先生以他心内深邃的哲理，为我们开启了作为审美客体的二月兰所能蕴含的、从来不为人知的崭新的世界。

如果说展现真情、真思于情景相触之中，创造出令人难忘、发人深思的艺术境界是先生散文的主要内在特色，那么，这些内在特色又如何通过文学唯一的手段——语言得到完美的表现？也就是说这些内在特色如何借语言而凝结为先生散文特有的文采和风格呢？窃以为最突出之点就是先生自己所说的："形式似散，经营惨淡。"所谓"散"，就是漫谈身边琐事，泛论人情世局，随手拈来，什么都可以写；所谓"似散"，就是并非"真散"，而是"写重大事件而不觉其重，状身边琐事而不觉其轻"。写重大事件而觉其重，那就没有了"散"；状身边琐事而觉其轻，那就不是"似散"而是"真散"了。唯其是"散"，所以能娓娓动听，逸趣横生；唯其不是"真散"，所以能读罢掩卷，因小见大，余味无穷。

要做到这样的"形散而实不散"实在并非易事，那是惨淡经营的结果。这种经营首先表现在结构上。先生的每一篇散文，几乎都有自己独具匠心的结构。特别是一些回环往复、令人难忘的晶莹玲珑的短小篇章，其结构总是让人想起一支奏鸣曲，一阕咏叹调，那主旋律几经扩展和润饰，反复出现，余音袅袅。先生最美的写景文章之一《富春江上》就是如此。那"江水平阔，浩渺如海；隔岸青螺数点，微痕一抹，出没于烟雨迷蒙中"就像一段如歌的旋律始终在我们心中缭绕。无论是从吴越鏖战引发的有关人世变幻的慨叹，还是回想诗僧苏曼殊"春雨楼头尺八箫，何时归看浙江潮"的吟咏；无论是与黄山的比美，还是回忆过去在瑞士群山中"山川信美非吾土"的落寞之感的描述，都一一回到这富春江上"青螺数点，微痕一抹，出没于烟雨迷蒙中"的主旋律。直到最后告别这奇山异水时，还是"唯见青螺数点，微痕一抹，出没于烟雨迷蒙中"，兀自留下这已呈现了千百年的美景面对宇宙的永恒。这篇散文以"到江吴地尽，隔岸越山多"的诗句开头，引入平阔的江面和隔岸的青山。这开头确是十分切题而又富于启发性，有广阔的发展余地，一直联系到后来的吴越鏖战，苏曼殊的浙江潮，江畔的鹳山，严子陵的钓台。几乎文章的每一部分都与这江水，这隔岸的远山相照应，始终是"复杂中见统一，跌宕中见均衡"。

除了结构的讲究，先生散文的语言特色是十分重视在淳朴恬淡、天然本色中追求繁富绚丽的美。在先生笔下，燕园的美实在令人心醉。"凌晨，在熹微的阳光中，初升的太阳在长满黄叶的银杏树顶上抹上了一缕淡红"（《春归燕园》）。暮春三月，办公楼两旁的翠柏"浑身碧绿，扑人眉宇，仿佛是从地心深处涌出来的两股青色的力量。喷薄腾越，顶端直刺蔚蓝色的晴空"。两棵西府海棠"枝干繁茂，绿叶葳蕤"，"正开着满树繁花，已经绽开的花朵呈粉红色，没有绽开的骨朵呈鲜红色，粉红与鲜红，纷纭交错，宛如天半的粉红色彩云"（《怀念西府海棠》）。还有那曾经笑傲于未名湖幽径的古藤萝，从下面无端被人砍断，"藤萝初绽出来的一些淡紫的成串的花朵还在绿叶丛中微笑……不久就会微笑不下去，连痛哭也没有地方了"（《幽径悲剧》）。这些描写绝无辞藻堆砌，用词自然天成，却呈现出如此丰富的色彩之美！

先生写散文，苦心经营的，还有另一个方面，那就是文章的音乐性。先生遣词造句，十分注重节奏和韵律，句式参差错落，纷繁中有统一，总是波涛起伏，曲折幽隐。在《八十述怀》中，先生回顾了自己的一生："我走过阳关大道，也走过独木小桥。路旁有深山大泽，也有平坡宜人；有杏花春雨，也有塞北秋风；有山重水复，也有柳暗花明；有迷途知返，也有绝处逢生。路太长了，时间太长了，影子太多了，回忆太重了。"这些十分流畅、一气呵成的四字句非常讲究对仗的工整和音调的平仄合辙，因此读起来铿锵有力，既顺口又悦耳，使人不能不想起那些从小背诵的古代散文名篇。紧接着，先生又用了最后四句非常"现代白话"的句式，四句排比并列，强调了节奏和复沓，与前面的典雅整齐恰好构成鲜明的对比。这些都是作者惨淡经营的苦心，不仔细阅读是不易体会到的。

每次读先生的散文都有新的体味，我想那原因就是文中的真情、真思、真美。

叛逆　牺牲　殉道

——现实和文学中的中国女性

20 世纪以来，中国妇女生活的伟大变化是世界上任何地区也难于比拟的。随着世纪初的辛亥革命和五四运动的酝酿及其发展，中国妇女的觉醒与反抗也从萌芽状态迅速走向高潮。这一过程的急遽和迅速在全世界妇女解放运动历史上也是罕见的。何以如此？这是和以下几个特点分不开的：

首先，人们常常把五四运动称为"文艺复兴"（Renaissance），意思是说，和西欧一样，这也是一次以人文主义为中心的思想解放运动，目的在于恢复人作为人的本来面目。果真如此，西方的文艺复兴与中国的文艺复兴也有很大不同。前者所提倡的人文主义首先是要把人从"神"的控制下解放出来，以反抗由宗教法庭为代表的宗教神权为主要内容；而中国人面对的首要问题则是从统治中国几千年的专制意识形态传统中得到解放，这一传统最突出、最重要的特征之一正是它所规定的妇女的"非人"的地位。因此，凡抗击专制意识形态，倡导人文主义的先驱者，都不能不强调这一传统对妇女非人的残酷迫害。五四运动前夜，鲁迅最早的两篇最长的白话论文《我们现在怎样做父亲》和《我之节烈观》都是猛烈抨击封建专制的伦理道德，保护妇女儿童，鼓励妇女的反叛精神的。这两篇文章被看作五四思想解放运动的号角绝不是偶然的。此后,妇女解放问题一直是中国思想解放运动的一个重要内容,受到改革者和社会舆论的广泛重视。

其次,中国的妇女解放运动始终是和社会改革运动结合在一起的。当然,"男女平等"也一直是中国妇女解放运动的一个十分重要的口号,但她们不是把男人作为对立面,并不认为只有和男人作斗争才能达到男女平等,而是与男人并肩作战,在改造社会的共同事业中来达到这一目的。鲁迅在讲演《娜拉走后怎样》和短篇小说《伤逝》中,早就指出没有根本的社会改革,妇女解放、男女平等也只能是一句空话。《伤逝》的女主人公子君十分勇敢,她的座右铭是:"我是我自己的,他们谁也没有干涉我的权利!"但是,当她背叛家庭,毅然出走之后,在那样一个毫无希望的旧社会,也不可能有什么好的前途,正如鲁迅所说,她的前途只能是"堕落"或是回来。当然,这并不是说社会改革了,妇女问题也都解决了,这里还有许多妇女特殊的问题,但在中国的历史条件下,没有根本的社会改革,就谈不上任何有关女性的实质性的改革。中国妇女只可能在根本改造社会的过程中求得自身的解放,这就使中国妇女运动始终集中力量于主要社会问题而培养出一大批妇女活动家。一个困苦而动荡的社会与一个稳定发展社会的妇女问题显然是很不相同的。

再次,数千年的封建专制统治在思想、感情和心理等各方面都对中国妇女造成很深的束缚和残害。不首先摧毁这些精神枷锁,就不可能有真正的妇女解放。五四时期许多有价值的作品都体现着对这类精神压制的冲击。鲁迅的《我之节烈观》激烈反对妇女为丈夫守节的传统观念；胡适的《终身大事》鼓吹妇女反抗旧家庭，和所爱的人结婚；郭沫若的历史剧《三个叛逆的女性》歌颂了蔑视旧礼教敢于与爱人私奔的寡妇卓文君，敢于违皇帝之命、维护个人尊严的王昭君，为祖国复仇献出生命的聂嫈。当时许多文章直接而广泛地讨论"性"和"贞操"这一对妇女禁锢最为森严的禁区。茅盾吸取了尼采所阐发的希腊酒神精神，塑造了慧女士、孙舞阳等解放的"时代女性"的形象，她们声称："我们正在青春，需要各种刺激，需要心灵的战栗，需要狂欢。刺激对于我们是神圣的，道德的，合理的。"她们甚至宣称："既定的道德标准是没有的，能够使自己愉快的便是道德。"这和那些"三从四德""笑不露齿"的传统女性是多么不同！茅盾的第二部小说《虹》的主人公梅女士更明确地强调几千年来，中国的妇女都是用她们的"性"和"美"供别人享乐，今天，也应该利用它为自己的享乐和利益服务。她为了替父亲还债，毫不犹豫地嫁给自己不爱的人，然后出走，使他人财两空。茅盾的许多作品都强调了妇女不仅要从客观的社会桎梏中解放出来，而且也要从主观的传统封建意识中得到新生。他所创造的这类妇女典型在中国传统文学中是完全崭新的，对后来的文学创作有很深的影响。20世纪30年代，丁玲笔下的莎菲女士：一个精神苦闷，企图从爱情和叛逆中寻求解脱，在性和爱情方面都大胆、主动追求的少女。曹禺在《雷雨》中塑造的蘩漪：一个不顾一切道德规范，爱恋丈夫前妻之子，失恋后又疯狂复仇的女人。这些人物显然都和茅盾的女主人公一脉相承。

由于中国妇女肩负着特别沉重而又久远的历史负担，旧的模式根深蒂固，如鲁迅所说，就是开一扇窗户，搬一张桌子也不得不付出血的代价！因此，中国妇女运动自始至终贯穿着一种自我牺牲的殉道精神。从它最早的前驱秋瑾开始，就是如此。秋瑾1904年到日本留学后，写下许多鼓吹妇女解放的诗文。回国后，她在故乡办女学，训练女兵，密谋推翻清朝政府。1907年，她的密友徐锡麟因暗杀政府官员被处死。人们力劝秋瑾逃离故乡，她却带着她的几个女兵进行自知必败的冒死一战，怀着殉道就义的决心，终于被捕斩首于绍兴。湖南妇女向警予17岁就投身于妇女解放运动，是20世纪20年代中国第一批到法国勤工俭学的领袖。回国后，她为上海丝厂和烟厂女工的罢工运动作出了重要贡献。1928年被捕入狱，她还领导了狱中的绝食斗争，终于视死如归，被敌人所枪杀！近百年来，这类为真理、为理想、为自身解放而英勇献身的妇女英雄真是举不胜举！中国妇女正是在这样觉醒、叛逆、奋斗、牺牲、殉道的过程中获得了自己的初步解放，逐渐成熟起来。

20世纪后半叶，第二次世界大战后，人类有了新的觉悟，世界也有了一定进步。中国20世纪五十年代的新宪法和婚姻法从法律上保障了妇女解放，男女平等，应该承认一般妇女生活比过去有了相当大的改善。然而，中国妇女传统中的牺牲、殉道、叛逆精神却从未中断。

北京大学中文系的女学生，向有"才女"之称的林昭，在才华横溢的19岁，只因写诗呼唤改革不合理的社会现象，号召人们警惕特权和等级制度的危害，1957年被定为"右派"，逐出学校。当时，一般说来，"右派"很少入狱，只要"承认错误"，"悔过自新"，虽然打入另册，也还能生活下去。但林昭不但不承认自己有错，而且还坚持认为整个"反右运动"是根本错误的。她甚至和其他几个"右派"相约，计划出一些小型印刷品来宣传自己的主张。她们还翻译了南斯拉夫共产党的纲领，认为那是一个值得学习的纲领。就这样，她被捕入狱。没有申诉，没有审判，没有判决，一关就近20年。她在狱中写了很多诗，有时用笔，没有笔，就用指头上的血！她始终毫不妥协地批判一切她认为不合理的现象。直到20世纪70年代后期，有一天，她以"恶毒攻击"反革命罪被判处死刑，执行枪决。她的母亲和妹妹接到了一个通知，要她们前去缴纳七分钱的"子弹费"。作为反革命家属，她们必须为穿透林昭胸膛的这粒子弹付钱！1980年，在同学们为她筹办的追悼会上，白菊花簇拥着她年轻美丽的遗像，两边是一副无字的对联：一边是一个触目惊心的疑问号"？"，另一边是一个发人深思的惊叹符"！"。此时无声胜有声，两个浓墨大写的简单符号概括着多少无法言说的历史，见证着血所换来的多少年轻人的觉醒。

20世纪50年代初期在人民大学研究俄国文学的高材生张志新，拉得一手好提琴。1969年"文化大革命"高潮中被"四人帮"逮捕，唯一的罪名是"恶毒攻击文化大革命"！她始终认为"毛主席亲自发动"的这场"文化大革命"是我们民族的一场大灾难！就为讲这样一句真话，她以生命作为代价。最后一次谈话时，人们告诉她，如果她"悔改"，还可以"宽大处理"；然而，她说，她还是愿像一支蜡烛，既然点着了，就燃烧到最后罢！当权者怕她喊出真理的声音，竟然在走上刑场之前，预先割断了她的气管！就这样，她傲然就义于刽子手的屠刀之下，留下两个年幼的孩子！

1979 年，在中山公园，北京的青年们为她召开了盛大隆重的追悼大会。许多年轻人在会上朗诵了献给她的诗篇。一个很年轻的诗人雷抒雁在他那首献给张志新的著名长诗《小草在歌唱》中，有这样几段：

风说：忘记她吧！
我已经用尘土把罪恶埋葬。
雨说：忘记她吧！
我已用泪水，
把耻辱洗光。
······

只有小草不会忘记，
因为那殷红的血，
已经渗进土壤。
那殷红的血，
已经在花朵里放出清香！
······

我们有八亿人民，
我们有三千万党员，
七尺汉子，
伟岸得像松林一样！
······

可是，当风暴袭来的时候，
却是她冲在前边，
挺起柔嫩的肩膀，

肩起民族大厦的栋梁！
……

如丝如缕的小草哟，
你在骄傲的歌唱，
感谢你用鞭子
抽在我的心上，
让我清醒。
昏睡的日子
比死更可悲；
愚昧的日子，
比猪更脏！

诗，当然还很幼稚，但以它的纯真表明张志新的死震撼了多少青年的心！

马明珍，一个刚满三十岁的年轻女化工技师，牺牲在我的故乡贵阳，那落后而又偏僻的山城。就因为她在林彪极盛之时，竟敢撄其锋，公开宣称毛泽东主席决定林彪做接班人是完全错误的，将这个错误写进党纲和宪法就更为错误！她当然立即就被判为"现行反革命分子"，立即枪决！她也曾被劝告悔改以保全生命，但她却坚持自己只不过说了真话："说了人民想说的话，也许是说得早了一点！"她被绑在一辆卡车上，在押赴刑场的路上，绕城一周，游街示众。如果说在这种传统的、野蛮的"游街"过程中鲁迅笔下的阿Q还能喊出一句"二十年后又是一条好汉"，那么，马明珍却一个字也喊不出来，因为怕她的声音被人民听见，她的下颌骨已扭曲脱臼！八十年代平反后，她牺牲的悲壮史实详细记载于山城的《贵阳文艺》。

时代变化了，历史在前进。这些伟大女性在我们心中所曾唤起的种种深思和激情难道真的泯没了吗？这些伟大女性用她们的头颅和鲜血构筑起来的中国妇女奋斗、牺牲、叛逆、殉道的光荣传统难道就这样被遗忘了吗？那些无穷无尽地描写女性身边琐事、男女纠葛以及女性玩世心态的作品难道真能成为当今女性文学的主流吗？我想回答应该是否定的。

21 世纪——多元文化的世纪

经济、科技的全球化，乃至某些物质文化（如时装、餐饮、建筑等）的全球化已是我们进入 21 世纪时必须承认的基本现实。在这种趋势下，作为文化重要组成部分的精神文化（哲学、宗教、伦理、文学、艺术等）走向如何呢？是否也将和经济、科技一样逐渐一体化，也就是说逐渐"趋同"呢？这类文化有没有可能，或者有没有必要持续多元发展？

文化的多元发展是历史的事实。三千余年来，以苏格拉底、柏拉图、亚里士多德为代表的希腊文化传统，以孔、老为代表的中国文化传统，以犹太教先知为代表的希伯来文化传统以及阿拉伯、伊斯兰文化传统和非洲文化传统等始终深深地影响着当今的人类社会。

从历史来看，文化发展首先依赖于人类学习的能力以及将知识传递给下一代的能力。在这个漫长的过程中，每一代人都会为他们生活的时代增添一些新的内容，包括他们从那一时代社会所吸收的东西、他们自己的创造，当然也包括他们接触到的外来文化的影响。这个传递的过程有纵向的继承，也有横向的开拓。前者是对主流文化的"趋同"，后者是对主流文化的"离异"；前者起整合巩固作用，后者起开拓作用。对文化发展来说都是必不可少的，而横向开拓尤其重要。对一门学科来说，横向开拓意味着对外来文化的影响，对其他学科知识和对原来不受重视的边缘文化的开发。这三种因素都是并时性地发生，同时改变着纵向发展的方向。

三种因素中，最值得重视、最复杂的是外来文化的影响。就拿今天的西方文化来说，无论是在欧洲还是美国，我们到处可以听到或看到非洲的音乐和雕塑、日本的版画和建筑以及古代中国园林装饰的影响。可以毫不夸大地说，欧洲文化发展到今天之所以还有强大的生命力，正是因为它能不断吸收不同文化的因素，使自己不断得到丰富和更新。同样，中国文化也是由于不断吸收外来文化而得到发展的。例如印度佛教传入中国后，就极大地促进了中国哲学、宗教、文学、艺术的发展。可以说中国文化受惠于印度佛教，同时，印度佛教又在中国得到发扬光大，其在中国的成就远远甚于印度本土。在印度佛教与中国本土文化结合的过程中，印度佛教中国化，形成了新的佛教宗派，如天台宗、华严宗、净土宗、禅宗等。这些新的佛教宗派不仅影响了宋明新儒学的发展，而且传入朝鲜和日本，给那里的文化带来了巨大影响。显然，正是不同文化的差异构成了一个文化的宝库，经常诱发人们的灵感而导致某种文化的革新。没有差异，没有文化的多元发展，就不可能出现今天多姿多彩的人类文化。

既然多元文化的现象从来就存在，那么全球化趋势与多元文化又是什么关系呢？其实，"多元化"的提出本身正是全球化的结果。所谓全球化一般是指经济体制的一体化、科学技术的标准化，特别是电讯网络的高度发达，三者不可避免地将世界各地连接成一个不可分割的有机整体，使庞大的地球变成了一个"地球村"。全球化使某些强势文化遍及全世界，大有将其他文化全部"同化"和"吞并"之势，似乎全球化与文化的多元发展很难两全。其实，这只是事情的一个方面；另一方面，如果没有全球化，多元化的问题显然也是不可能提出的。

首先是全球化促进了殖民体系的瓦解，造就了全球化的后殖民社会。原殖民地国家取得了合法的独立地位后，最先面临的就是从各方面确认自己的独立身份，而自己民族的独特文化，正是确认独特身份最重要的因素。二战以来，马来西亚为强调其民族统一性坚持以马来语为国语，以色列决定将长期以来仅仅用于宗教仪式的希伯来文重新恢复为日常通用语言，一些东方领导人和学者为了强调自身文化的特殊性提出了"亚洲价值"观念等。这些都说明当今文化并未因世界经济和科技的一体化而"趋同"，反而是向着多元的方向发展。

经济全球化和后殖民状态也在西方社会引起了意识形态的大变动，这就是在文化方面以后现代性为标志的后工业社会。后现代性大大促进了各种"中心论"的解体，世界各个角落都成了联成整体的地球的一个不可分割的组成部分。每一部分都有自己存在的合法性，过去统帅一切的"普遍规律"和宰制各个地区的"大叙述"面临挑战。人们最关心的不再是没有具体实质、没有时间限制的"纯粹的理想形式"，而首先是活生生地存在、行动，感受着痛苦和愉悦的"身体"。它周围的一切都不固定，都是随着这个身体的心情和视角的变化而变化的。这对于多元文化的发展实在是一个极大的解放。正是由于这一认识论和方法论的深刻转变，对"他者"的寻求，对文化多元发展的关切等问题才被纷纷提了出来。人们认识到不仅需要吸收他种文化以丰富自己，而且需要在与他种文化的比照中更深入地认识自己，以求发展。这就需要扩大视野，了解与自己的生活习惯、思维定式全然不同的他种文化。

法国学者于连·法朗索瓦在他的一篇新作《为什么我们西方人研究哲学不能绕过中国？》中有一段话说得很好。他认为："我们选择'出发'，也就是选择'离开'，以创造远景思维的空间……由于遗传，我们与希腊思想有某种与生俱来的熟悉，为了了解它，也为了发现它，我们不得不割断这种熟悉，构成一种外在的观点。"其实，这个道理早就被中国哲人所认知。宋代著名诗人苏东坡有一首诗写道："横看成岭侧成峰，远近高低各不同。不识庐山真面目，只缘身在此山中。"也就是要造成一种"远景思维的空间"，"构成一种外在的观点"。要真正认识自己，除了自己作为主体，还要有这种"外在的观点"，包括参照其他主体（他人）从不同角度、不同文化环境对自己的看法。有时候，自己长期并不觉察的东西经"他人"提醒，往往会得到意想不到的认识和发展。

最后，还应提到全球化所带来的物质和文化的极大丰富，也为原来贫困地区的人们创造了发展物质文化和自身精神文化的条件。正是受赐于经济和科技的发达，人类的相互交往从来没有像今天这样频繁，旅游事业的开发遍及世界各个角落。一些偏僻地区、不为人知的少数民族文化正是由于旅游和传媒的开发才广为人知和得到发展。尽管在这一过程中，不免会有形式化（仪式化）的弊病，但总会吸引更多人关注某种文化的特色和未来。

由此可见，正是全球化，带来了多元文化的进一步发展。但是，全球化和文化多元化仍然不能不存在尖锐的矛盾。要保存文化的多样性，那当然是各种文化越纯粹、越"地道"越好，但不同文化之间又不可避免地互相渗透、吸取，这种互相吸收和补充，"你中有我，我中有你"是否有悖于保存原来文化的特点和差异？这种渗透交流的结果是不是会使世界文化的差异逐渐缩小，乃至因混同而特点消失呢？

从历史发展来看，一种文化对他种文化的吸收总是通过自己的文化眼光和文化框架来进行的，很少会全盘照搬，而多半是为我所用，取其所需。例如佛教传入中国，得到很大的发展，但在印度曾颇为发达的佛教唯识宗却由于其与中国传统思维方式抵触过大，而始终未能流行。法国象征派诗歌对30年代中国诗歌的影响很大，兰波、凡尔仑的诗歌曾被大量译介，而作为法国象征主义诗歌杰出代表的马拉梅在中国的影响却很小。这些都说明了文化接触中的一种最初的选择。

另外，一种文化对他种文化的接受也不大可能原封不动地移植。一种文化被引进后，往往不会再按原来轨迹发展，而是与当地文化结合，产生出新的，甚至更加辉煌的结果。希腊文化首先是传入阿拉伯，在那里得到丰富和发展，然后再到西欧，成为欧洲文化的基石。印度佛教传入中国，与中国原有的文化相结合产生了与过去很不相同的中国化的佛教宗派如天台宗、华严宗、净土宗、禅宗等。这种文化异地发展的现象，历史上屡屡发生。可见两种文化的相互影响和吸收不是一个"同化""合一"的过程，而是一个在不同环境中转化为新物的过程。正如中国古话所说："和实生物，同则不继。"只有在不同中互相促进，才能创造新事物，如果全然相同，就不可能继续发展。如此在不同选择、不同条件下创造出来的新物，不再有旧物原来的"纯粹"，但它仍然是从旧物的基因中脱颖而出，仍然具有不同于他物的独特之处，因此全球化和多元化的相互作用，其结果并不是"趋同"乃至"混一"，而是在新的基础上产生新的不同。当然，这并不排斥在漫长的社会发展进程中，人们会逐渐形成共同的价值标准，如和平发展、环境保护以及某些普世伦理等，这些共同的认知对于人类和平共处无疑具有十分重要的意义。但即使是这些为数不多的共同认知，在不同的地区和民族也还有其不同的标准、理解和不同的表现形式。

总的说来，在可以预见到的相当长一段时间内，不同传统的文化，特别是在人类文化史上曾经产生过重大影响的不同文化还会长期得到继续发展，当然也很难说一切民族文化都能永世长存。历史已经证实，从长远来看，一些文化兴起，一些文化衰亡是不可避免的事实。目前存在的各种文化，由于种种原因，也不可避免地会有一部分在全球化的过程中逐渐衰落而消失。不同文化要得以长存，最重要的条件就是它是否能在人类文化发展的进程中作出自己特有的贡献而有益于其他文化。如果一种民族文化以封闭求生存，只追求回复自身固有的模式，而无视如何将自身独特的文化，开发为当今世界文化发展的有益资源，从而参与未来世界文化的建设，那就难免被世界所遗忘。

因此，任何文化在发展自己的同时，总要力求考虑到全球文化发展的需要，研究人类发展中所遭遇的共同问题，为促进这些问题的解决作出自己文化所能作出的特殊贡献，并以此作为自己文化发展的主要方向。这就是在全球意识观照下文化多元发展的总趋势。

2000 年 1 月于北京大学朗润园

如何对待自身的传统文化

调整心态

⊙

从曾经被殖民或半殖民地区的视角来看，当前最重要的问题，就是在后殖民的全球语境下，如何对待自身的传统文化的问题。由于这些地区的传统文化长期以来受到西方文化的灌输和扭曲，一旦从殖民体制压制下解脱出来，人们首先想到的自然是如何恢复发扬自身的固有文化，使其传播四海。这种倾向完全合理，无可非议。但与此共生的往往是一种极端的民族情绪。在沉醉于这种情绪的人们看来，既然中国文化已经被压制了几百年，如今为什么不应该扬眉吐气，"独呈雄风于世界"？既然中国传统文化如此悠久辉煌，而中国经济正在稳步快速上升，为什么不可以说"二十一世纪就是中国人的世纪"？总之，他们认为西方中心的隐退就意味着东方中心的取而代之，过去我们只能崇尚西方的经典，今天我们就要以东方经典雄视天下。显然，这样的思维方式创造不出任何新事物，无非是在新的时代和环境下，不断复制过去西方中心论的各种错误做法。事实上，中国文化能否为其他文化所接受和利用，绝非中国一厢情愿所能办到的。这首先要看中国文化（文学）是否能为对方所理解，是否能对对方作出有益的贡献，引起对方的兴趣，成为对方发展自身文化的资源而被其自觉地吸收。今天东西方文化的接触只能是和过去完全不同的，以互补、互识、互用为原则的双向自愿交流。

如何理解传统文化、如何进行文化交流

⊙

　　除了上述调整心态的问题之外，还有两个重要的问题需要思考：其一是如何理解传统文化，用什么样的传统文化去和世界文化交流？其二是如何交流，通过什么方式交流？我们所说的文化并不等于已经铸就的、一成不变的"文化的陈迹"，而是在永不停息的时间之流中，不断以当代意识对过去已成的"文化既成之物"加以新的解释，赋予新的含义；文化应是一种不断发展、永远正在形成的"将成之物"。毋庸置疑，在信息、交通空前发达的今天，所谓当代意识不能不被各种外来意识所渗透。任何文化都是在他种文化的影响下发展成熟，脱离历史和现实状态去"寻根"的，寻求纯粹的本土文化既不可能也无益。即使中国从来不是殖民地，当代中国人也很难完全排除百余年来的西方影响，复归为一个纯粹传统的中国人，正如宋明时代的人不可能排除印度文化影响，复归为先秦两汉时代的中国人一样。因此我们用以和世界交流的，应是经过当代意识诠释的、现代化的、能为现代世界所理解并在与世界的交流中不断变化和完善的中国文化。

　　至于如何交流，用什么方式交流，这里存在着一个难解的悖论。文化接触首先遇到的是用什么话语沟通的问题。若完全用外

来话语沟通，本土文化就会被纳入外来文化的体系之内，失却本身的特点，许多宝贵的、不符合外来体系的独特之处就会被排除在外而逐渐泯没；如果完全用本土文化话语沟通，不仅难以被外来者所理解，而且纯粹的本土文化话语也很难寻求，因为任何文化都是在外来文化的不断影响和交流中发展的。只有正确理解这一悖论，才能实现真正的文化接触。当中国文化进入外国文化场时，中国文化必然经过外国文化的过滤而变形，包括误读过度、诠释等；同样，外国文化进入中国文化场，也必然受到中国文化的选择并透过中国式的读解而发生变形。其实，历史上任何文化对他种文化的吸收和受益都只能通过这样的选择、误读、过度诠释等变形，才能实现。常听人说唯有中国人才真正能了解中国，言下之意，似乎外国人对中国的了解全都不屑一顾。事实上，根本不需要外国人像中国人那样了解中国，他们只需要按照他们的文化成规，择取并将他们感兴趣的部分改造为他们所需要的东西。法国的伏尔泰、德国的莱布尼兹都曾从中国文化受到极大的启发，但他们所了解的中国文化只能通过传教士的折射，早已发生了变形，这种变形正是他们能得到启发的前提。今天我们再来研究伏尔泰和莱布尼兹如何通过其自身的文化框架，来对中国文化进行了解和利用，又可以为我们提供一个新的视角，来对自己熟悉的文化进行别样的理解。这样，就在各自的话语中完成了一种自由的文化对话。这里所用的话语既是自己的，又是已在对方的文化场中经过了某种变形的。历史上不同文化之间的互利、互识多半是通过这样的方式来进行。例如古代中国在自己的文化场中，用自己的话语与印度佛教对话，结果是创造了中国佛教的禅宗。英国哲学家罗索 1992 年在《中西文化比较》一文中说："不同文化之间的交流过去已被多次证明是人类文明发展的里程碑。希腊学习埃及，罗马借鉴希腊，阿拉伯参照罗马帝国，中世纪的欧洲又模仿阿拉伯，而文艺复兴时期的欧洲仿效拜占庭帝国。"希腊、罗马等文化吸收了其他文化之后，仍然主要是希腊、罗马文化。正如中国作家鲁迅所说，吃了牛羊肉，也不见得会类乎牛羊。由此看来，世界文化的未来发展也不会造就洛里哀（Frederic Loliee. 法国比较文学家）所预言的那种文化"大混合体"，而仍然是具有不同特点的各民族文化的共存。

当然也还可以更自觉地寻求其他新的途径，例如可以在两种话语之间有意识地找到一种中介，这个中介可以充分表达双方的特色和独创，足以突破双方的现有体系，为对方提供新的立足点，来重新提出追问，并得出新的结论。例如共同解决人类面临的问题就可以是一种中介，尽管人类千差万别，但总会有大体相同的生命形式（男与女、老与幼、人与人、人与自然、人与命运等）和体验形式（欢乐与痛苦、喜庆与忧伤、分离与团聚、希望与绝望、爱与恨、生与死等），以表现人类生命与体验为主要内容的文学一定会面临许多共同问题，如文学中的"死亡意识""生态环境""人类末日""乌托邦现象""遁世思想"等。不同文化体系的人对于这些不能不面对的共同问题，都会根据他们不同的历史经验、生活方式和思维方式作出自己的回答。这些回答回响着悠久的历史传统的回声，又同时受到当代人的取舍和诠释。只有通过这样的多种文化体系之间的对话，这些问题才能得到我们这一时代的最圆满的解答，并向未来开放回答这些问题的更广阔的视野和前景。

在这种寻求解答的平等对话中，可能会借助旧的话语，但更重要的是新的话语也会逐渐形成。这种新的话语既是过去的，也是现代的;既是世界的,也是民族的。在这样的话语逐步形成的过程中，世界各民族就会达到相互的真诚理解。

以"文化自觉"面对新的"中西相遇"

当前，讨论东方与西方，中学与西学，绕不开费孝通先生所提的五四这一代之后知识分子所面临的"文化自觉"的新的历史命题。文化自觉指的是深刻认识自身文化历史传统的最根本的种子或基因，并为这个基因的发展创造新的条件，同时将这个文化传播于世界，参与全球新文化的创建；没有文化自觉就不会有多元文化的共生，也不会有世界社会的和谐。

事实已多次证明，任何想要依靠霸权覆盖或绝灭他种文化的企图都不但不可能成功，而且会激起更大的反抗。只有各民族充分的文化自觉，才能共同建立一个和平共处、各抒所长、共同发展的世界。

今天，许多先进的西方知识分子提出人类需要的不是一个单极统治的帝国世界，而是一个多极均势的"社会世界"，一个文明开化、多元发展的联盟。要达到这个目的，人类精神需要发生一次"人类心灵内在性的巨大提升"，这就是全球的多极均衡，多元共存，也就是一个"基于生活质量而非个人无限财富积累的可持续性的文明"。从这种认识出发，他们一方面回归自身文化的源头，寻求重新再出发的途径；另一方面广泛地吸收非西方文化的积极因素，并以之作为"他者"，通过反思，从不同视角更新对自己的认识。这些新发展构成了与过去的汉学（中国学）很不相同的"新汉学"。

反观中国，我们无论对西方对中国都还缺少系统的、全面深刻的反思。本民族文化复兴的强烈愿望往往被扭曲为封闭排外的文化"复归"。一部分人寻求的不是对自身文化有"自知之明"，而是一种势头很猛的夸张的复旧，其中尤有甚者，宣扬"圣贤是文化之本，文化由历代圣贤创造"，认为中国一百多年的近代史都错了，走的都是所谓"文化歧出""以夷变夏"的路，甚至主张"把儒教重新定为国教，建立一个儒教社会"。这种倒退复古、明显排外的取向当然不是提倡文化自觉的本意。另外，也有一些人不加质疑地追随西方现代化取向，对西方理论不加反思地接受，把本土资源作为论证西方理论、实现西方社会思想的工具，无视西方学者已经深刻揭示的现代化危机等倾向的存在。

显然，对于中国来说，同样也需要进入一个与过去不同的中西相遇的新阶段。这个新阶段应与中国传统文化坚持的"和实生物，同则不继""万物并生而不相容，道并行而不相悖"的精神是相一致的，中国的和平发展期待在这样的语境中通过沟通、互补、协调、合作，也就是有些学者总结的4C精神（Communication, Complementary, Coordination, Cooperation），和全世界一起，开创一个和过去完全不同的未来。

大学和传媒一样，其根本任务都是为塑造一代新人而工作。我对这一工作的前景持乐观态度。

| 散文纪事 >

我所认识的北大校长们

——献给自由的精魂

北大自由精神的奠基者蔡元培校长早就指出："大学不是养成资格，贩卖知识的地方"，也不只是"按时授课的场所"，"大学也者，研究学问之机关"，"大学生当以研究学术为天责"，学者更"当有研究学问之兴趣，尤当养成学问家的人格"。他抱定学术自由的宗旨，在北大实施了一系列改革。正如梁漱溟先生所回忆："他从思想学术上为国人开导出一新潮流，冲破了社会旧习俗，推动了大局政治，为中国历史揭开了新的一页。"梁先生特别强调这一大潮流的酿成，"不在学问"，"不在事功"，而在于蔡先生的"器局大"和"识见远"。所以能"器局大"，"识见远"，又是因为他能"游心乎超实用的所在"。

这个"游心乎超实用的所在"讲得特别好。大凡一个人，或拘执于某种具体学问，或汲汲乎事功，就很难超然物外，纵观全局，保持清醒的头脑。中国知识分子素有"议而不治"的传统，一旦转为"不议而治"，那就成了实践家、政治家，而不再是典型的知识分子。法国社会学家艾德加·莫林（Edgar Morjn）认为可以从三个层次来说明知识分子一词的内涵：一、从事文化方面的职业；二、在社会政治方面起一定作用；三、对追求普遍原则有一种自觉。

"从事文化方面的职业"大约就是马克思在《剩余价值论》中所讲的"精神生产"。"在社会政治方面起作用"就是构筑和创造某种理想,并使它为别人所接受。卡尔·曼海姆（Karl Mannheim）认为,理想可以塑造现实,可以重铸历史,对人类社会发展具有实际影响。"对追求普遍原则有一种自觉"就是曼海姆所说的,知识分子应保留一点创造性的不满的火星,一点批判精神,在理想与现实之间保持某种"张力"。也就是如连·本达（Julien Benda）所说的,知识分子理想的绝对性,禁止他和政治家难以避免的半真理妥协,和塔柯·帕森斯（Taleott Parsons）所说的"把文化考虑置于社会考虑之上,而不是为社会利益牺牲文化"。列宁认为,"社会主义学说是由有产阶级出身的、受过教育的知识分子所制定的哲学理论、历史理论以及经济理论中长成的",它是知识分子长期精神生产的结果,而不是暂时的政治斗争的产物。

北大的校长们,很多都曾有过不和"政治家难以避免的半真理妥协"的经验,他们总是敢于"在理想与现实之间保持某种张力"。直到今天,每当我们困扰于计划生育的两难境地,我们总是不能不想起马寅初校长和他的《新人口论》。1957年马校长将他多年来思索的结晶《新人口论》按正规手续提交一届人大四次会议,指出控制人口十分迫切,十分必要。他语重心长地警告说:"人口若不设法控制,党对人民的恩德将会变成失望与不满。"回答他的,是"百人围剿",他十分愤慨地写了《重申我的请求》一文,鲜明地表现了一个杰出知识分子坚持真理的悲壮之情。他说:"我虽年近八十,明知寡不敌众,自当单身匹马,出来应战,直至战死为止,决不向专以力压服、不以理说服的那种批判者们投降。"如果马校长当时所面对的政治家多少能听取一点不囿于眼前实利而从长远出发的真知灼见，马寅初对中国社会文化的贡献将无可估量。马寅初之所以能高瞻远瞩，从某种程度来说也正因为他不是一个实行者，他只是一个知识分子，他的位置是"议而不治"。这就保证他可以摆脱一些局部和暂时利益的牵制，不需要屈从于上级，而以自己的独立思考和智慧造福于社会。

相反，北大也有些校长，他们同时是朝廷重臣，如孙家鼐，他虽有开明的思想，也有重振国威、兴办教育的志向，但他毕竟是"官"，所以和康有为、梁启超不同，终于不能越政府的"雷池"。严复，这位向西方寻找真理的先进中国人，被袁世凯拉入政府，脱离了"议而不治"的地位，就无可避免地屈从于实际政治，卷入复辟逆流。

作为知识分子的杰出代表，北大的大部分校长都是"把文化考虑置于社会考虑之上"，对于文化都怀着极深的关切。九十年来，再没有比"中西古今之争"这个百年大课题更引人注目，更得到全国关切的文化问题了。如果说孙家鼐囿于他的地位，只是把中西文化关系局限在"中学为主，西学为辅"的层次上，那么，严复提倡的却是"非西洋莫以师"。他的《天演论》之问世，如"一种当头棒喝"，"一种绝大刺激"，以致"几年之中，这种思想像野火一样延烧着许多少年人的心和血"。严复所考虑的是更深的文化关切，他超越了"师夷长技"的"言技"阶段，并提出当时盲目移植西方政治制度的做法有如"淮橘为枳"，不能真收实效。因为"苟民力已恭，民智已卑，民德已薄，虽有富强之政，莫之能行"。故要"自强保种，救亡图存"，不能只是"言政"，还要从根本做起，即"开民智，奋民力，和民德"，以教育为本，也就是从文化方面来解决问题。

胡适进一步把中西文化关系放进时间的框架来考察。他认为"文明是一个民族应付环境的总成绩，文化是一个文明形成的生活方式"。因此，"东西文化的差别实质上是工具的差别"。人类是基于器具的进步而进步的，石器时代、铜器时代、钢铁时代以及机电时代都代表了文化进化的不同阶段。西方已进入机电时代，而东方则犹处于落后的手工具时代；西方人利用机械，而东方人则利用人力。他尖锐地指出："东洋文明和西洋文明的界限是人力车和摩托车的界限。"工具越进步，其中包含的精神因素也越多。摩托车、电影机所包含的精神因素要远远大于老祖宗的瓦罐、大车、毛笔。"我们不能坐在舢板船上自夸精神文明，而嘲笑五万吨大轮船是物质文明。"胡适认为中西文化的差别首先不是地域的差别，而是时代的差别，也就是进步阶段的差别。因此中国传统文化需要进行根本改造与重建，以便从中世纪进入现代化。

梁漱溟不仅从纵的历时性角度来考察中西文化，而且第一次从西方、印度、中国三种文化系统的比较中，从世界文化发展的格局中来研究中国文化。他认为这三种文化既是同时存在而又是递进发展的。西方文化取奋身向前、苦斗争取的态度，中国文化取调整自己的意欲、随遇而安的态度，印度则取"消解问题"、回头向后的态度。梁先生认为西方文化已经历了它的复兴，接下去应是中国文化的复兴，然后是印度文化的复兴。三种文化各有特点，同时也代表着人类文化发展的三个阶段。中国文化应在自己的基础上向西方已经到达的那个阶段发展，因此对西方文化的态度应是"全盘承受而根本改过"。西方文化则由于第二阶段发展不充分，出现了种种弊病，应回头向中国文化学习、补课。

从世界格局来研究中国文化就有一个相互交流的问题。汤用彤先生特别强调了文化交流中的"双向性"，他认为两种文化的碰撞绝不可能只发生单向的搬用或移植。外来文化输入本土，必须适应新的环境，才能在与本土文化的矛盾冲突中生存繁衍，因此它必然在某些方面改变自己的本来面貌；另一方面，在这个过程中，它又必然被本土文化吸收融合，成为本土文化的新成分。无论是外来文化还是本土文化都不可能保持原状而必融入新机，这就是文化的更新。汤先生以毕生精力研究了印度佛教和中国文化的关系，处处证实了"印度佛教到中国来，经过很大的变化，成为中国佛教，乃得中国人广泛的接受"。他将这一过程归结为因看见表面的相同而调和、因看见不同而冲突、因发现真实的相合而调和三个阶段。这三个阶段既是同时的先后次序，也是一般的逻辑进程。汤先生毕生从事的魏晋南北朝佛教史和魏晋玄学的研究都可视为这一结论的印证。直到如今，这一论断仍不失为有关中外文化沟通融合的真知灼见。

文化传统就是这样在不断吸引、变化和更新的过程中发展的。这是一个动态的过程。任何文化传统都不是固定的、已成的（things become），而是处于不断形成过程之中（things becoming），它不是已经完成的"已在之物"，只要拨开尘土就能重放光华；更不是一个代代相传的百宝箱，只消挑挑拣拣，就能为我所用。传统就是在与外界不断交换信息，不断进行新的诠释中形成的，传统就是这个过程本身。如果并无深具才、识、力、胆的后代，没有新的有力的诠释，文化传统也就从此中断。

季羡林先生最近对这个问题进行了深邃的思考和精到的发挥。他在《传统文化与现代化》一文中指出，传统文化代表文化的民族性（我认为，这就是上述文化传统形成过程中积淀下来并不断发展的某些因素——笔者注），现代化代表文化的时代性。一切民族文化都需随时代发展而更新。季先生认为这二者相反相成，不可偏废。现代化或时代化的标准应是当时世界上文化发展的最高水平，任何文化的现代化都必须向这一最高水平看齐。因此，现代化与开放和交流密不可分。在这个过程中，正如汤用彤先生所论证，外来文化必有改变，传统文化也必得更新。二者都不可能原封不动，否则就只能停滞和衰退。季先生认为我国汉唐文化的繁荣，其根本原因就是一方面发展了汉民族的传统文化，一方面又大力吸收了外国的物质和精神文明并输出我国的传统文明。反之，清朝末年的保守派一方面对传统文化抱残守缺，一方面又拒绝学习国外先进的东西，畏惧时代化和现代化，结果是国力衰竭，人民萎缩。未来的希望就在于赶上当前世界文化发展的最高水平，并在这一过程中对过去的文化进行新的诠释。

回顾过去历届北大校长对文化问题的看法，对我们今天有关文化问题的讨论仍是极好的借鉴。

北大的自由精神容纳了人们对真理的追求，容纳了几十年来人们对文化问题的自由讨论，同时也容纳了个人人生信念爱好的不同。"物之不齐，物之情也。"蔡元培时代的北大就容纳了许多完全不同的人物。正如马寅初校长所回忆："当时在北大，以言党派，国民党有先生及王宠惠诸氏，共产党有李大钊、陈独秀诸氏，被视为无政府主义者有李石曾氏，憧憬于君主立宪、发辫长垂者有辜鸿铭氏；以言文学，新派有胡适、钱玄同、吴虞诸氏，旧派有黄季刚、刘师培、林损诸氏。"这些人都可以保留自己独特的思想和信念，不必强求统一。正是这种不统一，才使蔡元培时代的北大如此虎虎有生气。"不同"、"不统一"，保存自身的特点，维持相互的差异，对于事物的生存和发展十分重要。

第二次世界大战后，世界文化发展的总趋势就是全球意识背景上的文化多元发展。这是世界进入信息时代，帝国主义垄断结束的必然结果，也是20世纪后半叶无可抗拒的时代特征。特别是与进化论相对的耗散理论，熵的概念的提出，更是在今天的西方世界形成了一种对模式化、一元化、"无差别境界"的深刻恐惧。熵的理论认为在一个封闭系统里，能量水准的差异总是趋向于零。例如不同平面的河水，可以利用落差驱动水轮，可以发电，这是有效的、自由的能量；一旦落差消除，水面平衡，能量就转为无效和封闭。这就是说，无差别的、封闭性的一种模式、一个体系、一个权威。总之，一元化只能导致静止、停滞和衰竭。能量不断耗散而趋于混沌一致的过程，也就是作为衡量这一混沌程度的单位的熵日益增大的过程。只有形成开放系统，不断和外界进行信息交换，力求迫取独特、差别和创新才有可能维持生命活力，而不至于成为庄子所描写的那个无"七窍"，不能"视听食息"的名叫混沌的怪物。如果事物越来越统一，熵越来越大，人类就会在一片无争吵、无矛盾的静止、混沌之中沉入衰竭死寂。因此，人们把刻意求新，不断降低"熟悉度"，追求"陌生化"的作家称作"反熵英雄"。"四人帮"统治下的北大追求所谓认识统一、思想统

一、行动统一等五个统一，和蔡元培所开创的自由精神背道而驰，结果是扼杀了创造性，戕灭了生机。一切归于一致，也就归于静止衰竭。九十年来，北京大学的校长们，从已故的蔡元培、马寅初、翦伯赞到仍健在的季羡林，都曾为维护这种独特性、创造性，不苟同、不随俗而付出过昂贵的代价直到生命。他们是自由的精魂，他们的功业将没世永垂。

目前，一个新的历史时期正在我们眼前展开。面向世界，面向现代化，面向未来的方针为我们古老的民族注入了无穷的生命力；开放搞活的政策为彻底摧毁昔日"万喙同鸣，鸣又不揆诸心"的封闭体系提供了最有力的武器。正是在这样全民共振奋的形势下，北大当任校长率先提出了把北大建设成世界第一流大学的壮志宏图，果真如此，则今日北大人将无愧于往昔自由精神之前驱。

值此北大校庆九十周年之际，谨以中国文化书院之名义，将这本小书奉献于已故的、在世的、方生的和未生的北大之魂。

1988 年 3 月 14 日

我与中国文化书院

20世纪80年代后半叶，中国掀起了规模空前的文化讨论"热"。这绝不是一种偶然现象，而是中国现代化这一历史进程本身所提出的历史课题。在世界文化语境中对中国传统文化的评价，对中国当代文化的分析和对其未来的策划与希求实在是中国现代化进程不可或缺的关键环节。

1984年，中国文化书院在北京成立，我即是首批参加这一团体的积极成员。但中国文化书院其实是一个兼收并蓄的多元化的学术团体，我的思想毋宁说更接近于我的年轻朋友们。我同意他们强调的：我们正面临着一个极其深广、复杂的"文化冲突"，这种冲突首先是有几千年历史的中国文化传统与正在形成的中国现代文化之间的冲突；任何一个民族实现现代化都不可避免地要使自己的旧文化（传统文化）蜕变为新文化（现代文化）。因为现代化归根结底是"文化的现代化"。为要开创中国的现代文化形态就不能离开中国传统文化的基础，更不能不认真研究传统文化形态与现代文化形态在本质上的差别和冲突，还应着重考察西方文化是如何从其传统形态走向现代形态的。西方文化经过文艺复兴、宗教改革、启蒙运动、法国革命，创造了西方文化的现代形态，而英、法、德、意、俄诸国仍然保持着他们自己的传统文化特色。因此，不能固定地、抽象地讨论中西文化差别关系，而应集中研究如何在历史性动态发展中促使中国文化挣脱其传统形态，蜕变为现代形态。

以一代学术大师梁漱溟为主席、冯友兰为名誉院长的中国文化书院，一开始就提出要建设"现代化的、中国式的新文化"，要在"全球意识的观照下"重新认识中国文化。他们举办的首届"中外文化比较研究班"，函授学员一万两千余人，遍及全国各省、直辖市、自治区，包括西藏、新疆。四十余名中老年导师多次分别到全国十多个中心城市进行面授，并与学生共同讨论。我曾于暑假参加过三次这样的面授，有些场面十分令人感动，使我至今难忘。每次参加面授的学员，大体都有二三百人，他们大多是中小学教师、中下层干部，特别是文化馆、宣传部的干部，也有真正的农民和复员军人；他们有的从很远的山区或边远小城徒步赶来，扛着一口袋干粮和装着纸笔图书的土布书包。他们不愿花钱租一个为他们安排好的学生宿舍床位，就露天铺张草席在房檐下或凉亭里睡觉。我常常和他们聊天到深夜，从他们那学到不少东西。我发现在这些普通知识分子的心里，传统文化的根很深，这有好也有坏。例如他们大都认为"男尊女卑"，"男主外，女主内"是理所当然；我和他们讨论过多次，他们仍然认为我说的"男女共同主内，男女共同主外"根本不可行。记得那次在长沙岳麓山岳麓书院面授，我的讲题是《弗洛伊德在西方文化发展中的意义》。在朱老夫子当年大讲"节烈"的学术殿堂上讲弗洛伊德，心里觉得多少有些反讽意味。课后讨论，学员几乎都认为以"超我"的"道德原则"来压抑"自我"的"利害原则"和"本我"的"快乐原则"是天经地义的事,否则就会你争我夺,天下大乱。我深有感触,真正使中国传统文化现代化,谈何容易!

"中外文化比较研究班"一方面讲中国文化,一方面介绍半个世纪以来西方文化的发展现状。研究班编写了《中国文化概论》《西方文化概论》《印度文化概论》《日本文化概论》《比较方法论》《比较史学》《比较法学》《比较美学》《比较文学》等十四种教材;还编辑出版了导师们的讲演稿四集,即《论中国传统文化》《中外文化比较研究》《文化与科学》《文化与未来》,由三联书店出版。我在各次演讲中影响较大的是《从文学的汇合看文化的汇合》和《后现代主义与文化的未来》。

前一篇讲演直到 1993 年,还由《书摘》杂志重新刊载,引起一些人的注意。我想这是因为我当时(1986 年)特别强调经过长期的封闭,我们急切需要了解世界,更新自己。就拿马克思主义来讲,过去我们理解的马克思主义都是通过苏联,从俄文翻译传到中国,几经删削,其实只剩了《联共(布)党史》中总结的历史唯物主义三条,辩证唯物主义四条。至于德国马克思主义究竟是什么样子,我们确实知之甚微。我们不仅对马克思主义后来在西方的发展一无所知,就是对苏联马克思主义发展现状也知道得不多。例如当时苏联关于日丹诺夫的批判,对一般知识分子来说,也还是封锁的,而日丹诺夫 20 世纪 30 年代对《星》和《列宁格勒杂志》的错误结论对中国文艺界的影响可以说真是具有灾难性!这说明我们如果不面向世界,就是连马克思主义也是不能真正了解的。而西方文化也有一个从"西方中心论"解放出来,面向世界的问题。在这一篇讲演中，我谈到20世纪以来，整个世界正在走向新的综合。20世纪，人类第一次从星际空间看到地球，看到人类共居的这个蔚蓝色的小小球体；地球似乎越变越小，15小时即可到达地球的另一端，坐在电视机旁，所知顿时可达世界各个角落。马克思把人类社会作为一个整体来研究，提出社会发展的五种经济形态；弗洛伊德把人类自身作为一个整体来研究，提出意识、潜意识、"本我"、"自我"、"超我"等层次；法国学者德鲁兹认为全体人类的发展都经历过"无符号、符号化、过分符号化、解符号化"等阶段；加拿大社会学家麦克卢汉将人类进化分为"无传播""手势传播""语言传播""印刷传播""电讯传播"等过程。这些都是把世界看作一个整体，对之进行宏观的综合分析。在这种大趋势下，任何一种文学理论如果是真正有价值的，就不仅只适合一种民族文学，而且适合他种文学；文化理论亦复如此。任何一种文化所创造的理论都将因他种文化的接受而更丰富，更有发展。不同文化不仅不会因这种汇合而失去自己的特点，反而会因相互参照和比较而使自身的特点更为突出。

我的另一篇讲演《后现代主义与文化的未来》，目的也在于对一个中心、一个模式、一个权威的社会模式的冲击。我详细介绍了后现代主义所总结的深度模式的消失。也就是说一切"现象"后面并不一定有一个决定它的"本质"，一切"偶然性"后面也不一定有一个产生它的"必然性"，一切"能指"（符号）不一定与其"所指"（符号所代表的意义）固定相连，一切"不确定性"也不可能只产生一种"确定性"。过去，我们常常强调"要看本质，不要只看现象"，因而原谅了很多现象的丑恶；又因为相信"认识必然就是自由"而把你不得不服从的种种认为是必然，明明被强制了还以为是自由。我认为这种无深度概念的思维模式无疑对人类思想是一种极大的解放。我也谈到后现代社会对于大自然，对于潜意识，对于文化领域的商品化。"文化商品"成批生产，形成了固定的生活模式。如果说 20 世纪 60 年代美国的"嬉皮士"们曾抱着对生活的某种理想，反对公式化、程式化的生活，那么，七八十年代的"雅皮士"们的生活目标却是千篇一律，有一个好履历、好收入、小家庭、汽车、洋房、旅游、上饭馆……生活也成了一种"成批"生产的模式。事实上，在后工业社会，生活已经分裂成各种碎块。我谈到现代主义时期，人们虽也感到荒谬、焦虑、生活的无意义、异化，等等，但人还是作为一个整体来感受的，到了后现代主义社会，人的生活是由他人早已精心安排好的，正如假期旅行，下一步做什么早就有了安排，连什么时候看什么戏都是早已安排好的。在这种紧张地赶日程中，没有过去，没有未来，只有"现在"这一瞬，而"现在"却是零乱的、分裂的、非中心化的，就像五十部电视机同时放四部录像带。

我并不认为因中国尚处于前现代经济状况，后现代主义就与我们无缘。事实上，当今任何地区都不大可能封闭、孤立，不受外界干扰，如上所述，后现代思维方式已经对我们起着很好的作用。我认为中国文化的未来就决定于我们是否能在古今中外的复杂冲突中，正确地以现代意识对中国文化进行新的诠释；所谓现代意识当然就包含了对西方文明的摄取，也包含对后现代思维方式的摄取。要改变中国，要发展经济，首先要改变中国人的精神，使他们从传统的精神负累和精神奴役中解放出来。要达到这一目的，西方新观念的冲击实不可少。当然这种冲击所引起的改变首先是中国的，是在中国传统中所引起的改变，绝不会像鲁迅所讽刺的那样，吃了牛羊肉就变成牛羊的。我对那种鼓吹"返回传统"，以至"否定五四"的主张实不敢赞同，对当时盛行于文艺界的"寻根思潮"也有不同的看法。我对学员们说："只有已经'失去'，才有'寻'的必要。被卖到美洲的黑人要寻他们非洲的'根'，被放逐而流落异乡的人要寻他们的'根'，因为他们要返回自己祖先的文化；而我们就生活在这世代相传的土地上，好的、坏的、优秀卓越的、肮脏污秽的，都从那传统的根上生长出来。我们既未曾失落它，也无法摆脱它，还到何处去寻呢？而所谓文化传统，也绝非什么一成不变的'根'，仿佛是什么'传家宝'，只要拨开迷雾，就能再放毫光！事实上，传统就存在于每一代人的不同诠释中，它不是一种封闭的'既成之物'，而是开放的、不断变化的、正在形成中的'将成之物'；换句话说，中国文化就存在于现代人的现代意识之中，并由现代人的诠释和运用而得到发展。如果说现代意识的核心是'全球意识'，那么，从理论上来说，现代意识本身就包含了某些西方文明，我们以现代意识来重新诠释前人逐步发展起来的传统文化本身就是一个中西文化碰撞交汇的过程。"

我也强调了中西文化交汇的过程中，难免有误读的可能，因为相互理解本身就是一个过程；况且我们也不能要求西方人像中国人那样理解中国文化，反之亦然。历史上，如伏尔泰、莱布尼兹、庞德、布莱希特等都从中国文化中得到灵感并发展出新的体系，他们对中国文化的理解也不见得就那样准确、全面、深入；为什么当我们的青年人从西方理论得到一点启发而尝试运用时，就要受到那样的求全责备呢？其实，如果能从某种文化中看到某一点，有所触动而且生发开去，即便是"误解"，又有什么关系呢？历史上往往正是某种意义上的"误解"促进了文化的发展，否则就只有千篇一律的重复；况且谁又敢保证他的理解就一定是"正解"，就那样符合"原意"？"原意"是什么，又如何才能证明呢？

我不仅强调了文化的历史变迁，也强调了其共时性的多元，无论中西文化都是如此。中国文化不仅有儒、释、道三家，还有许多民间的"小传统"。就拿对妇女的态度来说，儒家要求的三从四德模式也许被宣传得很多，但是小说戏剧中真正讨人喜欢的妇女却往往与此相反。《聊斋》中的婴宁、小翠，她们大胆、开放，敢说敢笑，能爬树，会踢球，爱演戏；穆桂英、扈三娘等"刀马旦"都是中国戏剧特有的形象；孟丽君、杜十娘更是在很多方面都胜过了男人。西方文化也是复杂多样、多层次的。19世纪以来，千百年发展起来的西方文化同时涌入中国，本是"历时"性的过程不能不被压缩成"并时性"的"纷然杂呈"。我们既不能重复其历史过程，又不能"唯新是骛"，因为新的不一定都是好的或有用的。原则还应是拿来主义，为我所用。

早在1988年3月，为纪念北京大学九十周年校庆，中国文化书院决定编写一本《北大校长与中国文化》作为献礼，以表彰对中国文化有重大贡献的北大校长们。我们终于创纪录地在一个半月内全部完成了编写、校对和印刷、出版工作，由三联书店发行。在五四前后，这本书在校园内外十分畅销，足可与北大出版社出版的另一本纪念北大九十周年校庆的畅销书《精神的魅力》相媲美。全书从孙家鼐、严复、蔡元培、胡适、汤用彤，一直写到马寅初、翦伯赞、季羡林。《附录》则专门写了对中国文化卓有贡献的三位北大著名教授：梁漱溟、陈独秀、朱光潜。

我为这本书写的序，题目是《自由的精魂与文化之关切》。我提出北大九十年来立校的根本精神就是学术自由。

1989年4月召开的《五四运动和中国知识分子问题》学术讨论会，是中国文化书院与香港中文大学、香港大学、二十一世纪研究院联合为纪念五四运动七十周年而举办的一次大型国际学术会议。

我向大会提交的一篇论文，题目是《重估〈学衡〉——兼论现代保守主义》。意在进一步研究数十年来，由于意识形态影响而被排斥到边缘的一些知识分子群落。我首先就注意到曾被鲁迅一语定论、七十年不得翻身的《学衡》杂志。鲁迅的名篇《估〈学衡〉》断言："夫所谓《学衡》者，据我看来，实不过聚在'聚宝之门'左近的几个假古董所放的毫光；虽然自称为'衡'，而本身的秤星尚且未曾钉好，更何论于他所衡的轻重是非！"从此，《学衡》杂志几乎在各种文学史中都成了批判对象。我对此多少有些怀疑，深感证据不足，特别是我在哈佛大学作研究时接触到当年号称"哈佛三杰"的陈寅恪、汤用彤、吴宓与当年哈佛大学教授欧文·白璧德（Irving Babitt）所倡导的"新人文主义"的关系的史料之后，更是觉得《学衡》的问题必须重新探讨。《学衡》杂志创刊于1922年1月，一直正规按月出版，至1926年底，出到六十期。1927年停刊一年，1928年1月复刊，改为双月刊。1930年再度停刊一年，1931年复刊。此后时断时续，直到1933年出版第七十九期终刊。十一年来，一以贯之，皆由吴宓担任总编辑，并一直在中华书局出版，这种一贯性，在五四以来的众多期刊中实属罕见。曾为《学衡》撰稿者不下百余人，大多是三四十岁的中青年知识分子；《学衡》的核心人物如吴宓、柳诒徵、胡稹、梅光迪、汤用彤等都是当时的大学教授，绝大部分曾留学国外，知识结构、年龄、社会地位都与新文化运动其他领导人相仿。当时，新文化运动激进派认为，要拯救中国就必须彻底批判旧传统，抛弃旧文化，在新的现实需要的基础上重建新文化。与此相反，《学衡》派诸公认为不能割断历史，必须承认过去与现在的连续。他们的理由有三：第一，如吴宓所说："论学论事，当究其始终，明其沿革，就已知求未知，就过去以测未来。人能记忆既往而利用之，禽兽则不能。"（《论今日文学创造之正法》）第二，他们认为人文科学与自然科学不同，不能完全以进化为依据，不一定"新"就比"旧"好，也不一定现在就胜于过去。所谓"物质科学，以积累而成，故其发达也，循直线以进，愈久愈强，愈晚上愈精妙；然人事之学，如历史、政治、文章、美术等，一系于社会之实境，或由于个人之天才，其发达也，无一定之轨辙，故后来者不必居上，晚出者不必胜前"，不能"以新夺理"（吴宓：《论新文化运动》）。第三，他们认为历史有"变"有"常"，"常"就是经过多次考验，在经验中积累起来的真理。吴宓强调必须了解、拥有通过时间考验的一切真、善、美的东西，才能应付当前与未来的生活，这种东西是世界性的，与任一时代的精神相合。吴宓认为全世界都在进行着同样的斗争，对中国来说，一方面是"人文主义、国家传统与古人的经验、智慧"，另一方面是"民主政制、仿效西洋、创新、放纵与反叛"。他认为这一斗争的结果直接关系到中华民族的存亡，只有找出中华民族文化传统中普遍有效和万古长存的东西才能重建我们民族的自尊（《中国的新与旧》）。

另一个有意思的现象是无论激进派还是《学衡》派，对现状都表示了强烈的不满，而急于向西方寻求真理。后者引进西学的热情完全不亚于前者。如梅光迪所说："彼土圣哲所惨淡经营，求之数千年而始得者，吾人乃坐享其成。故今日之机缘，实吾人有史以来所罕睹。"但《学衡》派的引进西学与激进派有两点明显的不同。这就是梅光迪所标举的两项标准：其一是被引进的东西必有正当之价值，而此价值当取决于少数贤哲，不当以众人之好尚为依据。其二是必须实用于中国，即与中国固有文化之精神不相背驰。或为中国向所缺乏，而可截长以补短者；或能救中国之弊，而有助于革新改进者（梅光迪：《现今西洋人文主义》《评提倡新文化者》）。因此，他们鄙视"顺应世界潮流""适应时势需要"等说明，认为那无非是"窥时俯仰""与世浮沉"，真正的"豪杰之士"倒是"每喜逆流而行"。梅光迪认为，"真正学者为一国学术思想之领袖，文化之前驱，属于少数优秀分子，非多数凡民所能为也"。而平民主义之真谛并非"降低少数学者之程度，以求合乎多数"，而是"提高多数之程度，使其同享高尚文化"。若"以多数人所不能企及之学问艺术为不足取"，而"人类之天性殊不相齐"，那么，文化就不能更新。

同是对中国现状不满，同是向西方寻求真理，激进派皈依马克思主义，自由派找到杜威、罗素，保守派却以白璧德为宗师。究竟是西方的大师们造就了自己的后继者，还是向西方寻求真理的中国学人本就有自己的归依，因而选择了自己的引路人，是一个很值得研究的问题。但有一点却非常清楚，那就是五四以来，中国的改革已汇入世界运动的洪流。世界争论的大潮包括白璧德与杜威的争论，科学主义与泛情主义引起的广泛怀疑，以及斯宾格勒有关"西方衰落"的预言都不能不在中国激起强烈的反响，促使一大批中国人参加进这一世界性对话的行列。从《学衡》同人来看，这一现象尤其明显。首先，他们已摆脱五四前"国粹派"把国粹看作一种"已成之物"来加以保存的封闭性状态，他们强调的是"欲以欧西文化之眼光，将吾国旧学重新估值"，因此，必须对中外历史、社会、风俗、政治、宗教诸端以及中国传统典籍、欧美重要著作充分加以研究（胡先骕：《论批评家的责任》）。吴宓更清楚地表明："宓亲受教于白璧德师及穆尔先生，亦可云宓曾间接承继西洋之道统而吸收其中心精神。宓持此区区所得以归，故更能了解中国文化之优点与孔子之崇高中正。"（吴宓：《吴宓诗集·空轩诗话》）这种以融合了西方意识的现代意识来重新解释中国的传统文化，就使传统文化不同于过去而有了新的意义。其次，由于第一次世界大战后西方社会的动荡，加以《西方的衰落》《欧游心影录》等著作的影响，人们开始感到中国传统文化对世界具有新的意义。例如柳诒徵在他那篇《中国文化西被之商榷》中，就提到由于"交通进步，渐合世界若一国"，由于西方人感到自己文化的弱点，中国人认识到除金钱武力外，还有文化一途，中国文化的西传已经提到日程上来。当然，这并不是说"间闻三数西人称美亚洲文化，或且集团体研究，不问其持论是否深得东方精神，研究者之旨意何在，遂欣然相告，谓欧美文化迅即败坏，亚洲文化将取而代之"（汤用彤：《评近人之文化研究》）。在这种交流的基础上，《学衡》派提出"世界将来之文化必集文化之精髓而杂糅之"（胡稷咸:《批评态度的精神改造运动》）。吴宓更是从一开始就提出："中国文化以孔教为中枢，以佛教为辅翼；西洋之文化以希腊罗马之文章哲理与耶教孕育而成。今欲造成新文化……则当以以上所言之四者……首当着重研究，方为正道。"（《论新文化运动》）这与1921年9月白璧德以"中国与西方的人文教育"为题的一次讲演完全相合。在这次讲演中，白璧德指出中国文化传统与西方文化传统"在人文方面，尤能互为表里，形成我们可谓之'集成的智慧'的东西"。他建议在中国学府"把《论语》与亚里士多德的《伦理学》合并教授。而在我们的学府里，也应该有学者，最好是中国学者来教授中国历史与哲学"。他认为这是"促进东西方知识界领袖间的了解的重要手段"。他甚至提出"为了取得人文主义对功利主义和泛情主义在东西方的胜利,应该促成一个人文国际"（白璧德:《中国与西方的人文教育》，转引自侯健:《从文学革命到革命文学》）。在这样的国际基础上产生出来的新文化必然不同于原来的西方文化，也不同于原来的东方文化。正如吴芳吉所说："复古固为无用，欧化亦属徒劳。不有创新，终难继起，然而创新之道，乃在复古、欧化之外。"（《再论吾人眼中的新旧文学观》）

　　总之，以《学衡》为代表的中国现代保守主义不再闭守一隅，它属于世界。《学衡》派诸公从民族主义和不满现实出发，选择了温和的改良主义途径，建立起自己的保守主义体系。这个体系的特点，说它是"存旧立新"也好，说它是"推陈出新"也行，总之是没有造成断裂，也没有形成封闭。当然，它也有很多谬误，特别是在那个时期总觉有些不很相宜，与主流不很合拍；但出现于 1992 年 1 月的"《学衡》现象"是否也可以算是对五四新文化运动的一种反思，试图正视其弱点而另觅途径呢？不可否认的是《学衡》也是五四的产物，没有五四，就不会有《学衡》，而且它总算以自己的声音参加了世界文化运动的合奏。其实，保守主义、自由主义、激进主义往往存在于同一框架，它们之间的张力和搏击正是推动历史前进的契机。五四时期，以李大钊、陈独秀为代表的激进派，以胡适等人为代表的自由派，先以严复、林纾，后以《学衡》为代表的保守派，无非都是针对面临的共同问题显示出不同的反应和不同的思考层面。这些问题又不外乎如何对待传统文化、如何接受西方文化、如何建构自己的新文化。作为一种历史现象，在我们讨论重建中国文化时，对前人走过的路，似应拨开情感和惰性之迷雾，作一番全面的回顾。我认为关于《学衡》史料的较为全面的阅读引起了我的学术思想的一大转折，我逐渐较为深入地和过去支配我的、趋向于激进的泛情主义决裂，也就是和曾经禁锢我的某种意识形态决裂。这使我可以更全面、更冷静地看待历史的方方面面。

比较文学界发现这样一批立志突破、创新，对国家民族有所承诺，对时代有责任感的闯将，真是喜何如之！遂不能不从心里向他们表示真诚的敬意！

美丽的治贝子园在哭泣

　　治贝子园——北大校园的最后一座皇家故园就要被拆迁了！环绕着它的五棵百余年老树（其中一棵树龄在二百岁以上）也要被移往他处！北京大学决定在这里修建一座乒乓球馆以迎接2008年的"人文奥运"！近日来，丈量测绘人员来来往往，治贝子园在哭泣，树在哭泣，我们的心也在哭泣。

　　北大校园曾有过好几处清代皇家园林，如皇族诗人奕𝕝在此吟诗作画的鸣鹤园，现在除了一块小小的石碑，一弯小小的石桥，早已全无踪影。人世变迁，沧海桑田，本也是常情，但偏偏有不甘于历史湮灭的人如美国威斯里安大学的舒衡哲教授，对此多方考察，追述了鸣鹤园从皇族故居演变为"文化大革命"时期关押北大教授的"牛棚"，再演变为今天由美国人出资修建的赛格勒博物馆，穿插着奕𝕝思考人生，点染景色的诗歌，成就了一本厚厚的英文书，书名就是《鸣鹤园》。

　　目前幸存的治贝子园的命运似乎比鸣鹤园稍强一些。治贝子园是工部尚书苏楞额在嘉庆二十二年（1817年）建造的，时称"苏大人园"或"苏园"。清代著名诗人龚自珍与苏楞额之孙兰汀郎中交往甚密，曾游览并寓居园中，作有《题兰汀郎中园居三十五韵》

及《寓苏园五日诗二首》。他在诗中曾描写了苏园位置并盛赞苏园之美。他说："园在西淀圆明园南四里，淀人称曰苏园。"其诗云："园有五百笏，有木三百步。清池足荷芰，怪石出林撼。禁中花月生，天半朱霞曙。"足见苏园当时的美丽和规模。同光年间，道光皇帝长孙载治封贝勒，得苏园，遂改称治贝子园。后来，此园传给载治长子溥伦。溥伦曾首次率中国代表团赴美参加世博会，并于 1907 年与京师大学堂（北大前身）创办人孙家鼐同任资政院总裁。他在治贝子园中，常聚众习武练功，有书记载，太极拳经其扶植，才从陈家沟扎根于北京，并由此辐射全国。如今太极拳列入奥运项目，治贝子园正是其发祥故园。

载治第五子、袭镇国将军的溥侗酷爱艺术，是著名的京剧、昆曲艺术教育大师，文物专家，音乐家，清华大学国学院导师。他曾与严复共同创作了中国历史上第一首国歌《巩金瓯》。载治死后，治贝子园为溥侗所有，他在这里组建了演习京昆的戏班，修建了演出的大舞台，成为当时文人雅士京剧昆曲艺术的活动中心。故治贝子园又称"红豆馆"，在中国戏剧史上具有重要的影响。

50 年代后，园中的建筑多遭毁坏，该园仅存的"后殿"先后成为北大的体育器材室、学生食堂、木工车间、堆放杂物的仓库等，后来又拆毁了大戏台，改建成游泳池。记得在修建过程中，还挖出一个女性骷髅，人们说是一位公主。总之，昔日的辉煌早已成为记忆。

1995 年仲夏，北京大学中国哲学与文化研究所经过著名学者、台湾大学陈鼓应教授的奔走，出于对中国文化的热爱，一位台湾中学校长出资美元 20 万，重新修缮了治贝子园原址，成为面向国内外弘扬中国文化的人文教室。凡是来过治贝子园的中外学人，无一不对这座体现着中国建筑艺术，洋溢着人文书香的四合院赞誉有加。一位法国雕塑家还曾建议在院中修筑一座小型艺术雕塑，和他在美洲、欧洲的类似创作相呼应。

难道美丽的治贝子园——北大校园的最后一座皇家故园真的即将随"鸣鹤园"而去，从此永远湮灭吗？今年（2004年，编者注）2月9日，季羡林、侯仁之、张岱年、吴良镛、汤一介等文化耆宿、专家联名签署了一封致国务院办公厅、中国奥申委、北京市政府、国家文物局、北京市文物局、北京大学校长、北京大学校党委的信，信中说："治贝子园距今已有二百年历史，是一座典型的清代园林建筑。它的价值不仅体现于建筑形式，也体现于该园在其历史变迁中所嵌刻的时代烙印及其所凝聚的历史人物活动和人文艺术景观；其所蕴含的历史文化和文物信息非一般古建房屋可比，如果拆迁，将是北京的一大损失，也是历史的一大损失。哪怕在异处仿建十座，也无法弥补。因为仿建最大的不足，是历史的失真。这一失真的本质与历史学家伪造历史或艺术家创造赝品一样，是没有任何历史和艺术价值可言的。我们强烈呼吁：为后人负责，为历史与艺术负责，为中华民族的文化负责，勇敢地承担起治贝子园的文物保护责任！乒乓球馆的建设用地可以有选择余地，而治贝子园一旦拆除，将永远不能复原！"

哭泣的园，哭泣的树，中国文化最顶尖的人们都在为你们说话了！也许，他们能改变你们的命运？

（注：经过季羡林、侯仁之、张岱年、吴良镛、汤一介等著名资深学者的联名呼吁，北京市和北大当局撤销了原计划。一位副市长还曾亲自登门向几位老先生致谢，北京市文物局还给他们写了一封诚挚的表扬信。治贝子园得以幸存。）

透过历史的烟尘

人生在世，总有一些场景，铭刻于心，永远难忘。尽管时光如逝水，往事瞬间就会隐没于历史的烟尘，但这些场景像里程碑，联系着一些人和事，标志着你成熟的某个阶段，已成为你生命的一部分。

你曾注意到未名湖幽僻的拱桥边，那几块发暗的青石吗？那就是我和她经常流连忘返的地方。1952年院系调整，我和她一起大学毕业，一起从沙滩红楼搬进燕园，她当了解放后中文系第一个研究生，我则因工作需要，选择了助教的职业。我们的生活又忙碌，又高兴，无忧无虑，仿佛前方永远处处是鲜花、芳草、绿茵。她住在未名湖畔，那间被称为"体斋"的方形阁楼里。我一有空，就常去找她，把她从书本里揪出来，或是坐在那些大青石上聊一会儿，或是沿着未名湖遛一圈。尤其难忘的是我们这两个南方人偏偏不愿放弃在冰上翱翔的乐趣，白天没空，又怕别人瞧见我们摔跤的窘态，只好相约晚上十一二点开完会（那时会很多）后，去学滑冰。这块大青石就是我们一起坐着换冰鞋的地方。我们互相扶持，蹒跚地走在冰上，既无教练，又无人保护，我们常常在朦胧的夜色中摔成一团，但我们哈哈大笑，仿佛青春、活力、无边无际的快乐从心中满溢而出，弥漫了整个夜空。

　　我是她的入党介绍人，她是上海资本家的女儿，入党时很费了一番周折。记得那是1951年春天，我们正在热火朝天地学习文件，准备开赴土地改革最前线。她的父亲却一连打来了十几封电报，要她立即回上海，说是已经联系好，有人带她和她姐姐一起经香港，去美国念书，美国银行里早已存够了供她们念书的钱。她好多天心神不宁，矛盾重重。我当然极力怂恿她不要去，美国再好，也是别人的家，而这里的一切都属于我们自己，祖国的山，祖国的水，我们自幼喜爱的一切，难道这些真的都不值得留恋么？况且当时在我心目中，美国真是一个罪恶的渊薮，美国兵强奸了北大女生，可以无罪开释，二战胜利前夕，我亲身体验了美帝国主义者在中国大后方的霸道横行！我们一起读马克思的书，讨论"剩余价值"学说，痛恨一切不义的剥削。她终于下定决心，稍嫌夸张地和父亲断绝了一切关系。后来，她的父亲由于愤怒和伤心，不久就离开了人世。在土改中，她表现极好，交了许多农民朋友，老大娘、小媳妇都非常喜欢她。土改结束，她就作为剥削阶级子女改造好的典型，被吸收入党。

　　农村真的为她打开了一片崭新的天地，她在土改中收集了很多民歌。每当人们埋怨汉族太受束缚，不像少数民族有那么多美丽的歌和舞，她就会大声反驳，有时还会一展她圆润的歌喉，唱一曲江南民谣："沙土地呀跑白马，一跑跑到丈人家……风吹竹帘我看见了她，鸭蛋脸儿，黑头发，红缎子鞋扎梅花，当田卖地要娶她。"她一心一意毕生献身于发掘中国伟大的民间文学宝藏。当时北大中文系没有指导这方面研究生的教授，她就拜北京师范大学的钟敬文先生为师。她学习非常勤奋，仅仅三年时间就做了几大箱卡片，发表了不少很有创见的论文。直到今天，仍然健在的钟敬文教授提起她来，还是十分称赞，有一次还曾为她不幸的遭遇而老泪潜然。

她的死对我来说，始终是一个谜。我们最后一次见面，就是在这拱桥头的大青石边。那是 1957 年 6 月，课程已经结束，我正怀着第二个孩子，她第二天即将出发，渡海去大连，她一向是工会组织的这类旅游活动的积极参加者。她递给我一大包洗得干干净净的旧被里、旧被单，说是给孩子作尿布用的。她说她大概永远不会做母亲了。我知道她深深爱恋着我们系的党总支书记，一个爱说爱笑、老远就会听到他的笑声的共产党员。可惜他早已别有所恋，她只能把这份深情埋藏在心底并为此献出一生。这个秘密只有我一个人知道。当时，我猜她这样说，大概和往常一样，意思是除了他，再没有别人配让她成为母亲吧。我们把未来的孩子的未来的尿布铺在大青石上，舒舒服服地坐在一起，欣赏着波动的塔影和未名湖上夕阳的余晖。直到许多许多年以后，我仍不能相信这原来就是她对我、对这片她特别钟爱的湖水，对周围这花木云天的最后的告别式，这是永远的诀别！

她一去大连就再也没有回来！在大连，她给我写过一封信，告诉我她的游踪，还说给我买了几粒非常美丽的贝质纽扣，还要带给我一罐美味的海螺。但是，她再也没回来！她究竟是怎么死的，谁也说不清楚。人们说，她登上从大连到天津的海船，全无半点异样。她和同行的朋友们一起吃晚饭，一起玩桥牌，直到入夜十一点，各自安寝。然而，第二天早上却再也找不到她，她竟

这样离开了这个世界，永远消失，无声无息，全无踪影！我在心中假设着各种可能，唯独不能相信她是投海自尽！她是这样爱生活，爱海，爱天上的圆月！她一定是独自去欣赏那深夜静寂中的绝对之美，于不知不觉中失足落水，走进了那死之绝地！她一定是无意中听到了什么秘密，被恶人谋杀以灭口；说不定是什么突然出现的潜水艇，将她劫持而去；说不定是有什么星外来客，将她化为一道电波，与宇宙永远冥合为一……

这时，"反右"浪潮已是如火如荼，人们竟给她下了"铁案如山"的结论：顽固右派，叛变革命，以死对抗，自绝于人民。根据就是在几次有关民间文学的"鸣放"会上，她提出党不重视民间文学，以至有些民间艺人流离失所，有些民间作品湮没失传；她又提出五四时期北大是研究民间文学的重镇，北大主办的《歌谣周刊》成绩斐然，如今北大中文系却不重视这一学科。不久，我也被定名为"极右分子"。我的罪状之一就是给我的这位密友通风报信，向她透露了她无法逃脱的、等待着她的右派命运，以致她"畏罪自杀"，因此我负有"血债"。还有人揭发她在大连时曾给我写过一封信（就是谈到美丽纽扣和美味海螺的那封），领导"勒令"我立即交出这封信，不幸我却没有保留信件的习惯，我越是忧心如焚，这封信就越是找不出来，信越是交不出来，人们就越是怀疑这里必有见不得人的诡计！尽管时过境迁，转瞬37年已经过去，然而如今蓦然回首，我还能体味到当时那股焦灼和冷气之彻骨！

1981年，我在美国哈佛大学进修，普林斯顿大学的一个朋友突然带来口信，说普林斯顿某公司经理急于见我一面，第二天就会有车到我住处来接。汽车穿过茂密的林荫道，驶入一家幽雅的庭院，一位衣着入时的中年女性迎面走出来，我惊呆了！分明就是我那早在海底长眠的女友！然而不是，这是 1951 年遵从父命，取道香港，用资本家的钱到美国求学的女友的长姊。她泪流满面，不厌其详地向我询问有关妹妹生活的每一个细节。我能说什么呢？承认我劝她妹妹留在祖国劝错了吗？诉说生活对这位早夭的年轻共产党员的不公吗？我甚至说不清楚她究竟如何死，为什么而死！我只能告诉她我的女友如何爱山，爱海，爱海上的明月，爱那首咏叹"沧海月明珠有泪"的美丽的诗！如今，她自己已化为一颗明珠，浮游于沧海月明之间，和明月沧海同归于永恒。

绝色霜枫

1978 年，我和家麟终于又见面了。1958 年一别，经过十年监督劳动，十年"文化大革命"，我们之间已是整整二十年不通音讯！一首儿时的歌曾经这样唱："别离时，我们都还青春年少；再见时，又将是何等模样？"我不知他对我这二十年变化出来的"模样"有何感触，然而岁月和灾难在他身上留下的烙印却使我深深地震骇！古铜色的脸，绷紧着高耸的颧骨，两眼深陷，灼然有光，额头更显凸出，我甚至怯于直视他那逼人的眼神。我想鲁迅笔下那个逼问着"从来如此……便对么"的狂人一定就有这样的眼神！真的，二十年前那个风流倜傥、才华横溢、充满活力、不免狂傲的共青团中文系教师支部书记已是全然绝无踪影！我不免想起阿Q临刑前所唱的那一句"二十年又是一条好汉！"二十年已经过去，在我面前的，果真是另一条好汉么？

记得我们初相识，他才 21 岁，刚毕业就以优异成绩留北大中文系任教，一直做共青团的工作。我呢，比他年长两岁，也是少年得志，1956 年担任了中文系教师党支部书记。我们那时真是从心里感到前途繁花似锦，海阔天空。我和家麟都师从王瑶先生，都喜欢浪漫主义，都欣赏李白的狂气，都觉得我们真的是"早晨八九点钟的太阳"，中国未来的希望都寄托在我们身上。于是我们策划了一个中级学术刊物（策划而已，并未成形），意在促年青一代更快登上文艺研究舞台；于是我们想出了一个"当代英雄"的刊名；于是新留校的好几位青年教师都"团结在我们周围"，加入了我们的"集团"（其实他们中间好几位的参加无非只是因为这个"集团"的组织者是党、团支部负责人）；于是我们被"一网打尽"，成为北京大学中文系"最恶毒"的"反革命集团"；于是我和家麟作为集团的"头目"被定为"极右派"，发配下乡，监督劳动，开除公职，开除党、团籍，每月生活费人民币 16 元。那时，我自己和家麟的妻子都正在生育第二个孩子，家麟当时还有老母幼妹，妻子又仅仅是一个小小的资料员，靠着这一点点生活费，我真不知道他的日子怎么能过得下去！然而，这日子毕竟过下去了，过下去的结果就是今天站在我面前的，黧黑、消瘦、面目全非的新的家麟！

　　家麟这二十年的遭遇我不想再说，也不忍再说。只说一点，其余皆可想见。他告诉我他被监禁在监管"劳动教养"分子的茶淀农场，在那里度过了大部分时光。在那"大跃进"、大饥馑的年代，他曾在饥饿难熬之时，生吃过几只癞蛤蟆和青蛙。他又告诉我，他的同屋，一个少年犯，养了一只蟋蟀，这是和少年一起抗拒孤独的唯一伙伴，是他的最心爱之物。然而有一天，这只蟋蟀竟然被同屋的另一个犯人活活嚼食了！少年哭着直往墙上撞头，边撞头，边喃喃："活着还有什么劲，活着还有什么劲！"吃了蟋蟀的人跪在少年面前认罪，磕头如捣蒜。我听得心里直发毛，家麟冷冷地说，有什么办法？这是饥饿！

后来，家麟曾送给我一首诗，他说这是专为我而写的。诗如下：

咏枫（仄韵）赠友人

凛冽霜天初露魄，

红妆姹紫浓于血。

回目相望空相知，

衰朽丛中有绝色。

这首诗可以有许多不同层次的解读，它似乎总结了我们的一生，回顾了我们的挫败，赞美了我们曾经有过的美好理想和满腔热血，也叹息了青春年华的虚度和岁月不再。然而最打动我的却是最后一句："衰朽丛中有绝色！"它意味着过去的艰难和痛苦并非全无代价，正是这些艰难和痛苦孕育了今天的成熟和无与伦比的生命之美！

是的，谁能否认家麟这最后18年生命的焕发和成果的辉煌呢？由于教学和科研的突出成就，许多别人梦寐以求的光荣称号纷纷落在他的头上，诸如劳动模范、教书育人先进工作者，等等。他的学术著作《李白十论》《诗缘情辩》《文学原理》先后获得各种优秀成果奖，《文学原理》一书还被台湾的出版社重印并推荐为大学教材。他编撰的《李白资料汇编》《李白选集》，主编的《中国文学史》《中国语言文学》合起来足有数百万字。他为本科生、研究生、进修生开设了十余门课程，听课学生时常挤满了能容纳两三百人的教室。他在学术界已享有崇高威望，除担任中央民族大学教授和校学术委员会常委外，还担任了中国李白研究会副会长、中国杜甫研究会副会长、中国唐代文学学会副会长等学术兼职。

对一个在监禁劳改环境中耗损了二十年，已是年近半百才开始重新生活的中年人来说，既无人际关系基础，又无雄厚的学术底气，要取得以上如此辉煌的成就，除了以生命和鲜血为代价，再无别的途径。他昼夜忙于教学和研究，没有时间去医院，也不顾时常感到的隐约的病痛，任随癌细胞在他的肺部和大脑中蔓延。他经常是累了一盅一盅地饮烈酒，困了大杯大杯地喝浓茶，劣质烟草更是一支接一支地灌进肺里。家麟终于在夜以继日的劳累中耗尽自己。他完成了自己的宏愿，在"衰朽"中铸就了"霜枫"的"绝色"。

然而，家麟实在去得太早了，他一定是怀着遗憾离开这个世界的。记得1996年夏，我将去澳大利亚逗留一段时期，行前曾去看他。他刚动过大脑手术，但精神和体力似都还健旺。我们相约等我回来，还要讨论一些问题，特别是关于他的《文学原理》，我曾提过一些意见，我们都很希望能进一步深谈。我们还计划一起去参加一个学术会议，以便可以有较多时间在一起。那时，虽然他的身边并无亲人，他的妻子已然早逝，他的两个儿子在他手术后也不得不返回他们承担着工作的异国他乡，但他并不特别感到孤独，他的学生和徒弟轮流守候在他身旁。所谓"徒弟"指的是他在茶淀农场当八级瓦工时调教出来的几个小瓦工，这时他们也都已是中年壮汉了。家麟和他这几个徒弟的情谊可真是非同一般。记得我们刚从鲤鱼洲五七干校回来时，所住平房十分逼促，朝思暮想，就是在院子里搭一个小厨房，以免在室内做饭，弄得满屋子呛人的油烟。但在那个年月，砖瓦木石，哪里去找？劳动力也没有！家麟和我第一次见面，得知我的苦恼，就说这不成问题！果然那个周末，来了四个彪形大汉，拉来一车建筑材料。他们声称自己是家麟的徒弟。不到半天，小厨房就盖好了，他们饭不吃，酒不喝，一哄而散，简直像是阿拉丁神灯中的魔神，用魔力创造了奇迹！这几个徒弟每年都要来给师傅拜年，还常来陪师傅喝酒。家麟住院后，他们守候在家麟的病床前，日日夜夜！他的研究生对他之好，就更不用说了。我于是放心地离开，去了澳大利亚。

1996年冬天回来，正拟稍事休息就去探望家麟，没想到突然传来噩耗：1997年1月9日，家麟竟与世长辞！家麟的同班同学石君（他很快即追随家麟而去，也是癌症。愿他的灵魂安息）给我看家麟写的最后一首诗，题目也是"赠友人"，这是他最后在病室中写成的，是他的绝笔。诗是这样：

病榻梦牵魂绕因赋诗寄友人

不见惊鸿良可哀，
挥兵百万是庸才。
伤心榻上霜枫落，
何处佛光照影来？

他是多么不甘心就这样撒手人寰啊！我总觉得这首诗意蕴很深，一时难以参透！只有第三句，我想是表白了他深深的遗憾，遗憾那在寒霜凛冽中铸就，眼下正在蓬勃展开的艳丽红枫终于过早地、无可挽回地萎落！这蓬勃、这艳丽将永不再来！然而，就在此时此刻，他仍然渴望着新的生机，渴望着那不可知的"佛光"或许能重新照亮他的生命！这"佛光"是不是就是第一句诗中所说的、一直盼望着的"惊鸿"呢？这"惊鸿"始终未能出现，使他深深地痛苦和悲哀。唯有第二句，我怎么想也想不明白："挥兵百万是庸才"，是说我们的国家曾经十分强大，曾经有过极好的机遇，却因指挥不当而造成了无法弥补的灾难？是说中国知识分子本应一展雄才，力挽狂澜，却个个庸懦，俯首就戮？啊！家麟，在这生命的最后时刻，你究竟想说一点什么？想总结一点什么？想留下一点什么？

1997年1月9日，聪明睿智、热情奔放、与人肝胆相见的"川中才子""四川好人"裴家麟从此永逝。他未能如我们曾经相约的，高高兴兴地一起进入21世纪。生活曾为他铺开千百种可能：他可能成为伟大的诗人，成为划时代的文学史家，成为新兴文学理论的创建者，也可能成为真正不朽的战士。

然而，"伤心榻上霜枫落"，家麟从此永逝！

1998年7月于北京大学朗润园

126

"啊！延安……"

1948年，我同时考上了北京大学和后来迁往台湾的中央大学、中央政治大学，还有提供膳宿的北京师范大学。我选择了北大，只身从偏僻遥远的山城来到烽烟滚滚的北方。其实，也不全是"只身"，一到武汉，我就找到了北京大学学生自治会的新生接待站。接待站负责人程贤策是武汉大学物理系的高材生，却在这一年转入了北京大学历史系。相熟后他告诉我，他所以转系就是因为他认为当时不是科学救国的时机，他研究历史，希望能从祖国的过去看到祖国的未来。他体格高大，满脸笑容，有条不紊地组织我们这帮二十几个人的"乌合之众"，沿长江顺流而下，到上海转乘海船，经黑水洋直达塘沽，再转北京。他是我第一个接触到的，与我过去的山村伙伴全然不同的新人。他对未来充满自信，活泼开朗，出口就是笑话，以至后来得了"牛皮"的美称。记得那天黄昏时分过黑水洋，好些人开始晕船。我和程贤策爬上甲板，靠着船舷，迎着猛烈的海风，足下是咆哮的海水，天上却挂着一轮皎洁的明月。他用雄浑的男低音教我唱许多"违禁"的解放区歌曲，特别是他迎着波涛，低声为我演唱的一曲"啊！延安，你这庄严雄伟的古城……热血在你胸中奔腾……"更是使我感到又

127

神秘，又圣洁，真是无限向往，心醉神迷。他和我谈人生，谈理想，谈为革命献身的崇高的梦。我当时十七岁，第一次懂得了什么是人格魅力的吸引。

北京不如我想象中的壮观、美丽，从山清水秀的故乡来到这里，只觉得到处是灰土。前门火车站一出来，迎面扑来的就是高耸尘封的箭楼，不免令人感到压抑。但是一进北大，情况就完全不同了。尽管特务横行，北京大学仍是革命者的天下。我们在校园里可以肆无忌惮地高歌："你是灯塔"，"兄弟们向太阳，向自由"，甚至可以公开演唱"啊，延安……"。北大剧艺社、大地合唱团、民舞社、读书会全是革命者的摇篮。那时北大文学院各系科的新生都住在城墙脚下的国会街，就是当年曹锟贿选，召开伪国会的"圆楼"所在地，当时称为北大四院，今天是新华社的办公地点。程贤策一到校就担任了北大四院的学生自治会主席，我也投入了党的地下工作。接着到来的是一连串紧张战斗的日子，我们都全身心地投入到工作之中，我和程贤策也就逐渐"相忘于江湖"。

直到三年后，我们又一起参加了农村的土地改革。那时，北大文、史、哲三系的绝大多数师生都去江西参加革命锻炼，我们和很少几个地方干部一起，组成了中南地区土改工作第十二团，一些著名学者如唐兰、废名、郑天挺等也都在这个团，参加了与贫下中农同吃、同住、同劳动的行列，程贤策则是这个团的副团长，掌管着全体北大师生的思想政治工作。

我们这些全然没有社会经验，也全然不懂得中国农村的知识分子和青年学生突然掌握了近十万农村人口的命运，甚至有了生死予夺的大权！我们当然只有绝对服从上级命令，绝对按照《土改手册》的条条框框行事。我被派为一个拥有四千多人口的大村的土改工作组组长，我当时不过十九岁，经常为如此重大的任务，内心深处感到十分茫然，十分缺乏自信，有时甚至浑身发冷！当时正值大反"和平土改"，上级指示：要把地主阶级打翻在地，踏上一万只脚，农民才能翻身。我们村已经按《手册》划出了八个"地主"，上级还是认为不够彻底。直接领导我们的、当地的一位副县长一再指出我们这个村是原"村公所"所在地，本来就是恶霸村长的"黑窝"，一定要狠批狠斗。他多次批评我们这些知识分子思想太"右"，手太软，特别我又是个"女的"，更是不行。他多次指示当务之急是要彻底打倒地主威风，重新"发动群众"。由于总感到我这个"女组长"极不得力，后来终于亲自出马，突然带了几个民兵，来到我们村，宣布第二天开大会，八个地主统统就地枪决。我争辩说，《手册》规定只有罪大恶极的恶霸地主才判死刑，他说我们这里情况特殊，不这样，群众就发动不起来。又告诫我要站稳立场，我无话可说。第二天大会上，我亲眼看见好几个妇女在悄悄流泪，连"苦大仇深"的妇女主任也凑在我的耳边说："那个人不该死！"她说的是在上海做了一辈子裁缝的一个老头，他孤寡一人，省吃俭用，攒一点钱就在家乡置地，攒到1949年这一生死界限（土改以这一年占有的土地为标准划阶级），刚好比"小土地出租者"所能拥有的土地多了十余亩！这个裁缝并无劣迹，还常为家乡做些善事，正派老百姓都为他说情，但我们只能"按照规章办事"！我第一次面对面地看见枪杀，看见"陈尸三日"。我不断用"阶级斗争是残酷的"这类教导来鼓舞自己，但总难抑制心里说不清道不明的悲哀。好不容易支撑了一整天，晚上回到我所住的村公所，不禁瘫倒在楼梯角大哭一场。那时村公所只住着我和废名教授两个人，他住楼下，我住楼上。不知道什么时候，他来到我身边，把手放在我头上，什么也没有说。我抬起头，发现他也是热泪盈眶！

不久，工作团开全团"庆功会"，总结工作。我怀着满腔痛苦和疑虑去找程贤策。他已完全不是黑水洋上低唱"啊！延安……"的程贤策了。他显得心情很沉重，眼睛也已失去了昔日的光彩。但他仍然满怀信心地开导我，他说我们不能凭道德标准，特别是旧道德标准来对人对事。"土改"的依据是"剥削量"，"剥削量"够数，我们就有义务为被剥削者讨还血债。至于"量"多一点或少一点，那只是偶然，不可能改变事情的实质。恩格斯教导我们："认识必然就是自由。"有剥削，就有惩罚，这是必然，认识到这一点，你就不会有任何歉疚而得到心灵的自由。这番话对我影响至深，后来凡遇到什么难于承受的负面现象，我都努力将其解释为"偶然"，听毛主席的话则是顺从"必然"。程贤策又通过他自己的亲身经历告诉我他最近才认识到：由于我们的小资产阶级出身，我们应该对自己的任何第一反应都经过严格的自省，因为那是受了多年封建家庭教育和资产阶级思想侵蚀的结果。尤其是人道主义、人性论，这也许是我们参加革命的动机之一，但现在已成为马克思主义阶级学说的对立面，这正是我们和党一条心的最大障碍，因此，摆在我们眼前最重要的任务就是彻底批判人道主义、人性论。他的一席话说得我心服口服，不知道是出于我对他从来就有的信任和崇拜，还是真的从理论上、感情上都"想通了"。总之，我觉得丢掉了多日压迫我的、沉重的精神包袱。于是，在庆功总结大会上，我还结合自己的亲身体验和思想转变作了批判人道主义、人性论的典型发言。

虽然同在一个学校，而且他后来还担任了我所在的中文系党总支书记，但我再单独面对他，已是十年之后的事了。这十年发生了多大的变化啊！一九五八年，我已是人民最凶恶的敌人——极右派，被发配到京西大山中一个僻远的小村落去和地、富、反、坏一起接受"监督劳动"。和我们在一起的还有到农村接受贫下中农再教育，并充当我们的监督者的"下放干部"。一九六一年，几乎全国都陷入普遍的饥饿中，许多人都因饥饿而得了浮肿。程贤策代表党总支到我们的小村落慰问下放干部。那时，横亘在我们之间的已是"敌我界限"！白天，在工地，他连看也没有看我一眼。夜晚，是一个月明之夜，我独自挑着水桶到井台打水。我当时一个人单独住在一个老贫农家，这是沾了"右派"的光。下放干部嫌我们是"臭右派"不愿和我们朝夕相处，让六七个男"右派"集中住到一间农民放农具的冷屋中。女"右派"只我一人，原和四位女下放干部挤在一个炕上，她们大概总觉不太方便。例如有一次，她们冒着严寒，夜半去附近村落收购了很多核桃，用大背篓背回，连夜在屋里砸成核桃仁，准备春节带回家过年。收买农产品是下放干部纪律绝对禁止的，她们见我这个"敌人"无意中窥见了她们的秘密，不免有几分狼狈，又有几分恼怒，没几天就把我赶出屋去和一对老贫农夫妇同住。我和老大爷、老大娘同住一个炕上，他们待我如亲生儿女，白天收工带一篮猪草，晚上回家挑满水缸，已成了我的生活习惯。我把很长很长的井绳钩上水桶放进很深很深的水井，突然看见程贤策向我走来。他什么也没有对我讲，只有满脸的同情和忧郁。我沉默着打完两桶水，他看着前方，好像是对井绳说："也难得有这样的机会，可以这样深入长期地和老百姓生活在一起。"过一会儿，他又说："党会理解一切。"迎着月光，我看见他湿润的眼睛。我挑起水桶扭头就走，唯恐他看见我夺眶而出的热泪！我真想冲他大声喊出我心中的疑惑："究竟发生了什么事？这一切究竟是为什么？这饥饿，这不平，难道就是我们青春年少时所立志追求的结果吗？"但我什么也没有说，我知道他回答不出，任何人也回答不出我心中的疑问。

时日飞逝，五年又成为过去。我万万没有料到我和程贤策的最后一次相见竟是这样一种场面！一九六六年"文化大革命"风起云涌，几乎北大的所有党政领导人都被定名为"走资本主义道路的当权派"，被揪上了"斗鬼台"。身为中文系党总支书记的程贤策当然也不能例外。记得那是六月中旬酷热的一天，全体中文系师生都被召集到办公楼大礼堂，这个大礼堂少说也能容纳八百人，那天却被挤得水泄不通，因为有许多外系的革命群众来"取经"。我们这些"监管对象"——专门被强制来看"杀鸡"的"猴儿"——有幸被"勒令"规规矩矩地坐在前三排。一声呼啸，程贤策被一群红卫兵拥上主席台。他身前身后都糊满了大字报，大字报上又画满红叉，泼上黑墨水，他被"勒令"站在一条很窄的高凳（就是用来支铺板铺床的那种）上，面对革命群众，接受批判。我坐在第二排，清楚地看到他苍白的脸，不知是泪珠还是汗水一滴一滴地流下来。批判很简短，走资派、地主阶级的孝子贤孙、文艺黑线的急先锋、招降纳叛的黑手、结党营私的叛徒等罪名都在预料之中，但"深藏党内的历史反革命"却使我骤然一惊，接着又有人批判说他是国民党青年军打入共产党的特务。我这才想起来，他曾和我们说起过他十六七岁时，为了抗日，曾去缅甸参加过抗日青年军，这并不是什么秘密，他曾不止一次地和许多人聊天，当众夸耀他游泳的技术多么棒，如何多次横渡缅甸的伊洛瓦底江！这能是"深藏"的"特务"吗？我正在百思不得其解，又一声呼啸，程贤策被簇拥下台，一顶和他的身高差不多的纸糊白帽子被扣在他的头上，顿时又被泼上红墨水、黑墨水，墨水掺和着汗水流了一脸！革命群众高喊革命口号，推推搡搡，押着程贤策游街，我目送他慢慢远去，根本挪不动自己的脚步！

这一天的革命行动终于告一段落，我们都被放回了家。我家里还有幼小的孩子，急急忙忙回家买菜做饭，头脑里是一片空白！我去小杂货铺买酱油时，突然发现程贤策正在那里买一瓶名牌烈酒。他已换了一身干净衣服，头发和脸也已洗过。他脸色铁青，目不斜视，从我身边走过，我不知道他是真的没有看见我，还是视而不见，还是根本不想打招呼，总之，他就是这样从我身边走过，最后一次！我当时默默在心里为他祝福："喝吧，如果酒能令你暂时忘却这不可理解的、屈辱的世界！"

我们那时生活非常艰难，每天都被"勒令"在烈日之下趴在地上拔草十来个小时，同时接受全国各地来串联的革命小将的批斗（包括推来搡去和各种千奇百怪的"勒令"）。就在这样的情景下，全国最优秀的翻译家之一、曾为周总理翻译的吴兴华教授中暑死了；著名的历史学家、北大图书馆馆长向达教授被"勒令"收集革命小将们扔得满校园的西瓜皮，晕倒在地，未能得到及时救治，也死了。在这重重噩耗中，我的心已经麻木冻僵，似乎已经不再会悲哀。后来，我被告知我心中的那个欢快、明朗、爱理想、爱未来的程贤策就在我买酱油遇见他的第二天，一手拿着那瓶烈酒，一手拿着一瓶敌敌畏，边走边喝，走向香山的密林深处，直到生命的结束。当"大喇叭"在全校园尖声高喊"大叛徒、大特务程贤策自绝于党，自绝于人民，罪该万死，死有余辜"时，我已经没有眼泪，也没有悲哀，只是在心里发愁：程贤策的尸体差不多两天后才被发现，在这酷热的盛夏，在那人人要划清界限，唯恐沾身惹祸的日子里，程贤策的妻子怎样才能把他的尸体从那幽深的密林送到火葬场啊！？

1948 年，我和程贤策一起来到北京大学，这里有我们的青春，我们的梦，我们的回忆，也有无数我们对生活、对苍天的疑问。这一切，连同那一曲迎风高歌的"啊！延安⋯⋯"都将化为烟尘，随风飘散，再无踪影，只有那黑水洋上翻滚的波涛和那无垠星空中一轮皎洁的明月将永远存留在我心底。

怀念马寅初先生

　　我曾经有幸和马寅初校长做了数年邻居，常常看见他在林木茂密的燕南园庭院中漫步。已是七十余岁高龄了，他仍然满面红光，十分硬朗。当时我还正青春年少，以为前途满是鲜花绿草，很有一点"直挂云帆济沧海"的心境。没有想到历尽坎坷，"一不小心"自己也已"七十高龄"了。这时经常萦绕于我心的是两位长者的形象：一位是我一向心仪的季羡林先生，另一位就是马校长。

　　记得我七十岁退休，第一次拿到退休工资时，想到我已不再是教师，不再有自己的学生，回首从教五十年，真如我的老友彭兰同志的诗："三十余年转眼过，事业文章两蹉跎。"心里不免有点凄凄惶惶。季羡林先生很理解我的心情，他安慰我说，七十岁是人生的另一个新起点。他告诉我他自己的许多书就都是在七十岁以后才写成的，七十岁以前或是"挨整"，或是做许多行政工作，多年没有时间认真做学问。他的话成了我今后生活中最重要的动力。

　　马校长最让我钦佩并始终难忘的是他对国家民族命运深切的关怀。他无时无刻不在思考着国力的贫弱和人民的穷苦。1955年，他已是七十三岁，还做了大量调研工作，草拟了一份以控制人口

136

和加强对人口问题进行科学研究的报告，准备在当年举行的人民代表大会上发言。没有想到征求意见时，他的想法遭到很多人的反对，有些人甚至反诬他是"反动的"马尔萨斯人口论，竟以"二马"（第二个马尔萨斯）相称。马校长只好暂时撤回报告，更加深思熟虑。1957年他再次将他精心写成的《新人口论》作为一项正式提案，提交全国人民代表大会第一届第四次会议。他指出控制人口十分迫切，十分必要，并语重心长地警告说："人口若不设法控制，党对人民的恩德将会变成失望与不满。"

马校长的提案不仅揭示了真理，富于预见，而且合理合法，按照国家宪法，通过必要程序，提交到全国人民最高的权力机关——全国人民代表大会进行审议。然而，回答他的竟是全无理智的"百人围剿"！到了1958年五月，在康生、陈伯达的插手下，据统计，全国上阵批判他的人已达二百之众，发表的讨伐文章多达58篇，其中北大人写的就占了18篇！马校长非常愤慨，他写了一篇文章，这也是他传世的最后一篇文章了。这篇文章题为：《重申我的请求》。他说："我虽年近八十，明知寡不敌众，自当单身匹马，出来应战，直至战死为止！决不向专以力压服，不以理说服的那种批判者们投降！"这几句话始终留在我心底。每当我看到不得不行的、紧迫的计划生育政策给农民带来的痛苦，给国家带来的麻烦，我就不能不想起这位年届八十，依然为国家民族奋不顾身的睿智的先知。我常常想，如果八十年代，我国的人口不是十亿，而是八亿，我们的国家会怎样更轻松地腾飞啊！如果马校长当时面对的政治家多少能听取一点不囿于眼前实利而从长远出发的真知灼见，多少尊重一点全民的宪法，马校长的高瞻远瞩会对国家社会带来多么不可估量的贡献啊！特别是现在，当我以"年老""已经退出历史舞台""不在其位，不谋其政"等说法原谅自己与国家社会的疏离时，马校长的精神和他的这些话就在我心中发酵、沸腾。

不幸的是马校长从此被剥夺了发言权，并被迫辞去了北大校长的职务，被赶出了他本来想在此终其天年的美丽的燕南园！

其实，马校长的坚持真理，不畏牺牲，也不是自五十年代才开始。1937年，他就曾以同样的精神向国民党政府提出向发国难财者征收"临时财产税"，以补抗战经费之不足，使蒋介石大感掣肘。蒋介石先是想以利诱之，提议请他赴美考察，并委以重任，但他凛然拒绝，发表声明说："为了国家和民族的利益，我要保持说话的自由。"1939年，他置个人安危于不顾，毅然与共产党人周恩来、王若飞会见，并在蒋介石的陆军大学发表反蒋演说，这不能不大大触怒了蒋家王朝，终于被关进集中营一年零八个月，后来又改为家中软禁，直到抗战胜利。他在获得自由后写的《中国的工业化与民主是分不开的》一文，不屈不挠，锋芒仍然直指国民党四大家族。后来他又在重庆校场口，与郭沫若、李公朴等一起被打伤。1948年才秘密转移至香港。

回想马校长两度入北大：第一次是1916年，他作为美国哥伦比亚优秀博士毕业生，毅然辞去了哥伦比亚大学的正式聘请，应蔡元培校长之约，回国担任了北大经济系教授，并被选为北大第一任教务长。第二次是全国解放后，1951年，他被任命为北大校长，再次进入北大。他在北大的结局，也许是他始料所不及，说不定也是在他的预料之中。他曾发表过一篇题为《北大之精神》的演讲，他认为："所谓北大主义者，即牺牲主义也，服务于国家社会，不顾一己之私利，勇敢直前，以达其至高之鹄的。"他给重庆大学爱国运动会主席许显忠的题词也是："碎身粉骨不必怕，只留清白在人间。"他长达一个世纪的为人处世都是这些原则的光辉实现！

马校长辞去北大校长后，仍然继续着他的献身精神。他以八十岁的高龄，仍是笔耕不辍，继他对中国工业的多年考察研究之后，又转向农业，写了近百万字的《农书》。遗憾的是为了不使这部巨著落入坏人之手，他不得不于"文化大革命"之初就亲自焚毁了自己的心血。

1981年，北京大学终于洗去了自己的耻辱，召开了盛大的庆祝会，当面向这位历经风雨、一心为国的百岁老人赔礼道歉，郑重聘请他担任北京大学的名誉校长。然而，时日已逝，马校长，他还能从心里感到宽慰吗？也许他对这一切早已释然，无所挂心了？！1982年5月10日，马校长与世长辞，享年101岁。

难忘废名先生

1948 年夏天，我从遥远的山城来到全国最高学府北京大学，又来到北京大学顶尖的系——中文系，心里真是美滋滋的。当时，震撼全国的"反饥饿、反内战、反迫害"学生运动刚刚过去，许多黑名单上有名的学生领袖都已"潜入"解放区，而新的"迎接解放"的大运动又还尚未启动，因此 9 月初入学的新同学都有一段轻松的时间去领略这历史悠久、传统绵长的学府风光。

我深感这里学术气氛十分浓厚，老师们个个都是博学高雅，气度非凡。我们大学一年级的课程有：沈从文先生的大一国文（兼写作），废名先生的现代文学作品分析，唐兰先生的说文解字，齐良骥先生的西洋哲学概论，还有一门化学实验和大一英文。大学的教学和中学完全不同，我觉得自己真是身处于一个从未经历过的全新的知识天地。

我最喜欢的课是沈从文先生的大一国文和废名先生的现代文学作品分析。沈先生用作范本的都是他自己喜欢的散文和短篇小说，从来不用别人选定的大一国文教材。他要求我们每两周就要交一篇作文，长短不拘，题目则有时是一朵小花，有时是一阵微雨，有时是一片浮云。我们这个班大约 27 人，沈先生从来都是亲自一字一句地修改我们的文章，从来没有听说他有什么代笔的助教、秘书之类。那时，最让人盼望的是两三周一次的发作文课，我们大家都是以十分激动的心情等待着这一个小时的来临。在这一小时里，先生总是拈出几段他认为写得不错的文章，念给我们听，并给我们分析为什么说这几段文章写得好。得到先生的夸奖，真像过节一样，好多天都难以忘怀。

废名先生讲课的风格则全然不同，他不大在意我们是在听还是不在听，也不管我们听得懂听不懂。他常常兀自沉浸在自己的思绪中。他时而眉飞色舞，时而义愤填膺，时而凝视窗外，时而哈哈大笑，他大笑时常常会挨个儿扫视我们的脸，急切地希望看到同样的笑意。其实我们并不知道他为什么笑，也不觉得有什么可笑，但不忍心拂他的意，或是觉得他那急切的样子十分可笑，于是，也哈哈大笑起来。上他的课，我总喜欢坐在第一排，盯着他那"古奇"的面容，想起他的"邮筒"诗，想起他的"有身外之海"，还常常想起周作人说的他像一只"螳螂"，于是自己也沉浸在遐想之中。现在回想起来，这种类型的讲课和听课确实少有，它超乎于知识的授受，也超乎于一般人说的道德的"熏陶"，而是一种说不清、道不明的"爱心""感应"和"共鸣"。

可惜，这样悠闲自在的学院生活很快就消逝得无影无踪。随着解放军围城炮火的轰鸣，我和一部分参加地下工作的同学忙着校对秘密出版的各种宣传品；绘制重要文物所在地草图，以帮助解放军选择炮弹落点时注意保护；组织"面粉银行"，协助同学存入面粉，以逃避空前的通货膨胀……有一天，一枚炮弹突然在附近的北河沿爆炸，解放军入城的日子越来越近，全校进入紧张的"应变"状态，上课的人越来越少，所有课程终于统统不停自停。

再见到废名先生，已是在解放后的 1950 年春天了。这时，沈从文先生已断然弃绝了教室和文坛，遁入古文物研究。而废名先生却完全不同，他毫不掩饰他对共产党的崇拜和他迎接新社会的欢欣。他写了一篇长达数万字的《一个中国人读了〈新民主主义论〉后欢喜的话》，亲自交给了老同乡、老相识董必武老人，甚至他还在并没有任何人动员的情况下，写了一份入党申请书交给了中文系党组织。我相信这一定是中文系党组织收到的第一份教师入党申请书。废名先生根本不考虑周围的客观世界，只是凭着自己内心的想象和激情，想怎么做就怎么做。他没有任何自命清高的知识分子架子，更不会考虑到背后有没有人议论他"转变太快""别有所图"之类。因为他的心明澈如镜，容不得一丝杂质，就像尼采所说的那种没有任何负累的婴儿，心里根本装不下这样的事！记得当时我是学生代表，常常参加中文系的系务会议。有一次和他相邻而坐，他握着我的手，眼睛发亮，充满激情地对我说："你们青年布尔什维克就是拯救国家的栋梁。"

此后，迎来了解放后的第一次"教学改革"，无非是小打小闹，"上级"既没有听过课，又没有研究，只是把中文系的全部课程排了一个队，姑且从名目上看一看哪些可能有封建主义和资本主义之嫌。废名先生开了多年的"李义山诗中的妇女观"不幸首当其冲，在立即停开之列。那次由杨晦先生宣布停开课程名单的系务会议，气氛很沉重，大家都黯然，只有我和另一个学生代表夸夸其谈，说一些自己都不明白的话。会后，废名先生气冲冲地对我说："你读过李义山的诗吗？你难道不知道他对妇女的看法完全是反封建的吗？"他的眼神又愤怒，又悲哀，我永远不能忘记！此后，很少再见到废名先生，开会他也不来了，于是，成为众人眼目下的"落后分子"！

没有想到1951年的土地改革又重新燃起了他的激情。这年冬天，中文系和历史系的师生组成了土改十六团，浩浩荡荡地开赴江西吉安专区。当时教授们是自由参加，并非一定要去。中文系随团出发的教授只有废名先生和唐兰先生等少数几位，一些以进步闻名的教授倒反而没有同行。再见到废名先生时，我很为过去说过那些浅薄无知的话而深感愧疚，但他却好像早已忘怀，一路有说有笑，说不尽他对故乡农民的怀念，回忆着他和他们之间的种种趣事，为他们即将获得渴望已久的土地而兴奋不已。

我们中文系这个小分队被分配在吉安专区的潞田乡。有缘的是我和废名先生竟分在同一个工作组，共同负责第三代表区的工作。潞田乡共分七个代表区，两个代表区在山里，四个代表区分布于附近的几个村落，第三代表区就在潞田镇。由于情况比较复杂，开始时，我们没有住进农民家而是住在镇公所。镇公所是一幢两层楼的木板房，楼下一间是堂屋，一间可以住人，楼上一般用来堆杂物。相当长一段时间，我和废名先生白天一起"访贫问苦"，在老乡家吃派饭，晚上废名先生住在楼下，我住在楼上。

因为听不懂江西话，我们的"访贫问苦"收效甚微。这时，反对"和平土改"，将阶级斗争进行到底的运动在江西全省开展得如火如荼。比较富足的潞田乡被定为反对"和平土改"的典型。我们因工作进展迟缓受到了严厉批评，上级派来了新的地方干部，一位新近复员的连长。他的确立场坚定，雷厉风行，不到半个月，他就成功地发动了群众，揪出八名地主，宣判为恶霸、特务、反革命，判处死刑，立即执行，并暴尸三天，以彻底打倒地主阶级的威风，长贫下中农的志气！为首第一名就是被定名为反革命恶霸地主、多年在我们住的这所小木屋里办公的潞田镇镇长。我和废名先生看得目瞪口呆，"汗不敢出"。北大土改工作队又不断发文件，开大会，批判资产阶级人道主义，号召各自检查立场，主动接受"阶级斗争的洗礼"。废名先生不再说话，我也觉得无话可说，只是夜半时分常常想起那个脑袋迸裂、流出了白花花脑浆的镇长，总觉得他正从楼下一步步走上楼来，吓得一身冷汗，用被子蒙着头。

天越来越冷，废名先生的身体也越来越弱。他很少出门，也不大去吃派饭，上级领导念他年老体弱，特准他在屋里生一个小煤球炉做饭吃。我仍然每天出去开会，协助农民分山林，分田地，造名册，丈量土地，登记地主浮财，等等。我最喜欢的工作是傍晚的妇女扫盲班，和一大群大姑娘、小媳妇打打闹闹，教她们识字、唱歌，讨论男女平等，热闹非凡，一天的烦累似乎也都就此一扫而光。因此，我每天回来都很晚，这时废名先生屋里的豆油灯通常已经熄灭。

这一天我回来，废名先生屋里的灯光仍然亮着，小木屋里散发出一股炖肉的浓香。我一进门，废名先生就开门叫我，说是好不容易买了两副猪腰子，碰巧又买到了红枣，这是湖北人最讲究的大补，一定要我喝一碗。我不忍心拂先生的好意，其实自己也很馋，就进门围着火炉和先生坐在一起。也许是太寂寞，也许是很久没有说话，废名先生滔滔不绝，和我拉家常。我们似乎有默契，都小心地避开了当下的情境。事隔多年，我们谈了什么已经不大

144

记得清，但有两点，因为与我素来的想法大相径庭，倒是长留在记忆里。

印象最深的是他说他相信轮回，相信人死后灵魂长在。他甚至告诉我他的的确确遇见过好几次鬼魂，都是他故去的朋友，他们都坐在他对面，和他谈论一些事情，和生前没有两样。他告诉我不应轻易否定一些自己并不明白，也无法证明其确属乌有的事。因为和我们已知的事相比，未知的事实在是太无边无际了。太多我们曾认为绝不可能的事，"时劫一会"，就都成了现实。他又问我对周作人怎么看，我回说他是大汉奸，为保全自己替日本鬼子服务。废名先生说我又大错特错了，凡事都不能抽空了看，不能只看躯壳。他认为周作人是一个非常复杂而有智慧的人，他宁可担百世骂名而争取一份和日本人协调的机会，保护了北京市许多文物。废名先生说，义愤填膺的战争容易，宽容并作出牺牲的和平却难，事实上，带给人类巨大灾难的并不是后者而是前者。废名先生关于已知和未知的理论至今仍然是我对待广大未知领域的原则，他的关于战争与和平的理论我却始终是半信半疑。如今，恐怖与反恐怖之战遍及全球，我又不能不常想起先生"和平比战争更难"的论断。

伟大的土地革命运动终于告一段落，废名先生一直坚持到最后，唐兰先生却早就回校了。记得刚下乡不久，忽然来了一纸命令，急调唐兰先生立刻返回北京，接受审查。那时，城市里反贪污、"打老虎"的运动正进行得如火如荼，有消息传来，说唐先生倒卖文物字画，是北大数得上的特大"老虎"！后来土地改革胜利结束，我们作完总结，"打道回府"，听说唐兰先生还在接受审查，问题很严重。过了不久，又听说唐兰先生其实没有什么问题，无非是"事出有因，查无实据"。又过了一些时候，听说唐兰先生已经离开了人世。我和废名先生却一直保持着联系，1952年院系调整，所谓"大分大合"，正值"大分"之时。中文系大解体，四位教授分到吉林大学，还有一些教授分到内蒙。废名先生到吉林后心情很抑郁，虽然有时强作欢快，但仍然透露着迟暮与失落。他还给我写过好几封信，我一直珍藏，最终毁于"文革"。

我见废名先生最后一面是在1954年夏天。那时我已留任中文系助教，随工会组织的旅游团去东北。我之所以选择东北，完全是为了去长春看望废名先生。当时先生的视力已经很差，昔日那种逼人的炯然目光已经不再。但他见到我们几个年轻人时，却陡然振奋起来，我仿佛再见到那个写《一个中国人读了〈新民主主义论〉后欣喜的话》的欢喜的"中国人"！他紧握我的手，往事涌上心头，化作潸然老泪，我也忍不住热泪盈眶。废名先生毫不掩饰他见到我们时所感到的内心的快乐，简直就像一个孩子，我不禁又想起那一句老子的话："复归于婴。"他执意要请我们去长春一家最豪华的餐馆吃饭，他说非这样不足以显示出他内心的欢喜。

从大连回来，等着我们的是无尽无休的、必须天天讲、月月讲的阶级斗争，我再也有没有见到废名先生，没有听到他，由于太紧张的生活，甚至没有再想起他！后来，到尘埃落定之时，才听说废名先生在长春一直很不快乐，没有朋友，被人遗忘。还曾听有人说"文化大革命"中，革命小将把他关在一间小屋里，查不出任何问题，遂扔下不管；病弱的老伴不知道他身在何处，无法送饭，废名先生是活活饿死的！我听了不胜唏嘘，倒也不以为奇，在那种时候，这种事情司空见惯！后来又听说此说不真，废名先生是有病，得不到应有的医疗条件而孤独地离开了人世！

2002 年 7 月 20 日于北大朗润园

季羡林先生二三事

——大江阔千里

世间果然有超乎生死荣辱，"纵浪大化中，不喜亦不惧"的智者吗？回答是："有。"先生就是。

我在北大工作学习，转瞬已是 48 个春秋，知道先生当然很早，但真正认识先生却是在 1966 年仲夏一个十分炎热的下午。那时"黑帮分子"和"牛鬼蛇神"们都蹲在烈日下拔草，随时准备接受群众的质询和批斗。我作为一个摘帽右派，被认为是没有多大"政治油水"的死老虎，因而被编入"二类劳改队"，在北大附小抬土。那天收工后，我从东门进来，走到湖畔水塔边，正好迎面撞上一群红卫兵敲锣打鼓，喊着口号，押着两个"黑帮分子"游街。走在后面的是周一良教授，走在前面的就是季先生！他们两人都是胸前挂着"牌子"，背上扣着一口食堂煮饭用的中号生铁锅，用细绳子套在脖子上，勒出深深的血印。红卫兵们推推搡搡，高呼着"庙小神灵大，池浅王八多"的最高指示，这是最高统帅对北京大学所作的结论。一些著名的科学家和学者，其实与政治并无牵连，仅仅因为他们有影响，就被当作"王八"或"神灵"揪了出来，那背上的黑锅就是"王八"的象征。先生吃力地向前走着，一缕血红的残阳斜抹在他汗涔涔的脸上。我陡然与先生的目光相遇，那是怎样一双眼睛啊！依然清澈，依然明亮，没有仇恨，没有恐惧，只有无边无际的仁爱和悲悯，凝视着那些虐待他的、无知的年轻人！此情此景和先生的眼神深深铭刻在我心里，时时警醒我以更宽厚更仁爱的襟怀处事待人。

事隔二十余年，在另一种完全不同的场合，同样是仲夏六月，同样是烈日当空，我又一次见到先生那震人心魄的眼神。在先生手抚着人民英雄纪念碑冰凉的大理石缅怀先烈，回顾历史时，此情此景使先生的满腔仁爱和悲悯不禁化为盈眶热泪，以至老泪纵横！

中国文化常以"情""理"二字并提，先生多年留学德国，在理性逻辑思维方面受过强有力的训练，然而先生又实在是一个十分重情的人。这只要看看先生的散文便可略知一二，特别是先生怀恋母亲的那些散文。先生在一篇散文中说："我有两个母亲：一个是生我的那个母亲，一个是我的祖国母亲。"其实，先生的一生都是在对这两个母亲的无限温情中度过的，他所做的一切也都是为了这两个他始终热爱的母亲。

先生对自己早逝的生母真是一往情深，他曾计划每年秋天回乡探望母亲的坟场，"无论是在白雾笼罩墓头的清晨，归鸦驮了暮色进入簌簌响着的白杨树林的黄昏"，都到母亲坟头唤一声"母亲"。然而，他却来到遥远的德国，"让母亲一个人凄清地躺在故乡的地下……在白杨簌簌中，淡月朦胧里……借了星星的微光到各处去找寻她的儿子，借了西风听取她儿子的消息。然而，所找到的只是更深的凄清与寂寞，西风也只带给她迷离的梦"。这种对母亲的深深的依恋，始终如一，数十年不衰。直到1995年，《光明日报》

编辑就"永远的悔"这一主题向先生组稿，先生所写，仍是关于母亲的怀念，关于未能回报母亲之爱的自责与愧悔。先生说："一个缺少母爱的孩子，是灵魂不全的人。"其实，反过来说，一个不爱母亲的人恐怕也是"灵魂不全"的吧，这种人绝不可能是一个仁厚温情的人。

先生常自豪地宣称："我是一个有故乡和祖国的人！"在《留德十年》中，先生写道："我的祖国母亲，我这是第一次离开她。离开的时间只有短短几个月，不知道是为什么，我这个母亲也频来入梦。"他怀念故乡的大杨树，屋后的大苇坑，怀念豆棚瓜架下闲话的野老，怀念一天工作之余在门前悠然吸烟的农人。刚刚离开祖国，他就已经感到："故国每一方土地，每一棵草木都能给我温热的感觉。"远在异国他乡，一株盛开的海棠立刻使他感到祖国虽然远在天边，却又近在眼前。他曾多次幻想："当我见到祖国母亲时，我一定跪下来吻她，抚摸她，让热泪流个痛快。"先生对祖国的一片深情绝非一般爱国者可比，这种深情早已超越一般理性认识，而化为先生自己的血肉，它不仅是出于"理"，而且是全无功利打算的、发自内心的纯情。以这样的热忱作为生活的动力，生活就会色彩烂漫而又晶莹透明。

宽厚、仁爱而又重情的人往往怀着一颗天真的童心，他们有时会做出人们全然意想不到的事，让人目瞪口呆！先生一向生活很有规律，早睡早起，照例清晨四点起来读书、写作。1995年的一天，这时先生已临近85岁高龄，他把自己关在书房里，晨读到六点多钟，忽然发现自己已将房门锁上，而钥匙却在门外的另一个房间。其实解决这一问题最简便的办法就是给哪一位学生打个电话，请他来一趟，从外面打开门就行。但先生却认为时间太早，不便将别人从梦中唤醒。他竟然打开窗户，从一米七五高的窗台上奋不顾身地跳将下来，完成了一个"85岁老翁跳窗台"的奇迹（也许真能载入世界吉尼斯纪录）！这天上午，我正好去先生家里有事，先生兴高采烈，不无骄傲地向我叙述了他的伟大的历险。我心里真是好后怕！因为什么都可能发生：脑震荡、脑溢血、心脏病突发、粉碎性骨折……先生却说他经过这次考验，既然完好无损，足见各项器官都还结实，大约总可以支持到21世纪！这天下午，先生原预定进城参加中法比较文化研究会的活动，我力劝先生别去，应尽量在家休息。先生哪里肯听！不但参加了全部活动，还楼上楼下仔细阅览了他们书展中的很多新书、好书！

先生的风范为我毕生仰慕，而要企及先生的境界，却实非我力所能及。然而，虽不能至而心向往之，我愿沿着先生的足迹前行，无怨无悔，直到永远。

纪念吾师王瑶

——一个冷隽热忱的人

　　入昭琛师门下，倏忽已是 38 载！记得 1952 年一个万物繁茂滋生的夏夜，第一次往谒先生，谈及我从先生学现代文学史的意愿。先生说："现代史是非常困难的，有些事还没有定论，有些貌似定论，却还没有经过历史的检验！"他点燃了烟斗，冷然一笑，"况且有时还会有人打上门来，说你对他的评价如何如何不公，他是如何如何伟大等等。你必须随时警惕不要迁就强者，不要只顾息事宁人！"他掷过来锐利考察的一瞥，"你何不去学古典文学呢？至少作者不会从坟墓里爬出来和你论争！"我说："那么，先生何以从驾轻就熟的中古文学研究转而治现代文学史呢？"我们相视一笑，一切尽在不言中，他收了我这个学生。

　　在那个生意盎然，相互感应着雄心壮志的夏夜，我们何曾想到历史竟会是这样发展？二十年一片空白，我唯一能记起的是1957 年 4 月，我和一些朋友被那活跃的"早春天气"弄得昏头昏脑，异想天开，竟想靠募捐来办一个中级学术刊物，让不大成熟的年轻人的文章也有地方发表。没想到先生严词拒绝了我的募捐要求，他从来是一个十分冷峻的时事分析家。按照他分析的结果，他严厉警告我，绝对不要搞什么"组织"，出什么"同人刊物"，必须对当时的鸣放热潮保持头脑清醒。当时还只是四月末，我们听从了他的劝告，但为时已晚，他的真知灼见和料事如神终于未能救出他的三个学生。

之后，我就没有机会接近先生。"文化大革命"中，他的遭遇比我更悲惨。我永远也不能忘记那难于回首的一幕：由于有人挟嫌诬陷，他被一群红卫兵打得鲜血淋漓。我们这些"专政对象"和全体革命群众都被勒令到现场"接受教育"。带铜扣的皮带和鞭子落在他的头上和身上，鲜血沿着苍白的脸颊流下来。打手们逼迫他承认：是他，蓄意侮辱了伟大领袖毛主席，将一张印有毛主席像的报纸扔到厕所里。先生忍受着，报以绝对的沉默。那高傲心灵的扭曲和伤痛真是伤心惨目！我的心在哭泣！

终于雨过天晴，有人来调查他所受的迫害，要他指出曾经伤害他的人。先生一笑置之，说是全都不记得了。其实，哪里能忘记呢？先生一向以博闻强记著称，所有往事都会历历在目。例如，有一次，先生和我谈起当时被囚禁在"牛棚"中的生活，十分感慨于像朱光潜先生那样一向严肃的学者，也会在"牛棚"那样的特殊环境下写出一首非常可笑的打油诗。先生一字不漏地将这首诗背给我听，并告诉我当时"牛棚"并无纸笔，朱光潜先生是把这首诗念给他们两三个人听的。那时生活虽然艰辛，他们听了这首诗，还是忍不住笑了一场。看守极为恼怒，勒令他们几个人把诗句背出来，先生一个字也不肯说，只说朱光潜先生根本就没有做什么诗。为此，他遭受了一顿毒打。先生解嘲地说："我在牛棚挨打，多半是为了劳动跟不上趟，那时真心后悔儿时在农村未曾好好锻炼。唯独这一次挨打，是为了朋友！"

十年改革开放，先生学术著作硕果累累，也曾有过宏伟的学术研究规划。他是大海，能容下一切现代的、传统的，新派的、旧派的，开阔的、严谨的，大刀阔斧的和拘泥执著的。在为我的一本小书写的序言中，他特别提出："每个人如果能根据自己的精神素质和知识结构、思维特点和美学爱好等因素来选择结合自己特点的研究对象、角度和方法，那就能够比较充分地发挥自己的才智，从而获得更好的成就。"这些话一直给我力量和信心，催我前进。

先生的音容笑貌，他那幽默的谈吐、富于穿透力的锋利的眼神，他那出自内心却总带几分反讽意味的笑声，他那冷隽的外表下深藏着的赤子的热忱……三十八年来，这一切对我是如此亲切，如此熟悉！难道这一切都永远消逝，只留下一撮无言的灰烬？

记得最后一次去先生家，已是八九年深秋季节，古老的庭院，树叶在一片片飘落，那两头冰冷的大石狮子严严把守着先生的家门，更增添了气氛的悲凉和压抑。我东拉西扯，想分散先生的注意，和他谈些轶闻琐事，但先生始终忧郁，我也越谈越不是滋味，终于两人相对潸然。先生说有一桩事，一点心愿，也许再也难以实现……

最后一面见先生，是在苏州的寒山寺。先生原已抱病，却执意要参加他担任了十年会长的中国现代文学学会的苏州理事会。会议在风和日丽中圆满结束，先生作了总结，告别了大家，安排了明年的年会。没想到最后一天游览，寒流猛至，北风凛冽，先生所带衣物不多，却坚持要上寒山古寺，一登那古今闻名的钟楼。"姑苏城外寒山寺，夜半钟声到客船！"先生花了三块钱，换来古钟三击。钟声悠扬凄厉，余音袅袅，久久不息。不知道为什么，我的心在寒风中战栗，总觉得听出了一点什么不祥之音！先生击钟，在呼唤谁？在思念谁？在为谁祝愿？在为谁祈福？这钟声，为谁而鸣？而今，年末岁暮，心衰力竭，我哭先生，欲哭无泪！我呼先生，欲语无言！唯愿先生英灵，随袅袅钟声乘姑苏客船，驶向那极乐的永恒！

夫子自道 ❯

蓝色的天堂

我父亲是二十年代北京大学英文系的旁听生。他曾接受过胡适的面试，胡适嫌他口语不好，他一气之下，就在北大西斋附近租了一间公寓，当了三年自由学生。他告诉我当年只听陈西滢和温源宁的课，虽然对面鲁迅的讲堂人山人海，他也从不过问。

他不缺钱。祖父是贵阳山城颇有名气的富绅兼文化人，写得一手好字，收了好些学生。据说他痛恨自己的先人曾是贩卖鸦片发家的巨商，立志改换门庭，将四个儿子送到北京。一个是清华大学首批留美学生，学化学；一个送到德国，学地质；还有一个学医；只有父亲学文而颇有游手好闲之嫌。但父亲并不是一个纨绔之人。记得1976年他和我曾到天安门左侧文化宫，去向周恩来总理遗体告别，他一再和我谈起1924年，他到天安门右侧中山公园悼念孙中山，并步行送孙总理遗体上碧云寺的情景。他对两位总理都深怀敬意，曾对相隔五十余年的东侧、西侧两次悼念，不胜唏嘘。但他却始终讨厌政治，只喜欢读济慈、渥兹华斯的诗。

1927年，他"学成"还乡。同学中有人劝他去南京，有人劝他去武汉，他都不听，一心要回家乡，建立小家庭，享人间温暖，尽山林之乐。据他说，途经九江，曾遇一位革命党人，好意劝他参加革命，不想他游庐山归来，这位革命党人已经被抓进监狱，这更使他感到政治斗争的残酷，而更坚定了"躲进小楼成一统，管他南北与东东"的决心。

回到贵阳，我父亲很是风光了一阵子。他穿洋装，教洋文，手提文明棍；拉提琴，办舞会，还在报上写军阀。这些都是开风气之先的事。他又喜欢和教堂的神父、牧师交往，换换邮票、看看杂志之类。"文化大革命"期间，他为此吃了很大苦头，说他是什么英国特务的高级联络员等等。经过多次"触及灵魂的批斗"，后来也就不了了之。父亲当年回乡最得意之事就是娶了比他年轻十多岁的我母亲，当年女子师范艺术系的校花，从此筑成了他多少年来朝夕梦想的温馨小家。

我就是在这样一个家庭中长大。父母都是新派人，又有钱无处花，所以四岁就送我进天主堂，跟一位意大利修女学钢琴。一星期三次，我每次都被天主堂那只大黑狗吓得魂飞魄散，对钢琴则毫无感觉。我在这个名叫善道小学的教会学校念到三年级，留下了天主堂圣诞节、复活节的辉煌记忆。最有意思的是每个礼拜的望弥撒，我还能清楚记得那每次必念的经。当时这些经对我来说，只是一串音符，现在想来，大概是如此："申尔福，玛利亚，满被圣宠者，主与尔贤焉。女中尔为赞美，尔胎子耶稣，并为赞美。天主圣母玛利亚，为我等罪人，敬谢天主及我等死后人。阿门。"这一段经，当时学校上下人人会念。最近读关于第一批耶稣会士利玛窦的书，才恍然大悟，原来利玛窦为了迎合中国文化讲求仁义，崇拜祖先，尊重母亲的特点，尽量少宣传耶稣钉死在十字架上的残酷形象，而多宣传圣母，以致乡民认为主宰天主教的是一位女性；

160

而且在敬谢天主之后，还要敬谢"死后人"之类。大概都是外来文化首先迁就本土文化（崇拜祖先）的痕迹。

对天主堂的其他记忆就只还有一次为一名德高望重的老神父送葬。那次，我走在最前面，手捧一大把非常美丽的鲜花。另外，就是许许多多漂亮的十字架和念珠，和每回圣诞节必得的一只透明玻璃小靴子，里面装满了五颜六色的糖果，有时还会有一个小小的刻着圣母像的精致圣牌。

卢沟桥事变那年，我刚六岁，贵阳这座山城陡然热闹起来，市街摆满了地摊，出售逃难来的"下江人"的各式衣服杂物，油炸豆腐、江苏香干、糖炒栗子、五香牛肉的叫卖此起彼伏。一到傍晚，人群熙熙攘攘，电石灯跳动着小小的蓝火苗，发出难闻的臭味。我却喜欢和母亲一起在闹市中穿行，一边吃个不停。可惜好景不长，大约是1939年末，下达了学校疏散的命令，父亲所在的贵阳一中奉命迁到离市区十余里的农村——乌当。先是在一个大庙里上课，后来又修建了一些简陋的草房，教员则挤在租来的民房里。父亲仍不改他的"浪漫"，别出心裁地租了一座农民储粮的仓库，独门独户，背靠小山，面向一片开阔的打谷场。

我们一家四口（还有两岁的弟弟）就在这个谷仓里住了三年。尽管外面兵荒马乱，我们还可以沉浸在父亲所极力营造的一片温情之中。例如我们常常去那座小山顶上野餐，欣赏夕阳。这种时候，我和弟弟在草地上打滚，摘野花，有时也摘一种野生的红荚黑豆和大把的蒲草，母亲会将它们编成一把笤帚扫床。母亲还教我们用棕榈叶和青藤编织小篮儿，装上黄色的蒲公英花和蓝色的铃铛花，非常美丽。这时候，父亲常常独自引吭高歌，他最爱唱的就

162

是那首英文歌"蓝色的天堂"：——"just Mary and me, and baby make three, that is my blue heaven！"有时我们也一起唱："家，家，甜蜜的家！虽然没有好花园，春兰秋桂常飘香；虽然没有大厅堂，冬天温暖夏天凉……"父亲有时还唱一些古古怪怪的曲子，我至今还清楚地记得其中一首歌词是这样："我们永远相爱，天老地荒也不分开；我们坚固的情爱，海枯石烂也不毁坏。你看那草儿青青，你看那月儿明明，那便是我们俩纯洁的、真的爱情。"我至今不知此是中国歌还是西洋歌，是流行歌还是他自己编的创作歌曲。

中学教师的薪水不多，但我们有城里房子的租金补贴，乡下的生活还是过得不错，常常可以吃到新鲜蔬菜和鲜猪肉。每逢到三里外的小镇去买菜赶集，就是我最喜欢的节日。琳琅满目挂在苗族和土家族项链上的小铃铛、小饰物，鲜艳夺目的苗族花边和绣品，还有那些十分漂亮、刻着古怪图案、又宽又薄的苗族银戒指，更是令人生出许多离奇的梦幻。唯一令人遗憾的，是没有好点心可吃。母亲于是用洋油桶做了一个简易烤箱，按书上的配方做蛋糕和饼干。开始时，蛋糕发绿，饼干一股涩味，后来一切正常，由于加了更多的佐料，比城里点心店买的还要好吃。父母常以《浮生六记》的作者和女主人公——芸自况，"闲情记趣"一章也就成了我的启蒙读物。那时候，生活真好像就是一首美丽恬静的牧歌。然而，经过多年之后，回想起来，倒也不尽然。

我们家附近没有小学，父母就自己教我念书。父亲教英语、算术，母亲教语文和写字。母亲嫌当时的小学课本过于枯燥无味，就挑了一些浅显的文言文和好懂的散曲教我阅读和背诵。我现在还能背全篇归有光的《祭妹文》和一篇至今未能找到出处的短文。

这篇短文按我的记忆大致如下："闻门外有卖花声，呼之人视之则一女子，年可十六七。因询其家状，女曰：'吾父凤经商，不幸病目失明。余因自念，在家坐食，徒为亲累，殊非计之得，遂请于父母，以卖花为业，于此获微利，借谋自立之道焉。'已而顾日影曰：'日将终，吾将趋归，为吾父做饭。'"后来，我曾遍寻各种典籍，却始终找不到这篇短文的出处。我有点怀疑这是不是母亲自己编的。

母亲10岁丧母，外祖父是贵州大法官，三个女儿中，最爱我母亲。他为了照顾孩子，娶了一房继室。谁知孩子们的生活由此更为难过，外祖父不久即抑郁而死，那时母亲才15岁。母亲是一个非常要强的人，她一方面支持比她大三岁的姐姐到北京求学；另一方面，带着比她小五岁的妹妹在别人的欺凌中苦苦挣扎。据我后来的观察，她与父亲的结合多少有一些"不得不如此"的苦衷。她内心深处总以靠父亲生活而不能自立为耻。对于父亲的种种"罗曼蒂克"，她也不过勉强"紧跟"而已。从我很小的时候起，她总时时刻刻教我要自立自强，并让我懂得依靠别人是非常痛苦的事。

母亲很少教我背诗，却教我许多易懂的散曲，内容则多半是悲叹人生短暂，世事无常。那首："碧云天，黄花地，西风紧，北雁南飞。晓来谁染霜林醉，总是离人泪。"母亲最是喜欢，还亲自谱成曲，教我唱。我至今会背的，还有"晓来青镜添白雪，上床和鞋履相别。人生有限杯，几个登高节！嘱咐咱顽童记者，便北海探吾来，道东篱醉了也"等等。从后来的许多事实看来，这些选择都体现出母亲内心深处的一些隐痛。

其实，所谓牧歌云云，也不过是自己给自己营造的一种假象。当时，抗日运动在高涨，贵阳一中也来了许多"下江"学生和先生。

他们教大家唱抗日歌曲，诸如"大刀向鬼子们的头上砍去"，"工农兵学商，一起来救亡"之类，我都是当时学会的。我印象特别深的是有一位美术老师，我至今还记得他的名字叫吴夑。我所以记得这个名字是因为"夑"字太难写，母亲教我写了很多遍。他教学生用当地出产的白黏土做各种小巧的坛坛罐罐，然后用一个铜钱在上面来回蹭，白黏土上就染上一层淡淡的美丽的绿色。他又教学生用木头雕刻简单的版画，刻的大都是肌肉隆起的臂膀和喊叫的张开的大嘴。版书上都刻着抗日的大字标语。学生们都很喜欢他，特别是我的小姨，母亲唯一的妹妹，当时也是贵阳一中的学生。父母在乡间很少招待客人，这位吴先生却是例外，记得他来过好几次，和父母谈得很高兴。于是，来到了大清洗的那一天。在一个漆黑的夜晚，吴先生和两个学生被抓走了，警车呼啸着，穿过我们窗前的小路。不久，传来消息，说吴先生一抓到城里就被枪毙了，因为他是共产党员！接着又有一些学生失踪。母亲把小姨囚禁在家，也不让她上学，她大哭大闹也没用。就在这个夏天，父亲被解聘，失了业。那是1941年，我10岁。

我们一家凄凄凉凉地回到了贵阳。原来的房子已租给了别人，我们无处可去，只好挤进"老公馆"。所谓"老公馆"，就是祖父去世前与他的五房儿子共居的处所。老屋很大，共有六进，从一条街进去，打从另一条街出来。祖父死后，五兄弟分家，有的分了田产，有的分了商号，父亲分了整个后花园，当医生的伯父分了大部分老宅，但其中有一进留作祭祀之用，由祖父的姨太太管理。她住在楼上，楼下是堂屋，供着祖父母的画像和"神主牌"，每天黄昏，由楼上的姨奶烧香、敲磬。堂屋旁边有一间空屋，我们一家四口就搬了进去。和原来的大花园相比，自然是天上地下。

父亲失业，坐吃山空。更不幸的是当时政府决定修一条大马路，据说原来的计划并非像后来那样，就是因为父亲坚决拒绝行贿，一条大路硬是从我们的花园中央蛮横地穿了过去。花园中的这个厅、那个楼，当然也全都拆得七零八落。父亲为了在马路两旁勉强修成两座小楼，耗尽了全部资财，自己也累得精疲力竭，房子仍然未能盖成，只好把修了一半的房子让给别人，修建费抵作二十年租金。这就是说，二十年内，父亲不可能再从房子得到任何收益。

我们真是过了一段非常穷困的日子。我常陪母亲到贵阳专门收购破烂的金沙坡，去卖东西，几乎所有能卖的东西都卖光了。记得有一次，母亲把父亲过去照相用作底片的玻璃洗得干干净净，一扎扎捆得整整齐齐，装了一篮子，拿到金沙坡，人家不愿买，说了很多好话才卖了五毛钱。母亲和我真是一路滴着眼泪回家。更难堪的是，当时已是贵阳名医的伯父，事业非常发达。他的私人医院占据了大部分老宅，而且修缮一新，许多权贵都来和他结交。就在同一院内，他们家天天灯火辉煌，宾客盈门。我的六个堂兄弟都穿着时髦，请有家庭教师每天补习功课。我和他们常一起在院子里玩，每到下午三点，就是他们的母亲给他们分发糖果点心的时候。这时，母亲总是紧关房门，把我和弟弟死死地关在屋里。在这一段时间里，父亲很颓丧，母亲和我却更坚定了奋发图强，将来出人头地的决心。

生活的转机有时来得好奇怪！父亲偶然碰到了一个北京大学的老同学，他正在为刚成立不久的贵州大学招兵买马，一谈之下，父亲当即被聘为贵州大学英文系讲师，事情就是那么简单！我们一家高高兴兴地搬到了贵州大学所在地——花溪。说起花溪，也真是有缘分。这是一个非常、非常美丽的小镇，一湾翠色的清溪在碧绿的田野间缓缓流淌，四周青山环绕，处处绿树丛生，离贵阳市中心四十多里地，但多少年来，这块宝地却不为人知。

　　大约还在抗日战争爆发前三四年，喜爱爬山越野的父亲就发现了这一片世外桃源。那时这里还只是一片不为人知的、只是土家族聚居的荒山僻野。如果你不能步行四十里，你就绝无可能亲自领略这一派人间仙境。父亲一心向往西方的生活方式，也想在城外拥有一间幽静的别墅。他花了很少一点钱在花溪（当时的名称是"花格佬"）买了一小片地，就地取材，依山傍水，用青石和松木在高高的石基上修建了一座长三间的房子，前面有宽宽的阳台，两边有小小的耳房，走下七层台阶，是一片宽阔的草地，周围镶着石板小路，路和草地之间，是一圈色彩鲜艳的蝴蝶花和落地梅。跨过草地，是一道矮矮的石墙，墙外是一片菜地，然后是篱笆。篱笆外便是那条清澈的小溪了，它是大花溪河的一道小小的支流。草地的左边是一座未开发的、荒草与石头交错的小山。最好玩的是在篱笆与小山接界之处，却是一间木结构的小小的厕所，厕所前面有一块光滑洁净的大白石。后来，我常常坐在这块大白石上，用上厕所作掩护，读父母不愿意我读的《江湖奇侠传》和张恨水的言情小说。草地的右侧则是一间厨房和一间储藏室，父亲雇来看房子和种花草的一个孤单老人就住在这里。听说他也不是本地人，而是一个四处流浪、无家可归的老兵。几年后，这位孤独的老人一病不起，父亲一怕传染，二不愿有人死在自己家里，就在墙外搭了一个草棚，将老人搬进去。我每天给他送水送饭送药，心里总感到很难过，很不忍，觉得我和父亲一起做了亏心的事。这是我第一次朦胧体验到人间的不平，此是后话。当年，这位老兵可真把房子、菜地、花园全都收拾得一无瑕疵。可惜路途遥远，交通不便，实际上抗战前我和母亲只去过一次，是乘轿子去的。那次，新居落成，父亲大宴宾客，游山玩水，唱歌跳舞，又是听音乐，又是野餐，很是热闹了好几天。平时，父亲倒是常去的，他喜欢步行，认为那是一种很好的锻炼。

这次回返花溪的机缘简直使父亲欣喜若狂。虽然他的别墅离贵州大学足有十里之遥，他也宁可每天步行上课，而不愿住进大学的教师宿舍。后来他为此几乎付出了生命作为代价。他和母亲在这里一住就是30年。50年代，当我们兄弟姐妹都在北京念书或工作时，他忽然得了脑血栓，人事不知，昏迷不醒。那幢别墅修建在这种家族聚居的一座小山的半山腰，离镇上的小医院还有十多里路，既没有车也没有电话，一时间更叫不来帮手。母亲怎么把父亲弄到医院，父亲又怎么能全无后遗症地恢复了健康，对我们来说，始终是件不可思议的事情！

我快乐地在花溪度过了我的初中时代。母亲因为在我就读的贵阳女中找到一份教书的工作，心情比过去好多了。她担任的课程是美术和劳作。她教我们用白黏土做小器皿，并用铜板磨上淡淡的绿色。我知道这是为了纪念那位被枪杀的年轻美术教师吴夔。母亲还教我们用粗毛线在麻布上绣十字花，她也教我们铅笔画、水彩画、写生和素描。总之，她的教法是相当新潮的。她非常爱艺术，也爱她的学生。据说她和父亲结婚的条件就是婚后送她到上海读书学画，但是由于过早地怀上了我，一切计划都不得不付诸东流！后来母亲和父亲吵架时，总是恨恨地骂他毁了她的一生。其实父亲也并非不感到内疚，在我两三岁时，父亲曾带着我和母亲去到杭州，让母亲在那里上了著名的杭州艺专。但是不到半年，由于我不知道的什么原因，我们一家又回到了贵阳。

总之，我们在花溪的生活又恢复到过去的情调：在小溪边野餐，看日落，爬山，做点心，赶集。只是这里的集市要比乌当大得多了，父亲又开始快乐地唱他那些永远唱不完的老歌。

山城中学生活

我在贵阳女中念完了三年初中，这个刚从城里迁来的学校集中了一批相当优秀的师资。我最喜欢的一门课是国文，老师是刚从北方逃难南来的一位"下江人"，我还清楚地记得她的名字叫朱桐仙。她也不愿住在学校附近，却在我们家那座小山上，比我们家更高一些的地方，租了两间农民的房子。她单身一人，家中却很热闹，常有许多年轻的来访者。母亲不大喜欢她，常在背后指责她走起路来扭得太厉害，故意卖弄风情。

朱老师很少照本宣科，总是在教完应学的单词和造句之后，就给我们讲小说，一本《德伯家的苔丝》，讲了整整一学期。那时我们就知道她的丈夫是一个著名的翻译家，当时还在上海，《德伯家的苔丝》正是他的最新译作。朱老师讲故事时，每次都要强调这部新译比旧译的《黛丝姑娘》如何如何高超，虽然她明知我们根本听不懂。在三年国文课上，我们听了《微贱的裴德》《还乡》《三剑客》《简·爱》等。这些美丽的故事深深地吸引了我，几乎每天我都等待以致渴望着上国文课。初中三年，我们每学期都有国文比赛，每次我都是尽心竭力，往往几夜睡不好觉，总想得到老师的青睐。然而不管我如何奋斗，我从来就只是第二、三名，第一名永远属于老师的宠儿"下江人"葛美，她穿着入时，皮肤白皙，两只大眼睛清澈明亮。我对她只觉高不可攀，似乎连忌妒都不配。她也一向只和"下江人"说话，从来不理我们这些乡巴佬。

我们的国文课越上越红火了。大约在二年级时，朱老师在我们班组织了学生剧团，第一次上演的节目就是大型话剧《雷雨》。我连做梦都想扮演四凤或繁漪，然而老师却派定我去演鲁大海。我觉得鲁大海乏味极了，心里老在想着繁漪和大少爷闹鬼以及二少爷对四凤讲的那些美丽的台词。由于演出相当成功，朱老师甚至决定自己来创作一出歌剧。她在课堂上大讲中国京剧如何落后，意大利歌剧如何高超。她终于和一位姓李的贵州农学院的讲师合作，写出了中国"第一部可以称为歌剧的歌剧"。在他们合作的过程中，李先生几乎每天都来朱老师家，他俩为艺术献身的精神着实令人钦佩。李先生会拉手风琴，会弹钢琴，朱老师则构思情节并写歌词。他们常常工作到深夜，于是人们开始窃窃私语。每逢李老师路过我家门口，母亲总是对父亲悄然一笑。有一次母亲还一直熬到深夜，就为看看李先生究竟回家没有，我也使劲撑着眼皮，但却很快就睡着了，到底不知结果如何。

不管怎样，歌剧终于完成，并开始了大张旗鼓的排练。朱老师要求全班都学会唱所有的歌，我们大家每天都得练到天黑才回家，而这些歌也都深深地刻进了我们童年的记忆中。记得帷幕拉开，就是伯爵登场，他轻快地唱道："时近黄昏，晚风阵阵，百鸟快归林。荷枪实弹，悄悄静静。沿着山径慢慢行……"他随即开枪，向飞鸟射击。一只受伤的小鸟恰好落在树林深处伯爵夫人的怀里，她于是唱起了凄凉的挽歌："鸽子呀，你栖在幽静的山林，你整天在天空飞翔，从东到西，从南到北，没有一些儿阻挡；鸽子呀，你哪知凭空遭祸殃，可怜你竟和我一样，全身战栗，遍体鳞伤，失去自由无力反抗……"正在此时，一位流浪诗人恰好走来，他唱着："异国里飘零，流亡线上辛酸，这生活的滋味像烙印般刻在我心上。每日里，痛苦鞭打着我，我饱受人间的冷眼讽言。我只能忍气吞声，我只能到处飘零。如今，我不知向何处寻求寄托，何处飘零？！"当然，两个不幸的人立刻同病相怜，随即坠入情网。后来，当然是伯爵一枪将诗人打死，伯爵夫人也就自杀身亡。

当时这出"千古悲剧"真使我们心醉神迷！虽然所有角色照例都属于漂亮入时的"下江人"，但我们对于分配给我们的职务却是十分尽职尽责。记得我当时负责管道具，为了打扮那位伯爵夫人，把我母亲结婚时用的银色高跟鞋和胸罩（当时一般女人不用胸罩）都背着母亲翻出来了。演出当然又是非常成功。露天舞台设在一片土台上，后面是一片幽深的松林，当年轻美丽的伯爵夫人穿着一身白纱裙（蚊帐缝的），头上戴着花冠从松林深处幽幽地走向前台时，大家都不由自主地屏住了呼吸。

我就是这样爱上了文学，爱上了戏剧。

母亲把她的全部希望寄托在我身上，总想让我来实现她未能实现的梦想。初中一毕业，她就让我考上贵州唯一的国立中学——第十四中学。这里的同学大半是大官和有钱人的子弟，下江人居多，师资水平相当高，不少是原来的大学教师或报刊文人。在当时，学校方面对学生有一套严格管理办法，每一班级都有一个班主任，这一班级就以他的名字命名。我们的泽寰级以数学好著称，我后来考大学往往拿高分，就得益于赵泽寰老师教我的数学。学校每天都有升旗仪式，唱团歌、国旗歌，然后校长训话。晚上有晚点名，点名前唱的歌是劳动歌："神圣劳动，小工人爱工作；神圣劳动，小农民爱耕种……为什么读书，为什么读书，为辅助劳动。"点名后唱的歌是学校老师自编自谱的《马鞍山颂歌》，我至今清楚地记得歌词是这样："马鞍山，马鞍山，是我们成长的园地，是我们茁长的摇篮。山上飘洒着园丁的汗雨，山下流露着慈母的笑颜。上山！上山！往上看，向前赶！永恒的光，永远的爱。永远地守住我们的园地，永远地守住我们的摇篮！"每个星期一都要举行"纪念周"，在这种全校的周会上，常常有大小官吏来训话。总之，国立十四中有自己独特的传统和校风，尊师爱校，严格训练和管理，重视劳动，每个班级都有自己的自留地，学生都为自己的学校而自豪。

可惜我在十四中的时间并不长，高二那年，抗日战争胜利，十四中迁回南京，复原为中央大学附属中学，我则仍然留在贵阳。高中三年印象最深的就是美国。我最讨厌那些嚼着口香糖，伸出大拇指叫"顶好"，开着吉普车横冲直撞的美国兵。我每个周末回花溪，有时坐马车，有时走路，总会碰上那些载着花枝招展的时髦姑娘的美国吉普。车上的美国兵常常对着我喊："漂亮姑娘，要不要搭车？"我就觉得受了莫大的侮辱。有一次，我和堂姊在碧绿的溪水里游泳后，正穿着游泳衣坐在桥头上晒太阳，来了一群醉醺醺的美国兵。他们先是说说笑笑，后来就动手动脚，竟将堂姊推落水中。堂哥一见大怒，用相当流利的英语和他们争吵起来。堂哥当时是空军机械师，刚从美国受训一年归来。美国兵一看堂哥能开"洋腔"，顿时有些气馁，终于被迫道了歉。后来"沈崇事件"，美国兵强奸了北京大学的女学生，凶手竟被引渡回国，无罪

173

开释，掀起了全国学生运动的轩然大波。我自己更是觉得对美国兵恨之入骨。我的这位堂哥后来加入了地下共产党，解放前夕被抓进监狱，国民党撤退时英勇就义，成为贵州有名的烈士。我想，他所感到的民族的屈辱一定是他参加革命的重要动因。

然而，奇怪的是另一方面我又被美国文化所深深地吸引，那些美国的"文艺哀情巨片"简直使我如痴如醉，泰隆鲍华、罗勃泰勒扮演的银幕上的美国兵竟然成了我的英雄。我宁可摸黑走路回家，也要在星期六下午赶两三场美国电影。我们学校附近就有美国兵的驻地，我和同学们都喜欢黄昏散步时在那边徘徊。堆成小山的咖啡渣发出诱人的香味，偶尔会拾到一两张美丽而光泽的糖纸。特别吸引我们的是沿街销售美国剩余物资的小地摊，从黄油、奶粉、口香糖、信封、白纸，直到简装本的古典小说和侦探故事都有。这种简装本 62 开，软封皮，不厚不薄，在车上、床上，特别是上课时偷着看都方便。霍桑、海明威、辛克莱、史坦贝克，我都是通过这些简装缩写本读到的。当时傅东华翻译的美国小说《飘》刚刚出版，真称得上风靡一时。同学们都在谈论书中的人物，我和母亲也时常为此发生争论。我当然是有文化、有理想、有教养的文弱书生卫希礼的崇拜者，母亲的英雄却是那位看透了上流社会，能挣会赚的投机商人白瑞德。

应该说，整个高中时代，我都是沉浸在西方文化的海洋中。每个星期六一定参加唱片音乐会，听著名的音乐史家萧家驹先生介绍古典西洋音乐，然后系统地欣赏从巴哈、贝多芬、舒伯特、德弗乍克、柴可夫斯基到德布西、肖斯塔科维奇的乐曲。我当时对萧先生特别崇拜，他的言谈举止对我都十分有吸引力。后来听说他和我堂哥一起被关进了国民党监牢。肃反时又听说他被共产党监禁，原因只是他既然没有被国民党枪杀，那就肯定是叛徒。关了好几年，出狱不久就与世长辞。那时每个星期天晚上，我一定参加圣公会的英文礼拜，听上海圣约翰大学神学院毕业的汤牧师用英文布道。起先只是想练练英语听力，后来是真正对基督教的一套仪式发生了兴趣。特别是那些非常动人的赞美诗，似乎真沟通了一种超自然力量和人的灵魂。我不但参加做礼拜，也参加了查经班、唱诗班，并认识了年轻的女牧师密斯宝，这是我认识的第一个美国人。我们一起用英文读《圣经》，唱赞美诗，我最爱听她讲《圣经》故事和人生哲理。她的广博知识、平等待人，特别是她的献身精神都使我深深地感动，并看到了另外一种人生。

在这一时期，我的业余时间几乎全部用来看外国小说，中文的、英文的，D．H．劳伦斯的《查泰莱夫人的情人》，安德烈·纪德的《伪币制造者》，杜思妥耶夫斯基的《卡拉马佐夫兄弟们》……真是无所不看！我也喜欢写散文，念古诗，国文课上，总是得到老师最热心的夸奖。我就是这样无可挽回地走上了我的文学之路。

我赶上了旧北大最后一站

我在国立第十四中的许多朋友，抗战胜利后，都纷纷回到"下江"，有的在北京，有的在南京，有的在上海。高中三年级时，我已下定决心，一定要离开这群山封闭的高原之城，我一个人搭便车到重庆参加了高考。这是一辆运货的大卡车，我坐在许多木箱之间颠簸，穿行在云雾和峭壁之间。久已闻名的什么七十二拐、吊尸岩等名目吓得我一路心惊胆战！好不容易来到了重庆沙坪坝原中央大学旧址，西南地区的考场就设在这里。大学生们早已放假回家，我们白天顶着三十八点九度的高温考试，晚上躺在空荡荡的宿舍里喂早已饿扁了的臭虫。那时是各大学分别招生，我用了二十天参加了三所大学的入学考试。回到贵阳后，得知我的中学已决定保送我免试进入北京师范大学。不久，北京大学、中央大学、中央政治大学的录取通知也陆续寄到。我当然是欢天喜地，家里却掀起了一场风波！父亲坚决反对我北上，理由是北京眼看就要被共产党围城，兵荒马乱，一个十七岁的女孩子出去乱闯，无异于跳进火坑！他坚持我必须待在家里，要上学就上家门口的贵州大学。经过多次争吵、恳求，直到以死相威胁，父亲终于同意我离开山城，但只能到南京去上中央大学。他认为共产党顶多

176

能占领长江以北地区，中国的局面最多就是南北分治，在南京可以召之即回。我的意愿却是立即奔赴北京。母亲支持了我，我想这一方面是由于她的个性使她愿意支持我出去独闯天下；另一方面，她也希望我能在北方找回她失踪多年的姐姐。二十年前，她曾卖尽家产，供姐姐北上念书，当时有约，五年后，姐姐工作，再援引两个妹妹出去念书。谁知一去二十年，音信杳无，也不知是死是活！我们对父亲只说是去南京，母亲却另给了我十个银元，默许我到武汉后改道去北京。

我当时只是一心一意要北上参加革命，其实我并不知革命为何物，我只是痛恨那些官府衙门。记得我还是一个初中学生时，父亲就让我每年去官府替他交房捐地税，因为他自己最怕做这件事。我当时什么都不懂，常常迷失在那些数不清的办公桌和根本弄不懂的复杂程序中，被那些高高在上的官儿们呼来喝去，以致失魂落魄。父亲还常常安慰我，说就像去动物园，狮子老虎对你乱吼，你总不能也报之以乱吼罢！对于每年必行的这种"逛动物园"，我真是又怕又恨，从小对官僚深恶痛绝。加之抗战胜利后，我的一个表哥从西南联大回来，带来他的一帮同学，他们对我们一群中学生非常有吸引力。我们听他们讲闻一多如何痛斥反动政权，如何与李公朴一起被暗杀，哀悼的场面是如何悲壮，学生运动如何红火。我们听得目瞪口呆，只觉得自己过去原来不是个白痴也是个傻瓜！简直是白活了。其实现在想来，他们也难免有夸张之处，例如我的表哥说他曾扛着一条被炸断的人腿，到处跑着去寻找腿的主人！这显然不太可能，但当时我们却什么都深信不疑，并坚定地认为，国民党统治暗无天日，不打垮国民党，是没有天理;而投奔共产党闹革命,则是多么正义,多么英勇!又浪漫,又新奇,又神秘。

当时贵阳尚无铁路,必须到柳州才能坐上火车。我一个人,提了一只小皮箱上路,第一天就住在"世界第一大厕所"金城江。抗战时期由于经过这里逃难的人太多,又根本没有厕所,只好人人随地大小便,到处臭气熏天。战后两年,情况也并未好转。我找了一家便宜旅馆,最深的印象是斑斑点点、又脏又黑的蚊帐和发臭的枕头,以及左隔壁男人们赌钱的呼么喝六,和右隔壁男人们震耳欲聋的鼾声。我心里倒也坦然,好像也没有想到害怕,只是一心梦想着我所向往的光明。

我终于来到武汉,找到北京大学北上学生接待站。领队是武汉大学物理系一年级学生,他也是为了革命,自愿转到北大历史系一年级,再做新生。我们从武汉坐江船到上海,再转乘海船到天津。一路上,领队教我们大唱解放区歌曲。当然不是大家一起学,而是通过个别传授的方式。也许由于我学歌比较快,他总是喜欢先教我,我们再分别去教别人。三天内,他会唱的几首歌,大家也都会唱了。最爱唱的当然是"山那边呀好地方,一片稻麦黄又黄……年年不会闹饥荒",以及"你是灯塔,照亮着黎明前的海洋……"等等。当北大学生打着大旗,到前门车站来接我们时,我们竟在大卡车上,高唱起这些在内地绝对违禁的歌曲来!我感动极了,眼看着古老的城楼,红墙碧瓦。唱着有可能导致被抓去杀头的禁歌,忽然觉得是来到了一个在梦中曾多次见过的自由之城!站在我身边的领队也激动得热泪盈眶,他雄厚而高亢的歌声飘散在古城的上空。谁能想到这样一个忠诚而又充满激情的革命者,地下共产党员,在"文化大革命"中会死得那么惨烈！当时他已是北大中文系的党领导，当然的"走资派"，还加上历史反革命（他曾经很自豪地对很多人说过，为了打日本，他曾参加过国民党组织的青年远征军，横渡过缅甸伊洛瓦底江）。红卫兵召开了八百多人的大会批斗他，让他站在主席台一张很窄的凳子上，我亲眼看到他额上不断渗出黄豆大的汗滴。会后，红卫兵又让他自己敲锣，戴着高帽子，嘴里念着"我是走资派，我是牛鬼蛇神，我是人民的敌人"在校园游街。他脸色苍白，全身被泼满墨汁，又刷上糨糊，贴着拖泥带水的报纸，他显然早已力不能支，只好由两个红卫兵架着，后面一个红卫兵不断用脚踢。第二天，他一手拿着一瓶美酒，一手拿着一瓶毒药，独自走向西郊香山的丛林深处。他的尸体很久后才被发现，在那样酷热的夏天，早已是不可收拾。当时大家都忙着与"反革命"划清界限，谁也不敢出头帮忙。他的妻子怎样把他的尸体运出深山，送进火葬场，只有天明白，她自己明白！

虽然我的大学生活，精确说来，只有五个月，但这却是我一生中少有的一段美好时光。我投考所有大学，报的都是英文系，可是鬼使神差，北京大学却把我录取在中文系。据说因为沈从文先生颇喜欢我那篇入学考试的作文，谁知道这一好意竟给我带来了二十年厄运，此是后话。

全国最高学府浓厚的学术气氛，老师们博学高雅的非凡气度，深深地吸引着我。我们大学一年级课程有：沈从文先生的大一国文（兼写作），废名先生的现代作品分析，唐兰先生的"说文解字"，齐良骥先生的"西洋哲学概论"，还有一门化学实验和大一英文。大学的教学和中学完全不同，我真是非常喜欢听这些课。我总是十分认真地读参考书和完成作业，特别喜欢步行半小时，到沙滩总校大实验室去做化学实验。可惜 1949 年 1 月以后，学校就再也不曾像这样正式上课了。现在回想起来，说不定正是这五个月时光注定了我一辈子喜欢学校生活，热爱现代文学，崇尚学术生涯。

当时，北大文法学院一年级学生都集中在国会街四院，院址就是北洋军阀曹锟的官邸。官邸紧靠着城墙根，范围极大，能容纳二百余人学习和生活。大礼堂，正是当年曹锟贿选的地方。我们白天正规上课，晚上参加各种革命活动。我参加了一个学生自己组织的，以读艾思奇的《大众哲学》为中心的读书会，我的最基本的马克思主义观念就是在这里获得的。当时，我认为矛盾斗争、普遍联系、质量互变、否定之否定、经济基础决定上层建筑等等都是绝对的真理，并很以自己会用这些莫测高深的词句而傲视他人。读书会每周聚会两次，大家都非常严肃认真地进行准备和讨论。我还参加了两周一次的俄语夜校，由一个不知道是哪儿来的白俄人授课。后来，在那些只能学俄语，不能学英语的日子，当大家都被俄语的复杂语法和奇怪发音弄得焦头烂额时，我却独能轻而易举地考高分，就是此时打下了基础。

我喜欢念书，但更惦记着革命。1948 年秋天，正值学生运动的低谷，"反饥饿，反迫害"的高潮已经过去，国民党正在搜捕革命学生，一些领导学生运动的头面人物正在向解放区撤退，学生运动群龙无首。1949 年 1 月以前，我们都还能安安静静地念书，只搞过一次"要生存，要活命"的小规模请愿。我跟着大家，拿着小旗，从四院步行到沙滩校本部去向胡适校长请愿。那时校本部设在一个被称为"松公府"的四合院中，我们在"孑民堂"前，很有秩序地排好队，胡适校长穿着一件黑色的大长棉袍，站在台阶上接见了我们。他很和气，面带忧伤。我已忘记他讲了什么，只记得他无可奈何的神情。这次请愿的结果是：凡没有公费的学生都有了公费，凡申请冬衣的人都得到了一件黑色棉大衣。这件棉大衣我一直穿到大学毕业。

一月人民解放军围城，我们开始十分忙碌起来。随着物价高涨，学生自治会办起了"面粉银行"，同学都将手中不多的钱买成面粉存在银行里，以防长期围城没有饭吃。记得我当时早已身无分文，母亲非常担心，也不知道她通过什么门路，在贵阳找到一个卖肉老板，他在北京也有分店。母亲在贵阳付给这位老板六十斤猪肉的钱，他的分店就付给我值同样多斤猪肉的钱。这可真救了我的急，使得在"面粉银行"中，也有一袋属于我的面粉。我们又组织起来巡逻护校，分头去劝说老师们相信共产党，不要去台湾。我的劝说对象就是沈从文先生。我和一位男同学去到他家，我最深刻的印象就是他的妻子非常美丽，家庭气氛柔和而温馨，他平静而不置可否地倾听了我们的劝说。我当时的确是满腔热情，对未来充满信心，但对于已有了30年代经验的他来说，大概一定会觉得幼稚而空洞吧！后来，胡适派来的飞机就停在东单广场上，他和许多名教授一样，留了下来。也许是出于对这一片土地的热爱，也许是出于对他那宁静的小家的眷恋，也许是和大家一样，对新的政权和未来估计得过于乐观。总之，他留了下来，历尽了苦难。

这时，我又参加了北大剧艺社和民舞社，全身心地投入了我从未接触过的革命文艺。我一夜一夜不睡觉，通宵达旦地看《静静的顿河》《钢铁是怎样炼成的》，高尔基的《母亲》，还有马雅可夫斯基的诗。我们剧艺社排演了前苏联独幕剧《第四十一》，我担任的职务是后台提词。那位红军女战士在革命与爱情之间痛苦挣扎，最后不得不亲手开枪打死她最心爱的蓝眼睛——白军军官。每次排练至此，我都会被感动得热泪盈眶。民舞社每周二次，由总校派来一位老同学教我们学跳新疆舞。记得我最喜欢的舞蹈是一曲两人对舞，伴唱的新疆民歌也非常好听。歌曲大意大概是这样：

男：温柔美丽的姑娘，我的都是你的。你不答应我的要求。我将每天哭泣。

女：你的话儿甜似蜜，恐怕未必是真的。你说你每天要哭泣，眼泪一定是假的。

男：你是那黄色的赛布德（一种花），低头轻轻地摘下你。把你往我头上戴，看你飞到哪里去！

女：赛布德花儿是黄的，怕你不敢去摘它。黄色的花儿头上戴，手上的鲜血用啥擦？

男：头上的天空是蓝的，喀什喀尔河水是清的。你不答应我的要求，我向那喀什喀尔跳下去！

女：你的话儿真勇敢，只怕未必是真的。你从那喀什喀尔跳下去，我便决心答应你！

这些美丽的歌舞与隐约可闻的围城的隆隆炮声，和周围紧张的战斗气氛是多么地不协调！但它们在我心中却非常自然地融为一体。我白天如痴如醉地唱歌跳舞，晚上到楼顶去站岗护校或校对革命宣传品。那时北大的印刷厂就在四院近邻，深夜革命工人加班印刷秘密文件和传单，我们就负责校对，有时在印刷厂，有时在月光下。我印象最深的是校对一本小册子，封面用周作人的《秉烛夜谈》作伪装掩护，扉页上醒目地写着："大江流日夜，中国人民的血日夜在流！"这是一个被国民党通缉的北大学生到解放区后的所见所闻，称得上文情并茂，感人至深。

1949 年 1 月 29 日中国人民解放军庄严豪迈地进入北京城，我的生活也翻开了全新的一页。

"新社会"给我的第一印象就是延安文工团带来的革命文艺。谈情说爱的新疆歌舞顿时销声匿迹，代之而起的是响彻云霄的西北秧歌锣鼓和震耳欲聋的雄壮腰鼓。文工团派人到我们学校来辅导，并组织了小分队。我们大体学会之后，就到大街上去演出。有时腰上系一块红绸扭秧歌，有时背着系红绳的腰鼓，把鼓点敲得震天价响。市民们有的报以微笑和掌声，有的则透着敌意和冷漠。我们却个个得意非凡，都自以为是宣告旧社会垮台、新社会来临的天使和英雄。

延安文工团来四院演出《白毛女》的那天，曾经是军阀曹锟贿选的圆柱礼堂（当时称"圆楼"）里外三层，挤得水泄不通。我们真是从心眼儿里相信"旧社会把人变成鬼，新社会把鬼变成人"。用自己的劳动养活全人类，却被压在社会最底层的善良农民如今"翻身做了主人"，还有什么比这更伟大、更神圣呢？

就在这几乎"万众一心"的时候，四院却发生了一件不能不载入校史的大事，这就是"护校运动"。解放军进城之后，新的政权需要很多地方来安置各种机构，因此决定要北大让出四院，学生全部并入总校校址。这引起了一小部分学生的坚决反对，他们认为四院是北大校产，不能随便放弃，政府不能任意征用学校的财产和土地。他们四处呼吁，又贴墙报，又开辩论会，还威胁说

要组织游行，眼看就要酿成一个事件！共产党决定"加强领导"，通过自己的地下组织予以坚决地回击。总之是说他们挑衅闹事，有意制造事端，反对新政权，又把他们平常生活中的各种不检点，用墙报贴了出来。这些人一下子就"臭"了。于是我们大获全胜，浩浩荡荡地进入了总校所在地——沙滩。四院则成了新华社的大本营，一直到今天。

我们一九四八级，原有 27 名学生。还在四院时，就有很多同学参加了解放军，"护校运动"后，又有一些人参加了"南下工作团"。迁入总校时，我们班实际只剩下五个同学。好在学校"面目一新"，课程完全不同了。中国革命史和政治经济学都是一两百人的大班上课，俄语和文学理论则将中文系的三十几个同学编成了一个班。过去的课程都没有了，听说废名先生在被通知停开他最得意的"李义山诗的妇女观"一课时，还流了眼泪。新派来的系主任杨晦先生是著名的左派文艺理论家，但我们对他一无所知，只知道他的妻子比他年轻二十岁，是西北某大学的校花。他讲的文学理论，我们都听不懂。晚上他还将我们组织起来学习《共产党宣言》，一周三次，风雨无阻。

我俄语学得不错，政治课发言又总是热情澎湃，满怀"青春激情"，于是很快当上了政治课小组长。记得一个难忘的夜晚，已是十一点多钟，我突然被叫醒，由一个不认识的男生带到红楼门口，一辆闪亮的小轿车正停在那里。我们四个人钻进车厢，车就飞驰而去。我们被带进一个陈设豪华的小客厅。我从未坐过小轿车，更从未见过这样的富丽堂皇的屋子，又不知道为什么来到这里，心里真是又好奇，又慌乱，又兴奋。等了一会，又高又大的彭真市长踱了进来。原来是市长同志亲自过问政治课教学情况，让我们最基层的小组长直接来汇报。我对彭真市长的印象很好，觉得他亲切、坦直、真诚。他大概对我的印象也不错，我大学毕业时，曾有人说要调我去做彭真的秘书，并把档案也调走了，但不知什么原因没有去成。若去成了，我就会完全变成另一个人，我可能不会当二十年右派，也可能在"文化大革命"中成为彭真的"黑爪牙"，遭受更大的不幸。

然而谁又能预知未来？反正1948年至1950年，我的生活算得上称心。我开始给《北京解放报》和《人民日报》写稿，无非是报道一些学校生活、新鲜时尚。有时也写一点书评，多半是评论一些我正在大量阅读的苏联小说。记得有一篇评论的是苏联长篇小说《库页岛的早晨》，标题是："生活应该燃烧起火焰，而不是冒烟！"这倒是说明了我在很长一段时间里所持的人生观。也就是说，与其凑凑合合地活着，不如轰轰烈烈地干一场就去死。

1950年暑假，发生了一件我完全意想不到的事。有一天，我突然被通知立即到王府井大街拐角处的中国青年联合会报到，只带几件换洗衣服和洗漱用具。和我一起报到的有来自全国各地的二十余名学生（也有几个并非学生）。我们就这样仓促组成了参加第二届世界学生代表大会的中国学生代表团！团长是青年团中央的一位大官，秘书长却是我们都很崇敬的地下学生运动领导人柯在烁，他曾被国民党全国通缉，却传奇式地逃到了解放区。此人后来也当了大官，20世纪80年代成了香港法起草委员会的重要成员。代表团人才倒也齐全，有来自音乐、美术、戏剧等专业院校的学生，也有来自工厂和部队的代表，还有内蒙和西藏的学生干部。其中也出了一些名人，如大音乐家吴祖强，著名的西藏地方官宦爵才郎。还有16岁的新疆小姑娘法吉玛，她后来成了新疆电影制片厂的名演员，后来又在"文化大革命"中莫名其妙地死于非命。

我们从满洲里出国门，将近一星期，火车一直穿行在莽莽苍苍的西伯利亚原始森林之中。贝加尔湖无边无际地延伸开来，我教大家唱我最爱唱的流放者之歌："贝加尔湖是我们的母亲，她温暖着流浪汉的心。为争取自由挨苦难，我流浪在贝加尔湖滨。"又唱高尔基作词的囚徒之歌："太阳出来又落山，监狱永远是黑暗。监守的狱卒不分昼和夜，站在我的窗前！高兴监视你就监视，我绝逃不出牢监。我虽然生来喜欢自由，斩不断千斤铁链。"我心里活跃着从小说中看来的各种各样为自由在西伯利亚耗尽年华的不幸人们——十二月党人和他们的妻子，陀思妥耶夫斯基和托尔斯泰笔下的被流放的人群。我满心欢喜，深深庆幸那些苦难的日子已经成为过去，仿佛辉煌灿烂的世界就在我眼前，真想展开双臂去拥抱自由美好的明天！至于那些在苏联领导人屠刀下的新鬼，不计其数的新流放犯的受难，我当时确实是一无所知。

作为社会主义大家庭的新的一员，我们在沿路车站都受到了极其热烈的欢迎。到处是红旗飘扬，鲜花环绕。人们欢呼着，高唱《国际歌》，双方都感动得热泪盈眶！我们先在莫斯科、列宁格勒、基辅等地参观，然后去布拉格开会。记得刚到莫斯科的那个晚上，尽管团长三令五申，必须集体行动，我和柯在烁还是忍不住在夜里十一点，偷偷来到红场列宁墓，一抒我们的类似朝圣的崇拜之情。俄罗斯的艺术文化给我留下了极其深刻的印象，特别是那些非常美丽的教堂圆顶。但我们却不被准许走近教堂，只能远远地欣赏。我们也去过图书馆、画廊、工厂、集体农庄，"苏联的今天就是我们的明天"，我对此深信不疑。

虽说到布拉格是为了参加世界学生代表大会，但我对大会似乎一无所知。只记得大会发言千篇一律，也不需要我讲话。我乐于坐在位子上东张西望，观察我周围的一切。再就是拼命高呼"Viva！Stalin！"（斯大林万岁！）高唱会歌，不断地吃夹肉面包喝咖啡。当时苏联老大哥的地位至高无上，记得我们经常听他们的指示。我因懂一点俄语，有时就被邀请参加这种中午或深夜的小会。老大哥们都非常严肃，常是昂首挺胸，板着脸。我对此倒没有什么抵触，似乎他们就应该是那副样子，我们对他们的崇拜也是理所当然的。

在国外的一个月很快就过去了。回国前两天，我突然被秘书长召见。他问我是否愿意留在全国学联驻外办事处工作，待遇相当优厚，还有机会到莫斯科大学留学。我对此引诱一口回绝，自己也说不清是什么原因。我虽然积极参加各种革命工作，但内心深处却总是对政治怀着一种恐惧和厌恶之情。这种内心深处的东西，平常我自己也不察觉，但在关键时刻却常常决定着我的命运。

我在北大中文系——一九四八

　　1948 年夏天，我从遥远的山城来到全国最高学府北京大学，又来到北京大学顶尖的系——中文系，心里真是美滋滋的。当时全国正处于解放战争的高潮，然而相对于 1947 年轰轰烈烈的北京学生运动来说，却是一个相对平稳的时期。震撼全国的"反迫害、反饥饿"运动刚刚过去，许多黑名单上有名字的学生领袖都已"潜入"解放区，而新的"迎接解放"的大运动又还尚未启动，因此 9 月初入学的新同学都有一段轻松的时间去领略这历史悠久、传统绵长的学府风光。

　　当时，北大文法学院一年级学生都集中在国会街四院，院址就在北洋军阀曹锟的官邸。官邸紧靠着城墙根，范围极大，能容纳二百余人学习和生活。四院师生开大会的"圆楼"大礼堂就是当年曹锟贿选的地方。

　　我深感这里学术气氛十分浓厚，老师们都是博学高雅，气度非凡。我们大学一年级的课程有：沈从文先生的大一国文（兼写作），废名先生的现代文学作品分析，唐兰先生的"说文解字"，齐良骥先生的西洋哲学概念，还有一门化学实验和大一英文。大学的教学和中学完全不同，我觉得自己真是身处于一个从未经历过的全新的知识天地。

我最喜欢的课是沈从文先生的大一国文和废名先生的现代文学作品分析。沈先生用作范本的都是他自己喜欢的散文和短篇小说，从来不用别人选定的大一国文教材。他要求我们每两周就要交一篇作文，长短不拘，题目则有时是一朵小花，有时是一阵微雨，有时是一片浮云。我们这个班大约27人，沈先生从来都是亲自一字一句地修改我们的文章，从来没有听说他有什么代笔的助教、秘书之类。那时，最让人盼望的是两三周一次的作文课，我们大家都是以十分激动的心情等待着这一个小时的来临。在这一小时里，先生总是拈出几段他认为写得不错的文章，念给我们听，并给我们分析为什么说这几段文章写得好。得到先生的夸奖，真像过节一样，好多天都难以忘怀。

废名先生讲课的风格则全然不同，他不大在意我们是在听还是不在听，也不管我们听得懂听不懂。他常常兀自沉浸在自己的遐想中。上他的课，我总喜欢坐在第一排，盯着他那"古奇"的面容，想起他的"邮筒"诗，想起他的"有身外之海"，还常常想起周作人说的，他像一只"螳螂"，于是自己也沉浸在遐想之中。现在回想起来，这种类型的讲课和听课确实少有，它超乎于知识的授受，也超乎于一般人说的道德的"熏陶"，而是一种说不清楚的"感应"和"共鸣"。1949年后，这样的课当然难于存在，听废名先生的课的人越来越少，他曾讲得十分精彩的"李义山诗的妇女观"终于因为只有三个学生选修而被迫停开了。

唐兰先生的"说文解字"课最难懂，这不仅是因为他讲课的内容对我来说完全陌生，而且是因为他的地道的无锡方言对我这个来自"黔之驴"之乡的山里人来说实在是太难于跟上了。上他的课，我总是坐在最后一排，不是打瞌睡，就是看别的书，前面总有几个高大的男生把我挡得严严实实。我满以为个子矮胖的唐兰先生不会发现，其实不然。两年后，我们一起去江西参加土地改革。我们偶然一起走在田间小路上，我寒暄说："唐先生，你记得我吗？我选过你的'说文解字'课。"在那阶级斗争烽烟遍野的氛围里，"说文解字"显得多么遥远，多么不合时宜啊！唐先生笑笑说："你不就是那个在最后一排打瞌睡的小家伙吗？"我们两人相对一笑，从相互的眼睛里，看到那一段恍若隔世的往事！没有想到刚过了几天，忽然来了一纸命令，急调唐兰先生立刻返回北京，接受审查。那时城市里反贪污、"打老虎"的运动正进行得如火如荼，有消息传来，说唐先生倒卖文物字画，是北大数得上的特大"老虎"！后来土地改革胜利结束，我们作完总结"打道回府"，听说唐兰先生还在接受审查，问题很严重。过了不久，又听说唐兰先生其实没有什么问题，无非是"事出有因，查无实据"。又过了一些时候，听说唐兰先生已经离开了人世。

如今，很多年已经过去，继唐兰先生之后，废名先生也在"文化大革命"中凄凉故去。倒是沈从文先生活到了好时候，然而不幸的是1949年以后，先生截然弃绝了教室和文坛，我是不是他的最后一届学生也已无从考察了。

2000年2月10日于北大朗润园

大洋彼岸——从哈佛到伯克利

1981 年 8 月的一个傍晚，我终于到达了纽约肯尼迪机杨。我带了两大箱东西，从内衣、内裤、信封、笔墨、肥皂、手纸，直到干面条。人们说，在美国一切都贵，把美元换算成人民币，对我来说，这些东西的价值全都是天文数字。但机场却不像我曾被告知的那样恐怖，没有戴红帽子的黑人来强推我的行李，勒索要钱，海关官员都挺友善，并没有提什么让人发窘的问题，检查行李的人也不曾把箱子翻一个底朝天。最高兴的是，出门一眼就看见了来接我的年轻朋友，并不曾像我在梦中多次被吓醒时那样，迷失在随时都有可能进行奸淫掳掠的陌生人群之中。

纽约给我的第一个印象是新奇。薇娜的车停在几十层的高楼上，我们得乘电梯上去，再把汽车开下来。沿路看不到一个人影，只有五颜六色、高速奔驰的汽车。在路边的小餐馆里，我吃了我生平以来的第一个汉堡包。这个普通的餐馆也同样使我惊奇，这里没有想象中的灯火辉煌，也没有一般美国电影里酒吧中震耳欲聋的摇滚音乐，更没有中国餐馆中的人声嘈杂。一个个小的枣红色玻璃灯罩在每一张餐桌上掩护着一支小小的蜡烛，发出柔和的光；就餐的人不少，餐厅里却静得出奇；不知道从哪里传来了幽幽的古典提琴曲。我的心充满了宁静，这和我预期的第一个纽约之夜是多么不同啊！唯一使我纳闷的是，从纽约到康涅狄格州的中途城总共几小时路程，我们却不得不停了九次车，丢下"买路钱"才得过关。我问薇娜，何以不一次交掉，何以不买一张通行证，一路开过去呢？薇娜也说不出所以然。

我在薇娜家里住了三天，这对我身心方面的调节太重要了，我对此至今仍然心怀感激。当时薇娜尚未结婚，她独自占据了一幢小白楼的第二层。她的书房堆满了书、杂志报纸，凌乱不堪，稿纸、软盘、香烟头遍地都是。她就这样每天扒开一小片空间，夜以继日地在电脑前写作。她吃得也很简单，早上把香蕉、牛奶往搅拌机里一倒，黏黏糊糊，配上一片面包；中午一律是蔬菜香肠三明治；晚上才做一点熟菜。她不舍得花时间。相比而言，中国人用在吃饭上的时间实在太多了！我们生活的节奏太慢，许多时间白白地溜走了。和薇娜在一起，会有一种时间紧迫感，只想赶快抓紧时间、赶快工作。

第二天是中秋节，薇娜、薇娜的男朋友杰生、杰生的小儿子加维和我一起在宽阔的绿草地上看月亮，我请他们吃北京带来的月饼。六岁的加维非常懂事，他显然不喜欢这种过甜的异国食品，但只是客气地说等一会再吃。他一直在努力教我识别美国五分、十分、二十五分的镍币，但却解释不清何以五分镍币反而比十分镍币的个儿大，并因此很着急。加维的父母已离婚，他每个周末都要到波士顿去看母亲，这时父母各驾车走一半路程，在一个约定的中点把孩子像货物一样交给对方。我为加维难过。在后来的日子里，如果说美国有什么令我震惊，那就是离婚！全部我的好朋友几乎都有离婚的经验。我认为这种离婚对女人特别不公平。美国和中国不同，根本无法找到便宜的劳动力充当保姆，老一代人又绝不愿插手第三代的抚育工作，母亲往往只好抛弃职业和学习，以保证父亲的功成名就。十五年后，父亲多半有了巩固的地位，母亲却再难以返回社会，找到自己的职业。于是，夫妻之间出现了落差。丈夫说，是的，我们曾有过甜蜜的过去，你给了我儿子，但却不能再给我青春。他身边环绕着崇拜名人的年轻女人，重新组织家庭，真是易如反掌！我不能指责这样的男人，他们中间有很多是我敬重的朋友。确实如他们所说，人生转瞬即逝，既然婚姻索然寡味，为什么要为它牺牲掉自己的后半生呢？然而，女人终究太倒霉了！她们一般不大可能找一个比她们年龄小很多的人做丈夫，十几年拉扯大的孩子，一上大学，就要搬出去住，唯恐母亲干扰了自己的生活。于是很多中年妇女出现了所谓"空巢综合症"。记得作家王蒙来哈佛大学访问时，我曾和他谈过这个问题，他哈哈大笑，说中国绝无"空巢综合症"，有的只是"满巢爆炸症"，房小人多，大家都忙得团团转！确实中国知识妇女较少抛弃职业，男人也做较多家务，一般来说，他们没有很多时间去浪漫地"找回青春"。我绝不是说中国知识分子的婚姻生活都很美满，只是道德、舆论、生活条件、法律，都使离婚不那么容易。中国人也较能忍耐，得过且过，不到万不得已，也就"懒得离婚"。这对某些急于离婚的妇女也许造成了很多不幸，但也保障了更多妇女不至于无家可归。

也许是受了薇娜的感染，我一心想赶快到哈佛大学安顿下来，开始我的研究工作。在哈佛大学最惊心动魄的一幕，就是迷失在大图书馆的地下室。到哈佛大学的第一天，办完一切手续，已是下午四点多，我迫不及待地一头钻进久已向往的哈佛大学图书馆，乘电梯一直下到最底层，心想一层一层逛上去，大概总能看到一个图书馆的全貌。这最底层已是地下室的第三层，全靠纵横交错的路灯照亮。需要看哪一格，再开那一格的灯。这最下一层收藏的，全是旧报纸，我一路看过去，想找找看有没有中国的旧报。据说国内找不到的许多旧报纸都能在此发现，而我最感兴趣的是二十年代大革命前后的旧报纸。我越走越深，终于完全迷失在密密麻麻的书架之中，再也找不到归路，电梯似乎已从地球上消失！我乱转了一个多小时，还是走不出来。我开始害怕起来，不会有人知道我在这里，学校还没有开学，宿舍里本来就空空荡荡，谁会来救我呢？万一到了下班时间，灭了灯，一个人待在这万丈深渊的漆黑中怎么办（我以为和中国一样，下班后要关掉电源）？我转来转去，肚子饿得要命，中午饭本来就没有好好吃。忽然看见一个电话，我似乎看到了大救星一样直奔过去，但是身边一个电话号码也没有，况且人生地不熟，办公室早已下班，我又能给谁打电话？如果说有什么文化惊吓，我可真感到了惊吓！我靠墙坐在地上，又累又饿，"黔驴技穷"，一筹莫展，差点要哭出来！也不知就这样坐了多久，忽然听到脚步声，我连忙站起来。来的是一个年轻人，和蔼可亲。他大约见我一脸惊惶，就主动问我遇到了什么困难。我觉得很难为情，嗫嚅说，我迷失了出去的路。他一定觉得很好笑，告诉我转一个弯就是电梯，又教我地上的红线、黄线、绿线是什么意思，沿着这些路线走，绝对不会错。又告诉我图书馆门口有多少种说明书，应该事先读一下。我得到了一个教训，在美国无论做什么，都必须先看说明书。

我始终怀念在哈佛大学的那些日子，特别是那里的学生宿舍，每个宿舍都是一个很大的庭院。我居住的洛威尔之家（Lowel House）就是四面宿舍，中间围着一块很大的绿草坪，大约有二百多学生，其中有本科生、研究生，也有个别年轻教员。研究生就在宿舍的小教室里给本科生开辅导课，并从各方面指导他们，成为他们的榜样。宿舍总负责人极力营造一种家庭气氛，每周四下午四点都有家庭茶会，夫人自己烘焙的小饼干香气四溢。一只毛茸茸的大狗懒洋洋地躺在客厅里，宿舍里的任何人都可以去吃几片饼干，喝一杯咖啡，和不时来参加茶会的教授或高级领导们聊几句。每星期三晚上还有极其热闹的冰淇淋宴，这时餐厅里摇滚乐震耳欲聋，几十种冰淇淋随便吃。据说有一位校友在哈佛大学读书时，家里很穷，买不起自己很爱吃的冰淇淋，后来发了财，就设了一笔基金，用其利息每周请同宿舍的室友们大吃一顿冰淇淋，爱吃多少吃多少，免费！星期五晚餐有"高桌"（High Table），餐厅舞台上摆起一溜大长桌，铺上雪白的桌布。在这个宿舍住过的教授或年轻教师围桌而坐，这时洛威尔之家的钟楼准时响起了悠扬的钟声。饭后，教师们就会很自然地到学生中去，和他们随便聊天。这些当然都只是一种形式，但我深深领悟到所谓哈佛传统，就是在这些不断重复的仪式中代代承传。

我在哈佛大学的一年里并没有很好地开展研究工作。我白天忙于听课，晚上到英语夜校学习。我主要听比较文学系的课，这门学问深深地吸引了我。曾经是这个系的主要奠基人的白璧德教授（Irving Babbitt）曾大力提倡对孔子的研究，在他的影响下，

一批中国的青年学者，如吴宓、梅光迪等开始在世界文化的背景下，重新研究中国文化。当时的系主任劳德·纪延（Claudio Guillen）也认为只有当东西两大系统的诗歌互相认识、互相关照，一般文学中理论的大争端始可以全面处理。我真为这门对我来说是全新的学科着迷，我借阅了许多这方面的书，又把所有能积累的钱都买了比较文学书籍，并决定把我的后半生献给中国比较文学这一事业。

时日飞逝，一年很快就过去了，我觉得自己还刚刚入门。特别是1982年夏天，应邀在纽约参加了国际比较文学学会第十届年会之后，我更想对这门学科有一个更深入的了解。因此尽管学校多次催我回国，我还是决定在美国继续我的学业。恰好加州伯克利大学给了我一个访问研究员的位置，我于是不顾一切，直奔美国西部。

我在哈佛大学已被那里的温文尔雅所濡染，新英格兰地区的一切，都是那样富于传统和绅士风度。到了西部似乎又经历了一次灵魂的大解放。记得参加纪延教授的讨论课时，每到45分钟，秘书一定准时端上一杯咖啡，并照例要说："教授，请喝咖啡。"于是课时休息。在伯克利大学听第一课，忽听得背后呼哧作声，回头一看，坐着一只大狗！这里学生带狗上课好像习以为常。教授上课，有时就跨坐在桌子边，学生爱发问就发问，师生之间无拘无束，常开玩笑，更没有什么女秘书来送咖啡。学校里热闹得很，全不像哈佛大学那样安静。广场上，有讲演的，有玩杂耍的，有跳霹雳舞的，有穿黄袈裟剃光头、高呼"克利希纳"蹦蹦跳跳的；还有一位女诗人每天总在一定的时候出现，穿一身黑，沿路吹肥皂泡。校门口到处都是卖食品的小摊，各国食品都有，简直是个国际市场。这里的人们似乎都不喜欢在食堂吃饭，大家都愿意把饭端到温暖的阳光下来吃，我和他们谈起哈佛大学的"高桌"，他们全都嗤之以鼻，仿佛我是一个傻瓜。其实，比较起来，我更喜欢伯克利，我觉得这样更适合我的本性。

在伯克利，我觉得自在多了。人们都很随便，几乎看不见什么西装笔挺、装模作样的打扮。我的学术顾问是著名的跨比较文学系和东亚系的西里尔·白之教授。他对老舍和徐志摩的研究，特别是对他们与外国文学的关系的研究都给了我很大的启发。他对元、明戏剧传奇的研究也提供了全新的学术视野。我很喜欢参加白之教授的中国现代文学讨论班。印象最深的是有一次讨论赵树理的小说《小二黑结婚》，同学们各抒己见，谈谈各自对书中人物的看法。一位美国学生说，她最喜欢的是三仙姑，最恨的是那个村干部。这使我很吃惊，过去公认的看法都认为三仙姑是一个四十多岁，守寡多年，还要涂脂抹粉，招惹男人的坏女人；而村干部则是主持正义，训斥了三仙姑。但这位美国同学也有她的道理：她认为三仙姑是一个无辜受害者，她也是人，而且热爱生活，她有权利追求自己喜欢的生活方式，但却受到社会歧视和欺压；而村干部则是多管闲事，连别人脸上的粉擦厚一点也要过问，正是中国传统的"父母官"的模式。我深感这种看法的不同正说明了文化和社会价值观念的不同，这种不同不仅无害，而且提供了理解和欣赏作品的多种角度，正是这种不同的解读才使作品生命得以扩展和延续。这个讨论班给我提供了很多这类例子，使我在后来的教学中论及接受美学的原理时有了更丰富的内容。

在白之教授的协助下，我在伯克利写成了一本《中国小说中的知识分子》，这是我得到伯克利大学奖助金所承担的义务。后来，这部书作为伯克利大学"东亚研究丛书"之一用英文出版。我对白之教授怀着很深的友情，特别是他对他的妻子是如此的一往情深！他们青梅竹马，年幼时就在英国的农村相识，经过几十年颠沛流离，爱情却始终如一。当然也许已没有那种年轻人的激情，但从他们的眼睛里，可以清楚地看到那种理解、信任、温存和爱。前几年，听说白之夫人得了重病，白之教授已辞去职务，和夫人一起隐居伯克利山中。记得当时白之教授带我在伯克利爬山时，我曾问起他对老年和死亡的看法，他很豁达，隐居正是他的计划中事。白之教授夫妇使我对美国知识分子的婚姻生活有了另一种看法。

通过白之教授的介绍，我见到了心仪已久的刘若愚教授，我们一见如故。他邀请我到斯坦福大学去作一次讲座，课后他请我吃饭，在座只有我们两人。他喝了很多很多酒，我原来就觉得他是魏晋名士中人，进一步接触，更有这种感觉。由于我不会喝酒，他很嘲讽了我一番。他说，没有酒，哪有诗？他一边自斟自酌，一边很高兴地和我闲聊。酒和友情常常使人容易打开心扉。刘若愚教授告诉我他的妻子是英国人，如今已离异，还居住在英伦。他们的女儿已长大成人，今年考大学。他希望她上哈佛大学，但她却一心要去英国寻找母亲。沉默了很长一段时间，我也不知道该说些什么。又喝了两三杯酒，他告诉我女儿患有白血病，脾气很怪诞。饭后，刘若愚教授邀请我去他家喝一杯咖啡。他一进门就喊女儿的名字，但没有人答应。房间很大，显得十分空旷，一只小黑猫在咖啡桌上打瞌睡。这里的气氛和白之教授温暖的家简直太不相同了！虽然房子的外表同样是美丽的洋房、宽阔的草坪。刘若愚教授在学术上卓有成就，几乎研究中国文学理论的人，都不能不参考他的《中国诗学》和《中国文学理论》。像他那样一个绝顶聪明，极富生命活力的人，如何能忍受那样的孤独、寂寞，以至空虚！数年后，我在加拿大得知他去世的噩耗，不禁潸然泪下。他还没有活到六十岁，真是英年早逝！今天，我进一步研究比较诗学时，一翻开他的书，他的音容笑貌，还总在心中萦绕。

当然，在伯克利最难忘的，还是卡洛琳一家。卡洛琳不懂中文，我的英语完全不足以表达我的心灵；但我们却能完全相互理解，这不能不说是一个奇迹。卡洛琳是一个非常富于感情的人，她对我的遭遇深感同情，我也十分喜欢她那原来很和美的家。我感到自己很久以来，已很少和人有这样深刻的内心交往。国内几十年的阶级斗争，使得人与人之间树起了很多难以突破的屏障，多少想象不到的告密、叛卖总是使人不想倾吐内心。在国外，没有这些痕迹，倒是较为容易进入彼此的心田。我深爱卡洛琳的小女儿，她来到这个世界只有几个月，已是非常任性，眼睛闪耀着野性而热烈的、充满生命活力的光。她和我所熟知的中国孩子极不相同。后来，我慢慢领悟到，这种差别也并不是天生的。孩子刚生下来，按照中国传统习惯，我们总要用带子把婴儿捆绑几天，母亲们说，这样孩子的身体才会笔直不弯。美国母亲却从来不捆她们的孩子，而让他们仰面朝天，手脚乱动。卡洛琳总是让她的女儿在地上乱爬，我最看不惯：孩子弄脏手怎么办？孩子捡脏东西放进嘴里怎么办？孩子把指头伸进电源插头怎么办？卡洛琳却说她宁可把地板擦干净，把电源插头封死，在高处另安插头。孩子稍大，卡洛琳开始没完没了地问小女儿每顿饭愿意吃什么，每次都有四五种花样供她选择，并从不喂她，很早就让她自己吃，每次吃饭都是弄得满脸、满手、满地，爱吃多少就吃多少。中国可不是这样，记得小时候吃饭，母亲总要告诫我们：不许挑三拣四，做什么吃什么，不许剩饭。美国孩子多数两三岁还一天到晚绑着尿布，我不无自豪地对卡洛琳说，中国小孩三四个月就不再用尿布了，父母严格训练他们按时大小便。卡洛琳却说这种训练侵害了孩子的自由发展，养成了中国人过早控制自己的、压抑的性格！尽管我们有许多分歧和争论，我仍然十分怀念那些美好的日子。我的住处就在卡洛琳家附近，我们大清早，在孩子们起床前，沿着伯克利山脊跑一段，然后我回家念英语，她回家做早饭，打发大孩子上学。九点钟我们坐下来一起写作，小女儿就在脚边乱爬。

我没有想到我的那本二十年回忆录会出版，我写那本书的时候，只是想留下一页真宝，让后来的人们知道，曾经有这样一段历史时期，人们竟是这样生活、这样思考、这样感觉的！那时还是1982年，谁也不知道中国会朝着哪个方向发展，也不知道说了这些实实在在的真话会有什么后果。卡洛琳告诉我，美国银行开办一种业务，你可以在那里租一个小信箱，把你的秘密安全地放在那里，所花的钱并不很多。卡洛琳还答应帮助我照管，也许等到我死后再把这些话说出来。于是，我们每天早上坐下来写我的回忆。这本书能写出来，也真是一个奇迹。卡洛琳完全不懂中文，而我的英文也常常支离破碎，词不达意，也许我们依靠的正是内心的理解和感应。卡洛琳从不厌倦地提出各种各样问题，从我的真诚而不免散漫的回答中努力捕捉我的思绪。当时并不考虑出版，说话也就随兴之所至，没有什么顾虑。没有想到中国发展这么快，两年过去了，似乎去银行租一个小信箱的计划已没有什么必要。1984年，就在我回国前夜，我和卡洛琳决定将这本书交给美国加州大学出版社出版，书名就定为《面向风暴》。

由于我确实毫无讳饰真诚地袒露了我的心，这本书得到了许多人的同情，1985年一出版就引起了出版界的重视。美国的《纽约时报》《洛杉矶时报》《基督教科学箴言报》、英国的《伦敦电讯报》、德国的《法兰克福邮报》、加拿大的《汉米尔顿邮报》等二十多家报纸杂志都先后发表了书评，给予相当高的评价。第二年，德国著名的谢尔兹出版社出了德文版，书名改为《当百花应该齐放的时候》，内容没有什么改动。同年，这本书荣获美国西部最高的"湾区最佳书籍奖"，我想这主要应该归功于卡洛琳优美而流畅的文笔。最令人高兴的是，事隔八年多，这本书竟然还能引起日本著名汉学家、东京大学教授丸山升先生的兴趣。在他的亲自关怀下，丸山松子夫人和原在我任教的留学生班就读、现在横滨大学教书的白水纪子小姐，已合作将此书译成日文，日本岩波书店将于1995年出版。我认为这本书的价值就在于真实，正如著名的国际友人，30年代在中国工作过十余年的约翰·谢维斯在为本书所写的长序中所说："这本书之所以伟大，就在于它远不是一系列恐怖事件的记录，她的叙述真诚而敏感，在她看来，错误并不都在一面，而是由于许多个人无能为力的、错综复杂的历史的机缘所造成。作为一个坚忍不拔，蕴藏着无限勇气和力量的女人，作为一个永不屈服的母亲，在不可思议的痛苦和考验面前，她保存了她的家庭，她的孩子和她自己的未来……她的骇人的经验给了我们一个人类不屈灵魂的例证，其意义远远超越于具体的时代和地区。也许她经历的事件很难和别的地方相比，然而哪一个国家又不曾有过充满着无法容忍的暴力的历史阶段呢？"我想，正是他所说的这些原因，这本书一直被很多大学选作讲授中国现代史的补充教材，至今我还常常收到国外学生寄来和我讨论一些有关问题的远方来信。

流年似水

一九四五——一九八四

　　记得我第一次有了女性的自觉是在高中一年级。那时抗日战争刚刚胜利，我的家乡贵阳山城，到处是美国兵。我的学校离家三十多里，每个周末回家，都会遇到美国兵嚼着口香糖，伸出大拇指叫"顶好"。他们开着吉普车，载着花枝招展的时髦姑娘横冲直闯，还常常怪模怪样地冲着我喊："漂亮姑娘，要不要搭车？"我总觉得受了莫名的侮辱。有一次，我和堂姐在碧绿的溪水里游泳后，正穿着游泳衣坐在桥头晒太阳，来了一群醉醺醺的美国兵。他们先是说说笑笑，后来就动手动脚，竟将堂姐推落水中。堂哥一见大怒，用相当流利的英语和他们争吵起来。美国兵一看堂哥能开"洋腔"，顿时有些气馁，终于被迫道了歉。后来发生"沈崇事件"，美国兵强奸了北京大学的女学生，凶手竟被引渡回国，无罪开释，掀起了全国学生运动的轩然大波。我联系自己的经历，深感民族的屈辱。

　　高中三年级时，我已下定决心，一定要离开这群山封闭的高原之城，我一个人搭便车到重庆参加了高考。这是一辆运货的大卡车，我坐在许多木箱之间颠簸，穿行在云雾和峭壁之间。久已闻名的什么七十二拐、吊尸岩等名目吓得我一路心惊胆战！好不容易来到了重庆沙坪坝原中央大学旧址，西南地区的考场就设在这里。大学生们早已放假回家，我们白天顶着三十八摄氏度到三十九摄氏度的高温考试，晚上躺在空荡荡的宿舍里喂早已饿扁了的臭虫。那时是各大学分别招生，我用了20天参加了三所大学的入学考试。回到贵阳后，得知我的中学已决定保送我免试进入北京师范大学。不久，北京大学、中央大学、中央政治大学的录取通知也陆续寄到。我当然是欢天喜地，家里却掀起了一场风波。父亲坚决反对我北上，理由是北平眼看就要被共产党围城，兵荒马乱，一个17岁的女孩子出去乱闯，无异于跳进火坑！他坚持我必须呆在家里，要上学就上家门口的贵州大学。经过多次争吵、恳求，直到以死相威胁，父亲终于同意我离开山城，但只能到南京去上中央大学。如果我那时真的上了中央大学，几个月后，我就会随校迁往台湾，我的一生将会是全然不同的另一个故事。然而我却坚决要立即奔赴革命学生运动的中心——北平。母亲支持了我，我们对父亲只说是去南京，母亲另给了我10个银元，默许我到武汉后改道北上。

我终于来到武汉，找到北京大学北上学生接待站。领队是武汉大学物理系的一个一年级学生，他也是为了革命，自愿转到北大历史系一年级，再做新生。我们从武汉坐江船到上海，再转乘海船到天津。一路上，领队教我们大唱解放区歌曲。当然不是大家一起学，而是通过个别传授的方式。也许由于我学歌比较快，他总是喜欢先教我，我们再分别去教别人。三天内，他会唱的几首歌，大家也都会唱了。最爱唱的当然是"解放区的天是明朗的天"，还有"山那边呀好地方，一片稻麦黄又黄"，以及"你是灯塔，照亮着黎明前的海洋"等等。当北大学生打着大旗，到前门车站来接我们时，我们竟在大卡车上，高唱起这些在内地绝对违禁的歌曲来！我激动极了，眼看着古老的城楼，红墙碧瓦，唱着有可能导致被抓去杀头的禁歌，真觉得是来到了一个在梦中曾多次见过的自由之城！

我的"真正的"大学生活，精确说来，只有五个月，但这却是我一生中少有的一段美好时光。我投考所有大学，报的都是英文系，可是鬼使神差，北京大学却把我录取在中文系。据说是因为沈从文先生颇喜欢我那篇入学考试的作文。全国最高学府浓厚的学术气氛，老师们博学高雅的非凡气度深深地吸引着我。我们大学一年级课程有：沈从文先生的大一国文（兼写作），废名先生的现代作品分析，唐兰先生的说文解字，齐良骥先生的西洋哲学概论，还有一门化学实验和大一英文。大学的教学和中学完全不同，我真是非常喜欢听这些课。我总是十分认真地读参考书和完成作业，特别喜欢步行半小时，到沙滩总校大实验室去做化学实验。

我喜欢念书，但也惦记着革命。1948年秋天，正值学生运动的低谷。"反饥饿、反迫害"的高潮已经过去，国民党正在搜捕革命学生，一些学生运动领袖正在向解放区撤退。1948年寒假前，我们还能正常上课，只搞过一次"要生存，要活命"的小规模请愿。我跟着大家，拿着小旗，从四院步行到沙滩校本部去向胡适校长请愿。那时校本部设在一个被称为"松公府"的四合院中，我们很有秩序地在院里排好队，胡适校长穿着一件黑色的大棉长袍，站在"子民堂"前的台阶上接见了我们。他很和气，面带忧伤。我已忘记他讲了什么，只记得他无可奈何的神情。这次请愿的结果是：凡没有公费的学生都有了公费，凡申请冬衣的人都得到了一件黑色棉大衣。这件棉大衣我一直穿到大学毕业。

这时，我又参加了北大剧艺社和民舞社，全身心地投入了我从未接触过的革命文艺。我一夜一夜不睡觉，通宵达旦地看《静静的顿河》《钢铁是怎样炼成的》，高尔基的《母亲》，还有马雅可夫斯基的诗。我们剧艺社排演了苏联独幕剧《第四十一个》，我担任的职务是后台提词。那位红军女战士在革命与爱情之间痛苦挣扎，最后不得不亲手开枪打死她心爱的"蓝眼睛"——她俘虏的一个白军军官。每次排练至此，我都会被感动得热泪盈眶。民舞社每周两次，由总校派来一位老同学教我们学跳新疆舞。这些美丽的歌舞与隐约可闻的围城的隆隆炮声，和周围紧张的战斗气氛是多么地不协调！但它们在我心中却非常自然地融为一体。我白天如痴如醉地唱歌跳舞，晚上就到楼顶女站岗护校或校对革命宣传品。那时北大的印刷厂就在四院近邻，深夜革命工人加班印刷秘密文件和传单，我们就负责校对，有时在印刷厂，有时在月光下。我印象最深的是校对一本小册子，封面用周作人的《秉烛夜谈》作伪装掩护，扉页上触目惊心地写着："大江流日夜，中国人民的血日夜在流！"这是一个到过解放区的北大学生写的他的所思所想，所见所闻，称得上文情并茂，感人至深。

1949年1月29日中国人民解放军庄严豪迈地进入北平城，我的生活也翻开了全新的一页。"新社会"给我的第一个印象就是延安文工团带来的革命文艺。谈情说爱的新疆歌舞顿时销声匿迹，代之而起的是响彻云霄的西北秧歌和震耳欲聋的雄壮腰鼓。文工团派人到我们学校来辅导，并组织了小分队。我们大体学会之后，就到大街上去演出，有时腰上系一块红绸扭秧歌，有时背着系红绳的腰鼓，把鼓点敲得震天响。市民们有的报以微笑和掌声，有的则透着敌意和冷漠。我们却个个得意非凡，都自以为是宣告旧社会灭亡、新社会来临的天使和英雄。

1952 年，我是北京大学中文系最年轻的助教，是解放后共产党培养起来的第一代新型知识分子。我也以此为自豪，决心做出一番事业。到了 1957 年，中文系陆续留下的青年教师已近二十名，我所在的文学教研室有十名。当时人文科学杂志很少，许多杂志又只发表学已有成的老先生的文章，年轻人的文章很少有机会发表。我们几个人一合计，决定在中文系办一个中型学术杂志，专门发表年轻人的文章。我们开了两次会，商定了两期刊物准备用的文章，并拟定了文章标题。大家都非常兴奋，以为就要有了自己的刊物。会后，大家分头向教授们募捐，筹集经费。这时，已是 1957 年 5 月。我的老师王瑶先生是一个绝顶聪明而又善观形势的人，他警告我们立即停办。我们还莫名其妙，以为先生不免小题大做，对共产党太不信任。

然而历史的悲剧终于发生了，我们参加办刊物的八个人无一幸免，全部成了"右派"。因为图谋办"同人刊物"本身就是想摆脱党的领导，想摆脱党的领导，就是反党！就这样，1949 年后文学教研室留下的十名新人，绝大部分成了右派。尤其是我，不知怎么，一来二去竟成了右派头目，被戴上"极右派"的帽子，开除党籍，开除公职，每月 16 元生活费，立即下乡接受监督劳动。

宣布这一决定时，我的第二个孩子出生刚满月，大女儿四岁半。我至今感激不知是哪一位领导动了恻隐之心，特准我延迟半年再去农村，以便给刚出生的婴儿喂奶。我原是一个很健康的女人，奶水十分充足。然而婴儿吃了我的奶，却始终泻肚不止。老人们嚷着说这是因为我心情不好，奶中有"火"。我真不知道这半年是如何度过来的！我只记得当时我反反复复考虑的只是一个问题，那就是孩子长大后，还能参加少先队，还能参加共青团吗？他们是不是要在自己未来档案的每一张表上都被要求填上他们的母亲是人民的"敌人"？他们会不会一辈子背上"反革命子女"的黑锅而被永远打入"另册"？有谁会来帮助我回答这些问题呢？我过去的同志们早已视我如蛇蝎！我只能任由自己在这些问题中活埋、窒息，受尽煎熬。半年时间飞驰而过，很快到了假期的最后一天！当天下午，我接到了立即下乡的通知，第二天卷铺盖走人，也来不及等到周末和正在近郊农村办学的丈夫告别。

在北京远郊的崇山峻岭中，我们从山里把石头背下来，修水库，垒猪圈。我尽全力工作，竟在劳动中感到一种焕发，除了专注于如何不要滑倒，不要让石头从肩上滚下来，大脑可以什么也不想。累得半死，回住处倒头一睡，千头万绪，化为一梦。我越来越感到和体力劳动亲近，对脑力劳动逐渐产生了一种憎恶和厌倦，尤其是和农民一起的时候。这几年，正值全国范围内无边无际的大饥饿，我们吃的东西只有杏树叶、榆树叶，加上一点玉米糁子和玉米芯磨成的粉。后来，许多人得了浮肿病，我却很健康。我想，这一方面是因为我善于享受那种劳动中的舒心和单纯，另一方面也是得益于我是女性。男"右派"们很多，他们只能群居在一间又阴又黑的农民存放工具的冷房里，而女"右派"只有我一个，既不能男女杂居，就只好恩准我去和老百姓同住。他们替我挑了一家最可靠的老贫农翻身户，老大爷大半辈子给地主赶牲口，五十多岁，分了地主的房地、浮财，才有可能娶了一个老大娘过日子。奇怪的是，老贫农却划不清界限，老两口竟把我当亲女儿般看待，我也深深地爱上了这两位老人。老大爷给生产队放羊，每天在深山里转悠，山上到处都有核桃树，树上常有松鼠成群，老人常在松鼠的巢穴中掏出几个核桃，有时也捡回几粒漏收的花生、半截白薯、一棵玉米。隔不了几天，我们可以在一起享受一次这些难得的珍品。老大娘还养了三只鸡，除了应卖的销售定额，总还有富余让我们一个月来上一两次鸡蛋宴，一人吃三只鸡蛋！

直到1961年秋，大跃进的劲头已过，饥饿才逐渐缓解。水库被证明根本蓄不了水，猪回到了各家各户，集体猪圈也白修了。农村一下子轻松下来，我也被分配了较轻松的工作，赶着四只小猪满山遍野寻食。从此我每天日出而作，日落而息。一早赶着小猪，迎着太阳，往核桃树成林的深山里走去，我喜欢这种与大自然十分贴近的一个人的孤寂。然而在这种情形下，不思考是很难做到的。思前想后，我为自己谋划着未来的生活，以为最好是找一个地方隐居，从事体力劳动，自食其力。然而没有粮票，没有户口，到哪里去隐居呢？寺庙、教堂，早已破败，连当"出家人"也无处可去。人的生活各种各样，我从来没有像现在这样深入了解过农民的生活。他们虽然贫苦，但容易满足，一无所求。他们像大自然中的树，叶长叶落，最后是返回自然，落叶归根。我又何必一定要执著于过去的生活？转念一想，难道我真能主宰自己的生活吗？无非也只是一个梦！想来想去，还是中国传统文化帮了忙，乐天安命，随遇而安。我似乎想明白了，倒也心安理得，每天赶着小猪，或引吭高歌，长啸于山林，或低吟浅唱、练英语、背单词于田野。

我于1962年底，奉命返回北京大学，恢复公职，职务是资料员。据说为避免再向纯洁的学生"放毒"，我再也不能和他们直接接触了。我的任务是为上课的教员预备材料，注释古诗。这对我来说，倒真是因祸得福：一来我可以躲在资料室里，逃过别人的冷眼；二来我必得一字一句，对照各种版本，求得确解。这是硬功夫，大大增强了我一向欠缺的古汉语功底；三来这些极美的诗词给我提供了一个可以任意遨游的美丽的心灵世界。

就这样，迎来了1966年"史无前例""震撼世界"的"无产阶级文化大革命"！折辱，受屈，都不必细说了。我觉得最有意思的是中国头号哲学家冯友兰先生后来回忆的："他们把我置于高台'批斗'，群情激昂，但我却在心中默念'菩提本无树，明镜亦非台；本来无一物，何处惹尘埃'。"看来中国文化传统，特别是老庄、佛道思想确实帮助中国知识分子渡过了难关。说来别人也许难以相信，"文化大革命"一开始，我是翻天"右派"，我丈夫是"走资派黑帮"，我们转瞬之间就被"打翻在地，踏上一万只脚"，不但家被查抄，每天还要在烈日之下"劳改"挨斗，但是我们还天真地从心里感到这次"革命"给中国带来了希望。我们幻想着中国即将有天翻地覆的大变化。当时还广泛宣传巴黎公社原则，这意味着党和国家领导人的工资不得超过技术工人的最高工资，意味着全民选举，人人平等。我们都想，如果国家真能这样，在这新生命出现的阵痛中，个人受点苦，又算得了什么呢？后来才明白，这些都只不过是一种天真的幻想。我们付出了极高代价，却一无所获，倒是国家大大伤了元气！

而我个人最大的、无法弥补的损失则是永远失去了我的母亲！那时我们住在校园内，附近的学生宿舍是打派仗的中心，大楼顶上都安装着强力弹弓，时常伤人。两个孩子成了造反派的"小尾巴"。九岁的儿子很会爬树，常常爬上树梢，有时为一派装喇叭，有时偷另一派的喇叭（当时处处都有宣传、喊话用的高音喇叭）；13岁的女儿能言善辩，常向她认为不合理的事挑战，常常凑热闹，和人辩论。在那样的环境下，这些都足以招致杀身之祸！因为他们都是"黑帮子女"！我不能不将一对儿女送到住在北大与清华之间的母亲的家。没有想到几天后就有人找上母亲的门，勒令她不准收留"黑帮崽子"，要收留，就得给孩子挂上"黑牌"以免"混入群众队伍"！母亲又气又急又怕，当天晚上剧烈头疼，被送进了医院。那时有经验的医生都早已被踏翻在地，一位"革命大夫"将脑血管瘤破裂误诊为脑膜炎。母亲第二天就死于非命。

"文化大革命"的急风暴雨终于告一段落。1969年，我们来到了风平浪静的五七干校鲤鱼洲。那时刚满16岁的女儿宣告"决不做绕梁而飞的乳燕，要做展翅翱翔的雄鹰"，她和她的伙伴一起，毅然奔赴了中苏边境的北大荒，当了黑龙江兵团的一名战士。鲤鱼洲是在江西鄱阳湖边围湖造田的产物，也就是筑一道坝挡住湖水，在堤这边种田。这与湖水一堤相隔的湖底是一望无际的沼泽，荒无人烟，没有房屋。我们就自己动手，就地取材，用芦苇和竹子造屋，在湖底种田。从湖底仰看鄱阳湖上的点点白帆，就像白天鹅在蓝天上航行。我俩带着十一岁的儿子，在这个因血吸虫肆虐而被农民遗弃的土地上生活了近三年！我和丈夫虽然分住在不同的连队，但两周一天的假期总可以一家人一起沿着湖滨散步，那就是我们最美好的时光。如果没有什么急行军、紧急集合、"深挖细找阶级敌人"之类的干扰，日子过得也还挺平静，比起以往阶级斗争的急风暴雨，总算松了一口气。我因有过去劳动的基础，并不觉得干活有多么艰难，倒是很快就当了插秧先锋、制砖能手之类。那时既然前途渺茫，连猜测也难，人们也就不再多想。我又做起归隐田园的好梦，幻想有一间自己的茅草屋，前院养鸡，后院养鸭，房前种豆，屋后种瓜，自得其乐。这时，我的好友彭兰（愿她安息！）曾写了一首广为传诵的诗，诗曰："三十余年转眼过，事业文章两蹉跎。鲤鱼洲前观夕照，百万工农唱凯歌。"我想人们喜欢它，也许正因为它那难言的悲凉和反讽吧。

虽然我们的"领导"总是教导我们，应该扎根农村，成为未来的"鲤鱼洲人"的祖先。我也以为这次一定是要圆了我的田园归隐梦了。然而1972年底的一天，一声令下，突然决定全部"鲤鱼洲居民"立即返校。我们既不知何所为而来，也不知何所见而去，不知是忧是喜。大家匆匆忙忙，杀了所有的鸡，开了个"百鸡宴"，又宰了厨房后面养的好几头猪，扔下了好不容易买来的抽水机、发动机和各种新农具，还有我们亲手修建的茅草屋。当载运我们的大卡车在沿湖大堤上缓缓而行时，我心里充满了悲哀。两年来，就在这荒滩上，埋葬着十余位我的同伴的尸骨。

我不是一个相信命运的人，但人的一生充满了千百种可能性，究竟哪一种会成为现实，的确纯属偶然。70年代中期，北京大学招收了一些留学生，开始时是北朝鲜和非洲学生，后来欧美学生逐渐多起来。当时大家都不大愿意给留学生上课，因为谁都没有

这样的经验，和外国人相处，会有很多麻烦，如果他们提些怪问题，怎么办？弄不好，还会被扣上"里通外国"之类的罪名。况且教学内容也很难安排，按老的一套讲，学生不会爱听，讲点新东西，又怕出错误，因此大家都不太愿意去。我也许因为没有什么讨价还价的本钱，只好让干什么，就干什么，于是我被分配去教一个留学生班的现代文学。我的这个班20余人，主要是欧美学生，也有从澳大利亚和日本来的。没有想到对这个留学生班的三年教学却全然改变了我后半生的生活！为了给外国学生讲课，我不能不突破当时教中国现代文学的固定模式，否则就不会有人听我讲。为了让我的学生较深地理解中国现代作家的作品，我不得不进一步去研究西方文学与中国现代文学的关系，以及西方作品在中国传播的情形。这一在学术界多年未曾被研究的问题引起了我极大的兴趣，我开始系统研究20世纪以来，西方文学在中国如何被借鉴和吸收，如何被误解和发生变形，从此与比较文学学科结下了不解之缘。又由于几位听我讲课的外国学生的好评，我完全出乎意料地得到了去美国哈佛大学进修一年的机会，接着又在伯克利加州大学当了两年客座研究员。

两年，就这样在伯克利暖的阳光下，在风和日丽中飞逝。这时我的儿子和女儿都已在美国上学，我的丈夫也正在美国访问。国内则大反"精神污染"，山雨欲来，我和与我同时来到美国的一位好友作了一次深谈：期限已满，我们要不要回国？这可是决定着我们后半生的一切的极其严峻的问题。好友劝我留下，他说现在回去，肯定是自投罗网，准会挨批。万一再来一次"文化大革命"，那后半辈子就全完了。我很犹豫，这时我的丈夫已迫不及待地要回国。他是一个守旧的人，他不喜欢美国食品，不喜欢美国电视，美国吸引他的唯有奶油爆玉米花和图书馆，但他更怀念的是自己一间小屋里的四壁旧书，真是"金窝银窝，不如自己的草窝！"1984年秋天，我们怀着"宁可挨批"的"豪情壮志"回到了北京，奇怪的是学校里风平浪静，连我违抗命令、"滞留国外"的事，也很少有人提及，只是多次催我算账，按百分比上缴我在国外的收入。

时代真的变了，我一时还不习惯已获得的新的自由，仿佛刚从夜梦中惊醒的宿鸟，还不习惯耀眼的阳光，但很快就要展翅高飞了。

我们的书斋

　　我们家的藏书在北京大学里虽说数不上状元，但总也能算得上个探花、榜眼什么的。老汤家传的书除分赠给南京大学、武汉大学外，还存一批线装书，不到我们目前藏书的十分之一。我父亲留给我的书不多，但却有几本相当珍贵：如一卷敦煌写经，那是他二十年代在北大念书时，从皇宫附近一个卖破烂的小摊上买来的。另外还有一本明版的《牡丹亭》，这是他送给我和老汤的结婚礼物。解放前夕，没人读书，更没人买书，甚至没人要书，老汤乘机狠狠地买进了一批他喜欢的珍贵书籍。八十年代初，我们在美国和香港，几乎把赚来的外汇都买了英文书和台湾出版的书。此外，就是陆续买进的国内出版的各种书籍了。反正我学文学，他学哲学，历史是我们都需要的。于是，凡有文、史、哲的新书、好书，我们就都想买。钱不多，也常为买文学书还是哲学书的问题吵架。后来孩子们大了，负担轻了，钱也多了一些，买书就不免随心所欲起来，送书的人也越来越多，我们的书也就源源不绝。

　　这么多书，往哪里摆？"文化大革命"我们被轰出燕南园，在中关园一住就是30年。先住35平方米平房，后住45平方米楼房，我们家的空间几乎全被书籍占满了，四壁全是顶天立地、里外三层的厚木书架。书先是立着放，后是横着摆，再后来，就摞成一堆一堆，塞满了书架的全部空间！当然，我和老汤都愿意把自己爱用和常用的书放在最显眼好拿的地方，可是这种地方有限，放谁的呢？在这种争执中，我常常打胜仗，因为第一，他个儿高，我个儿矮，他得让我三分；第二，我很少看哲学书，他却常看文学书，从利用频率来看，哲学也该让着文学；第三，我会耍赖皮，他拿我没有办法。这样一来，他的书大半被驱逐到了非用梯子拿不到，非搬开前两层瞧不见的"流放地"。他这个好脾气的人有时也难免发牢骚，嘟囔几句："这么难找，还不如到图书馆去借呢！"我也有点为我的跋扈惭愧，但也无法可想，况且我还有一道挡箭牌："我早就说'处理'掉一批，谁叫你不听？"

老汤真是一个嗜书如命的人，一本破书也舍不得扔。他总认为哪一本书说不定什么时候就会成为"世界唯一"的珍品。说也奇怪，我们家历经劫难，书的损失却说不上惨重。除了老先生一辈子珍藏的许多成套佛经在"文化大革命"中每函被红卫兵抽一本去检查，从此杳无音信外，就是我们在最穷的时候（穷到四个人吃一枚鸡蛋），卖掉了一套武英殿版的《全唐文》，记得卖了六百元人民币，很救了燃眉之急。老汤对此念念不忘，总说这是老先生省吃俭用好不容易买来的。我永远不会忘记他呆呆地看着那一格空荡荡的书架时满脸的凄惶。后来他一直想把这套书重新买回来，但几十倍的价钱也买不回来了，只好买了一部铅印本。

托改革开放之福，我们终于搬到了较为宽敞的朗润园。虽然使用面积仍不过八十平方米，但我们兴高采烈地计划着如何从"坐埋书城"一跃而为"坐拥书城"！装修时，我们将两个大房间的六面墙全都装成下接地板，上接天花板的书架，大部分单层，小部分双层；又按书册大小将书架设计为高低不同的许多书格，以便不留缝隙地占满全部空间。这回，他的书占一间房，我的书占一间房，似乎不再有什么矛盾了。糟糕的是当全部书架都被堂皇富丽的书籍所占领，纸箱里却几乎还有一半书籍无处容身！真没想到原来三层排列的书，一旦排成单列，却还剩余如此之多！幸而我们住在中关园时曾经租了园内一间小空屋堆放杂志，现在只好把放不下的书往那里堆，堆不下的则借放在文化书院的办公室！

总而言之，我们的书越来越多，有增无减。我总担心会压垮书架，压坍楼板！况且医生多次说过，旧书散发出来的气味对人体健康不利，对老汤这样的心脏病人尤其有害。然而我们不能没有书，我们既不能卖书，又不能扔书，甚至也不能不买书，奈何？！

2000 年 1 月改写于北京大学朗润园

我的比较文学之路

我追随前辈，走上比较文学之路，是偶然，也是必然。七十年代中期，北京大学招收了一些留学生，我被分配去教一个留学生班的现代文学。我的这个班二十余人，主要是欧美学生，也有从澳大利亚和日本来的。为了给外国学生讲课，我不能不突破当时教中国现代文学的一些模式，我开始讲一点徐志摩、艾青、李金发等"资产阶级"作家。为了让我的学生较深地理解他们的作品，我不得不进一步去研究西方文学对中国现代文学的影响以及它们在中国传播的情形。这一在学术界多年未曾被研究的问题引起了我极大的兴趣，我开始系统研究 20 世纪以来，西方文学在中国是如何被借鉴和吸收，又是如何被误解和发生变形的。

从对早期鲁迅和早期茅盾的研究中，我惊奇地发现他们不约而同都受了德国思想家尼采很深的影响。再进一步研究，发现这位 30 年来被视为煽动战争、蔑视平民、鼓吹超人的极端个人主义者尼采的学说，竟是 20 世纪初中国许多启蒙思想家推动社会改革、转变旧思想、提倡新观念的思想之源。无论是王国维、鲁迅、茅盾、郭沫若，还是田汉、陈独秀、傅斯年等，都曾在思想上受到尼采深刻的影响。事实上，尼采学说正是作为一种"最新思潮"，为中国知识分子所注目。尼采对西方现代文明的虚伪、罪恶的揭露和批判，对于已经看到并力图避免这些弱点的中国先进知识分子来说，正是极好的借鉴。他那否定一切旧价值标准，粉碎一切偶像的破坏者的形象（这种形象在中国传统社会从来未曾有过），他的超越平庸、超越旧我、成为健康强壮的超人的理想，都曾深深地鼓舞着正渴望推翻旧社会，创造新社会的中国知识分子，引起了他们的同感和共鸣。无论从鲁迅塑造的狂人所高喊的"从来如此——便对么？"的抗议，还是郭沫若许多以焚毁旧我、创造新我为主题的诗篇，都可以听到尼采声音的回响。但是尼采学说本身充满了复杂混乱的矛盾，他的著作如他自己所说，只是一个山峰和另一个山峰，通向山峰的路却没有。各种隐晦深奥的比喻和象征都可以被随心所欲地引证和曲解。因此，尼采的学说在不同时期也就被不同的人们进行着不同的解读和利用。

1981 年，我根据上述理解，写了一篇《尼采与中国现代文学》发表于《北京大学学报》，引起了相当强烈的反响。客观地说，这篇文章，不仅引起了很多人研究尼采的兴趣，也开拓了西方文学与中国文学关系研究的新的空间。1986 年，北京大学第一次学术评奖，这篇文章还得了一个优秀论文奖。时隔五六年，还有人记起这篇文章，我很觉高兴。后来，它又被选进好几种论文集，并被译成英文，发表在澳大利亚的《东亚研究》上①。

与研究尼采同时，我编译了一本《国外鲁迅研究论集》（北京大学出版社 1981 年版）。由于和留学生接触，我看到了许多国

①参阅《比较文学与中国现代文学》，北京大学出版社 1987 年版，第 88—117 页。

外研究鲁迅的论文，我的英语也有所长进。三十年的封闭和禁锢，我们几乎和国外学术界完全隔绝，我在这些论文中真像发现了一个新天地。我感到这些论文在某些方面颇具特色，例如谈到鲁迅的思想变化时，把鲁迅和一些表面看来似乎并无关联的西方知识分子如布莱希特、萨特等人进行了比较，指出他们都甘愿牺牲舒适的环境去换取不确定的未来，他们都不相信未来的"黄金世界"会完美无缺，也不想从他们正在从事的事业索取报偿，他们理性的抉择都曾被后来的批评家们误认为一时冲动或由于"绝望"，甚至是受了"现代符咒——革命"的"蛊惑"！这样的比较说明了鲁迅的道路并非孤立现象，而是20世纪前半叶某些知识分子的共同特色。这部包括美、日、苏、加拿大、荷兰、捷克、澳大利亚七个国家，二十篇文章，并附有《近二十年国外鲁迅研究论著要目》（二百七十篇）的《国外鲁迅研究论集》，对国内鲁迅研究，也许起了一些开阔视野、促进发展的作用；对我自己来说，则是使我初步预见到对并无直接关系的不同文化之间的文学作品进行"平行研究"的巨大可能性。我于1987写成的一篇论文《关于现实主义的两场论战——卢卡奇对布莱希特与胡风对周扬》就是沿着这样的思路来写的。这篇文章1988年发表于《文艺报》上，同年10月为《新华文摘》所转载。1988年国际比较文学第十二届年会（慕尼黑），我提交了这篇论文，后来被选入了大会论文集。

1980年以来，北京大学的季羡林、李赋宁、杨周翰、杨业治、金克木等教授都对比较文学表示了程度不同的兴趣，加上当时杨周翰先生的博士生张隆溪和我，还有一些别的人，我们一起于1981年1月成立了中国第一个比较文学学会——北京大学比较文学研究会，由季羡林教授任会长，钱钟书先生任顾问，我则充当了马前卒，号称秘书长。学会生气勃勃，首先整理编撰了王国维以来有关比较文学的资料书目，同时策划编写《北京大学比较文学研究丛书》，并出版了《北京大学比较文学研究会通讯》。

这年夏天，由于一个很偶然的机会，我得到了美国哈佛—燕京学社的资助，去哈佛大学进修一年。我对哈佛大学比较文学系向往已久，这不仅是因为它的创办者之一白璧德教授（Prof. Irving Babbitt）对于东西文化的汇合曾经是那样地一往情深，也不只是因为 20 年代初期由哈佛归来的"哈佛三杰"陈寅恪、汤用彤、吴宓所倡导的"昌明国粹，融化新知"为东西文化的汇合开辟了一个崭新的学术空间，还因为 1981 年正在担任哈佛东西比较文学系系主任的纪延教授（Prof. Claudio Guillen）多次提到："我认为只有当世界把中国和欧美这两种伟大的文学结合起来理解和思考的时候，我们才能充分面对文学的重大的理论性问题。"他的这一思想深深地吸引了我。遗憾的是在哈佛的一年，由于我的英语不够好，我始终未能和纪延教授深入讨论我想要和他讨论的问题，但我却大量阅读了比较文学的基础理论和有关资料，进一步提高了我的英语水平。

1982 年和 1983 年，我有幸被加州大学伯克利分校邀请为客座研究员，在那里，我结识了白之教授（Prof. Cyril Birch）和斯坦福大学的刘若愚教授（Prof. James Liu）。著名的跨比较文学系和东亚系的白之教授是我的学术顾问，他对老舍和徐志摩的研究，特别是对他们与外国文学的关系的研究都给了我很大的启发。我很喜欢参加白之教授的中国现代文学讨论班。印象最深的是有一次讨论赵树理的小说《小二黑结婚》，同学们各抒己见，谈谈各自对书中人物的看法。一位美国学生说，她最喜欢的是三仙姑，最恨的是那个村干部。这使我很吃惊，过去公认的看法都认为三仙姑是一个四十多岁，守寡多年，还要涂脂抹粉，招惹男人的坏女人；而村干部则是主持正义，训斥了三仙姑。但这位美国同学也有她的道理：她认为三仙姑是一个无辜受害者，她也是人，而且热爱生活，她有权利追求自己喜欢的生活方式，但却受到社会的歧视和欺压；而村干部则是多管闲事，连别人脸上的粉檫厚一点也要过问，正是中国传统的"父母官"的模式。我深感这种看法的不同正说明了文化和社会价值观念的不同，这种不同不仅无害，而且提供了理解和欣赏作品的多种角度，正是这种不同的解读才使作品的生命得以扩展和延续。这个讨论班给我提供了很多这类例子，使我在后来的比较文学教学中论及接受美学的原理时有了更丰富的内容。

在伯克利的两年里，我精读了执教于斯坦福大学的刘若愚教授所写的《中国诗学》和《中国文学理论》以及他关于李商隐诗的一些相当精辟的论述，并和他进行过多次讨论。他对中西诗学都有相当深的造诣，他的思考给了我多方面的启发。首先是他试图用西方当代的文学理论来阐释中国具有悠久历史的传统文论，在这一过程中确实不乏真知灼见，而且开辟了许多新的研究空间。但是，他将很不相同、长期独立发展的中国文论强塞在形上理论、决定理论、表现理论、技巧理论、审美理论、实用理论等框架中，总不能不让人觉得有削足适履之感，而且削去的正是中国最具特色、最能在世界上独树一帜的东西；其次，我感到他极力要将中国文论置于世界文论的语境中来进行考察，试图围绕某一问题来进行中西文论的对话，得出单从某方面研究难于得出的新的结论。事实上，这两方面正是我后来研究比较诗学的两个重要路向。

1984 年夏天回国，中国的比较文学研究已经有了新的进展：1981 年，辽宁省率先成立了全国第一个地方性比较文学研究会，并在三年内，接连开了三次学术讨论会。1983 年六月，在天津召开的外国文学学会年会上，举办了一次全国性的比较文学讨论会。紧接着，第一次中美双边比较文学研讨会在北京召开（1983 年 8 月），大会由钱钟书先生致开幕词，刘若愚、厄尔·迈纳、西里尔·白之和王佐良、杨周翰、许国璋、周珏良、杨宪益等世界著名教授都参加了大会。看来，成立全国比较文学学会的时机已经成熟，1985 年 10 月，由三十五所高等学校和科研机构共同发起的中国比较文学学会在深圳大学正式成立，大会选举季羡林教授担任名誉会长，杨周翰教授担任会长。从此，中国比较文学走上了向"显学"发展的坦途。

最重要的是要拿出实绩

⊙

有了全国性的组织以后，我深感最重要的下一步就是要拿出实绩。我当时理解的实绩一是学科建设，一是人才培养。在湖南文艺出版社的支持下，我们组织了一套"比较文学丛书"，丛书分三集，每集四册，包括比较文学理论、国外中国文学研究、中外文学关系三方面的内容。后来又出了"北京大学比较文学丛书"十余本，"中国文学在国外丛书"六本，"中外比较文化丛书"九本。我在北京大学和深圳大学相继开设了比较文学原理、二十世纪西方文艺思潮与中国现代文学、马克思主义文论在东方和西方、中西比较诗学等课程。这些课程都是第一次开设，选课的学生很多，学生的欢迎促使我更好地准备，同时大量增进了我自己的系统知识的积累。

1987年、1988年连续出版了我的两部专著：《比较文学与中国现代文学》（北京大学出版社）和《比较文学原理》（湖南文艺出版社）。第一本书大致体现了我的思想发展过程，全书分三部分：第一部分谈我对比较文学这门学科的认识；第二部分谈中外文学关系；第三部分是试图在西方文艺思潮的启发下，重新解读中国文学，也就是所谓"阐发研究"。我关于中外文学关系的研究如果有所创新，那就是着重探讨了文艺思潮的跨文化影响。任何文艺思潮，如果真是具有普遍性，就会传播到世界各地，在那里被接受，并发生变形，得到发展。要对这一思潮全面了解，就不能不深入研究它在各地传播和发生影响的情形。例如浪漫主义，作为18世纪末、19世纪初的一种文艺思潮来看，它如何传入朝鲜、日本和中国，在这一传播过程中，发生了什么变化，掺进了哪些新的内容，又如何为不同文化所接受，犹如地层中的岩系，不断向外伸展，不了解这种伸展，也就不能认识整体的来龙去脉。另一方面，作为一种创作方法，浪漫主义的很多特征又都能在许多不同文化中发现其不同表现，如屈原和李白诗歌的某些因素，它们本身并不属于浪漫主义思潮，但它们必然影响浪漫主义思潮在中国的传播。我认为这是一个可以长期研究的很有趣味的课题。

我在80年代更为关注的是接受和影响的关系。我首先企图界定"影响"一词的内涵，把"影响"和模仿、同源、流行、借用等概念分别开来。我认为在比较文学研究中，所谓一个作家受到另一个外国作家的影响，首先是指一些外来的东西被证明曾在这位作家身上或他的作品中产生一种作用，这种作用在他自己国家的文学传统里和他自己的个人发展中，过去是找不到的，也不大可能产生的。其次，这是一个有生命的移植过程，通过本文化的过滤，变形而表现在作品之中。两种不同文化体系之间大规模的文学影响常发生在当一国的美学和文学形式陈旧不堪，而急需一个新的崛起，或一个国家的文学传统需要激烈地改变方向和更新的时候。"影响"需要一定的条件，影响的种子只有播在那片准备好的土壤上才会萌芽生根，我国三次大规模的接受外来影响都说明了这一点。影响是一个非常复杂而多样的过程，它往往首先发端于一种心理的或意识形态的启发，某种外来的东西突然照亮了作者长期思考的问题而给予一种解决的新的可能。法国诗人波德莱尔说他喜欢美国作家爱伦·坡，就因为在爱伦·坡的作品中，他自己头脑里一些模糊的、未成形的构思被完美地塑造出来。T. S. 艾略特认为他受到一些其他作家的影响，往往是因为这些作家能"逗引"起他内心想说的话。庞德所以认为中国诗"是一个宝库，今后一个世纪将从中寻找推动力，正如文艺复兴从希腊人那里找推动力"，就因为中国诗对他所痛感的"西方当代思想缺乏活力""宗教力量日益衰退"等问题提供了一种解决的新的可能。而中国诗歌的简洁、含蓄对于维多利亚时代诗歌的繁言赘语、含混不清也是一种冲击而给诗人以启发。如果说这种"启发"往往是不自觉的偶然相遇，那么影响的第二步——"促进"就是有意识地寻求，理解，加强。随之而来的是一个认同和消化变形的过程，文学影响最后还要通过文学表现出来。

　　70年代德国接受理论的兴起对上述传统影响研究进行了全面刷新。事实上，接受和影响是一个问题的两面：播送者对接受者来说是"影响"；接受者对播送者来说，就是接受。过去的影响研究多研究播送者如何影响接受者，却很少研究播送者如何被接受。如今这一单向过程改变为双向过程，就为这一领域开辟了许多新的层面。首先，由于"接受屏幕"的不同，一部作品在本国和在外国被接受的状况也显然各异。通过某种成分被拒绝或接受或改造的复杂过程，我们不仅可以更多面地发掘出作品的潜能，而且也可以进一步了解不同文化体系的特点。其次，对外国作品的接受，往往可以作为一面镜子，反射出接受者的不同个性。另外，通过关于接受的研究，还可以考察时代的变化。一部作品在被接受的过程中常常因时代的不同而被强调不同的方面。再者，关于接受的"反射"也是一个很有意思的现象。五四以来，借助对西方文化的接受，反观本国文化而有新的启悟的现象屡见不鲜。例如诗人郭沫若说他从小熟读《诗经》，但"丝毫也没感觉受着他的美感"，只是在读了美国诗人朗费罗的诗后，"才感受到了同样的清新，同样的美妙"[1]。这样的例子是很多的，它们都说明了"接受的反射现象"对文学发展的重大作用。最后，接受理论为比较文学研究者提供了编写完全不同于过去的体例的新型文学史的可能。一种新的文学思潮兴起后，如果它是真有价值的，就会逐渐获得世界性，如浪漫主义、现实主义、超现实主义等无不如此。

---

[1] 郭沫若：《我的做诗经过》，《沫若文集》11卷，人民文学出版社1959年版。

不同文化体系在接受这些思潮时,由于"接受屏幕"和"期待视野"的不同,必然有所选择,有所侧重,并在溶入本体系文学时,完成新的变形。这种变形既包含着该文化系统原来的纵向发展,又包含着对他种文化系统横向的吸取和改造而形成的新的素质,文学本身就是这样发展起来的。从比较文学的角度来重写文学史,就要着重考察各种思潮、主题、文类、风格、取材,以至修辞方式、诗歌、格律等等文学的构成因素在不同民族文学中的继承、发展、相互影响和相互接受。新的文学史将由"创造""传统继承"和"引进"三个部分组成,而对那些特殊的历史时刻予以关注。这种时刻,读者的文学观念往往可以穿越或排斥以往的界限,敏于接受外来影响,并改变自己的"接受屏幕"和"期待视野"。在接受理论的基础上还可以从读者角度出发,研究读者心态的历史。如果整理五四以来不同历史阶段、不同外国作家被中国读者所选择和接受的广度和深度,以及被强调的不同方面,就可以从一个侧面看出近百年中国社会心理的发展和变迁。总之,接受理论使人们进一步认识到潜在于作品的各种可能性,因而为偏于实证,路子越走越窄的传统影响研究带来了全面的活泼的生机。

《比较文学与中国现代文学》的第三部分是讨论"阐发研究"。所谓阐发研究,简而言之就是借助外国文学理论来重新解读中国文学。这曾是一个有争论的问题,我认为关键在于拿出实例,说明这种阐发确实对推动中国文学发展有益。中国封闭了30年,这正是西方文学理论发展十分迅速的时期。80年代初,西方发展了数十年,经历过各种复杂阶段的文艺思潮同时涌入中国,历时性的发展变成了共时性的并存。我这本书的这一部分以"小说世界的外延研究"（传统小说分析），"文学是一种特殊的语言形式"（新批评派），"决定着表达方式的深层结构"（结构主义），"潜意识及其升华"（精神分析学），"作品的框架与意象挖掘"（接受美学），"事序结构和叙事结构"（叙述学），"'推末以至本'和'探本以穷末'"（阐释学）为题，企图说明在这些思潮的启发下，可能开辟的新的学术空间。其实，大量西方文学理论的传入，决不是随意的、偶然的、与本土语境无关的，恰恰相反，任何一种理论的传入，都经过了中国社会实际与文化情景的筛选，并实际有用于中国文学的改进，才能得以生存和发展。例如出于对数十年苏联文艺理论只强调社会环境和社会效用的逆反心理，新批评派的细读批评和结构主义叙述学就很容易被接受；有些西方新观念，中国文学传统中很少提及，如精神分析学和后来的女性主义文学批评，由于其新鲜，也较容易引起大家注意；另一方面，也有一些西方文学理论正是由于它们与中国传统文学观念容易找到契合点而引起广泛兴趣，如阐释学就很容易与中国的"述而不作""我注六经""六经注我"等道理相通；接受美学与中国的"作者以一致之思，读者各以其情而自得""横看成岭侧成峰，远近高低各不同"等说法也有类似之处。另外，西方马克思主义文学批评在中国也很盛行，这是由于人们急于了解数十年来作为中国主流意识形态的马克思主义在西方的发展所致。所有这些显然都有益于中国文学的发展。

《比较文学与中国现代文学》一书并不一定有什么新的发明，但在当时却是一本有用的书。正如我的老师季羡林教授在为该书所写的序言中说的："这一部书很有用处，很有水平，而且很及时。杜甫的诗说：'好雨知时节，当春乃发生。'我很想把这一部书比作'当春乃发生'的及时好雨。"我的导师王瑶先生更是指出了我的这些最初的学术成果与我个人性格的关联，他说："每个人如果能根据自己的精神素质和知识结构、思维特点和美学爱好等因素来选择适合自己特点的研究对象、角度和方法，那就能够比较充分地发挥自己的才智，从而获得更好的成就。乐黛云同志的治学道路显然有与她个人的知识面宽广和具有开拓精神等素质有关，但它却能给人以普遍性的启发，特别是在当前各种新学科、新方法纷至沓来的时候。"

我关于比较文学的研究首先从有实际联系的影响研究入手，这大概与我过去出身于研究文学史有关。但我越来越感到完全没有事实联系的不同文化体系中的文学也有非常重要的比较研究价值，这些领域深深地吸引着我。我那本《比较文学原理》重点就在于主题学、文类学和跨学科研究的探讨。

从内容方面来说，文学反映人的思想、感情和心理状态。人类共有的欢乐、痛苦和困扰往往可以从全不相干的文学体系的作品中看到。例如自古以来，大量文学作品表现了爱情与政治、社会、道德观念的冲突，当然，由于时代、环境、文化、民族心态的不同，共同的主题在不同的作品中有着很不相同的表现，但作者对于这一问题的基本态度——对纯真爱情的同情和对政治社会压迫的抗议则是基本相同的。这种关于共同主题的研究曾被指责为缺乏实证的事实联系，或缺乏对文学性本身的分析。我认为作家对于主题的选择首先是一种美学决定，这种选择决定着结构的模式、题材的提炼和题材的表现。同一主题如何由于不同的艺术表现而形成不同的艺术创作，同一题材又如何由于作者思想的不同深度而

提炼出感人程度不同的作品等等，如果不把"文学性"的分析仅仅局限为语言分析，那么这种主题和题材及其艺术表现的分析显然也是一种"文学性"的分析。主题学还研究不同时代、不同文化地区的人何以会提出同样的主题，同时也研究有关同一主题的艺术表现、创作心态、哲学思考、意象传统的不同，并对其继承和发展进行历史的纵向研究等等。会通中西文学，开展有关主题的研究应该是一个很有潜力的领域。

在文学形式方面，我对中西文体的发展进行了一些文类学的比较研究。世界各大文化体系，大致都能找到从口头创作发展为诗歌、戏剧、小说三种类型的文体的迹象，而小说都是在诗歌、戏剧之后才发展起来的。如果用长篇小说这种文体来作一些对比分析，可以看到中国长篇小说与西方长篇小说显然有不同的发展源流。西方小说从史诗发展为中古传奇（romance），再发展为长篇小说；中国小说则从大量叙事文体发展为稗史、民间演义，加上佛经故事和市井短篇小说，逐步演化为长篇小说。但是，中、西小说始终保持着一种同步的发展过程。首先，中、西长篇小说的产生都是和都市文化、商业化、工业革命、印刷术发展和教育普及分不开的。其次，无论中外，长篇小说的发生发展往往以思想方面的动荡，新思想的产生作为背景。第三，无论中、西小说都需要采取一种比较自由的语言媒体，以突破少数人对文化的垄断。西方小说自从但丁改用活着的意大利口语写作后，欧洲小说很快就普遍采用了明白易懂的语言来写作。中国的讲史、讲经本来就和民间口语很接近，《金瓶梅》《水浒传》都采用了远较其他作品更为自由的语文媒体。另外，中、西小说在其发展的最初阶段，作品构造的小说世界大都深具批判性,法国的《巨人传》,中国的《西游记》都出现于 16 世纪,唐僧到西方极乐世界去取经,法国巨人到东方来寻求智慧的"神壶",无论是前者对西方,还是后者对东方,都是一种对现存制度的不满足和对另一种人生的追求。同时,还可看到很多国家的小说都是从客观世界的描写开始,逐渐转而探求人物性格、生活经验、精神世界等复杂问题。由此可见中、西小说发展的同步的趋势和许多类同的特点。

文类学研究的另一个内容是关于文学分类的研究。我对文学分类本没有独到研究,但看到美国学者威因斯坦在进行了一系列文学分类研究之后,竟得出结论说:"在远东国家中,迄今为止还没有按照类属对文学现象进行过系统分类。"不免心有不平。其实,早在两千多年前,我国第一部诗歌总集《诗经》就已经对诗歌进行了分类,风、雅、颂是以教化作用为标准分类的:风,言一国之事,系一人之本;雅,形四方之风;颂,美盛德之形容(也有人说是以音乐曲调的不同分类)。赋、比、兴,也可理解为以艺术功能为标准分类的:赋,敷陈之谓也;比,喻类之言也;兴,有感之辞。东汉班固撰写的《汉书·艺文志》已按诗歌的不同风格,把赋分为"屈原赋""孙卿赋""陆贾赋"和"杂赋"四类,"杂赋"又按体制和题材分为 12 种。曹丕的《典论·论文》提出"文本同而末异","末"就是指不同的文体。他将流行的文体分为四科八类,陆机又将之扩大为十类,并指出"诗缘情而绮靡","赋体物而浏亮"等不同文体特色。这十类中至少有七类属文学范围,包括了抒情文、叙事文、韵文和散文。稍后于陆机,出现了挚虞的《文章流别集》四十一卷和《文章流别志论》二卷。可惜两书均已亡佚,仅从残篇断简之中，尚能考见前者是一部按十一类文体编排的文章总集，后者则专论各类文体的特点、源流及其代表作。两书体例大体先讲文体定义、形成由来，再讲历史演变、发展趋势、与其他文体的区别，这应是中国文体论的一部重要著作。《文心雕龙》是我国文类学研究的一个高峰，刘勰不仅建立了包含 24 种文类的大系统，而且在《体性》篇中，特别讨论了文体风格形成与作者性格及后天涵养的关系。他指出由于"才有庸俊，气有刚柔，学有深浅，习有雅郑"，根据不同的情性、知识和习染就造成了文章的千变万化，所谓"各师其心，其异如面"，刘勰举了许多实例说明"才、气、学、习"所形成的个人才情气质如何决定了他们的不同风格。他把这些不同风格归纳为"八体"，又分为相对的四组。刘勰的文体研究不仅对中国文类学，而且对世界文类学都具有重大的意义。事实上，中国的文类学家不仅探索了划分文类的多种标准，界定了各种文类的定义，论证了各种文体的区别，研究了各种文体的相互关系，并且也探讨了各种文体的渊源及其变化，比较分析了各种文体的作家作品。中国文类学显然是一个不容抹杀的客观存在。

除了对于文学内容和形式的比较研究外，最吸引我的就是文学的跨学科研究，特别是文学与自然科学的跨学科研究，这是和文学的跨文化研究很不相同的另一种研究。19 世纪，进化论曾全面刷新了文学理论、文学批评以及文学创作的各个领域，20 世纪，系统论、信息论、控制论、热学第二定律以及熵的观念对文学的影响也绝不亚于进化论之于十九世纪文学。

比较文学正是把文学作为一个有生命的、开放性的、动态体系来研究。它不仅研究一种文学系统与另一种文学系统之间的相互交换，互相作为参数而形成新质，而且也研究其他艺术、社会科学、自然科学对文学渗透而形成的新的状态。

除此之外，在跨学科研究的其他领域，即文学与其他人类思维表达方式的关系方面，如文学与心理学，文学与哲学、社会学，文学与其他艺术形式等，我都作了一些初步探索，在此不再一一提及。总之，我把我这两部出版于八十年代后半叶的学术著作都看作"文化热"的一种结果。因为在我看来，"文化热"的核心和实质就是酝酿新的观念，一切变革和更新无不始于新的观念。新观念固然产生于内在形势的需要，同时也产生于外界的刺激，两者相因相成。要促成我国悠久文化的转型和发展新阶段，首先要有不同于过去的新的观念。文化之所以"热"，就"热"在争相酝酿新观念，这就要求人们认真了解近年来世界发生了什么，有哪些新的东西可供参考，又如何为我所用。因此，"文化热"偏重于考察世界，研究中国文化与世界文化的接轨，并不足怪。

我的九十年代

⊙

1989 年后，中国进入了"后新时期"，这是全然不同于十年新时期的另一种时期。九十年代的"国学热"强调从本土文化本身酝酿出新的观点和方法，似乎只有不受任何外来影响的、纯而又纯的本土文化才能对抗欧洲中心论。更有意思的是从西方最新传入的"东方主义"强调西方以其文化霸权强行诠释东方，强使殖民地或第三世界处于一种"失语状态"，只能用西方话语表述一切。因此，对于东方各民族来说，第一要义是颠覆西方的文化霸权。虽然这"东方主义"也是西方文化框架下的产物,也是舶来品,但某些强调"国学"的人们却因之而更趋向于拒斥外来的东西,而强调回归本土的一切。我生活在这样的潮流中,当然也不能不受其影响。为了进一步弄清问题,我回溯到作为古今中外大讨论关节点的五四时期,对在"国学热"中引起广泛重视的、被称为"哈佛三杰"的陈寅恪、汤用彤、吴宓等三位国学大师进行了重新解读和探讨。这些学者关于古今中外交汇的思考对我都极有启发。特别是陈寅恪提出的:"李唐一族之所以崛兴,盖取塞外野蛮精悍之血,注入中原文化颓废之躯,旧染既出,新机重启,扩大恢张,遂能别创空前之世局。"汤用彤提出的:"(当前)新学术之兴起,虽因于时风环境,然无新眼光、新方法,则亦只有支离片段之言论而不能有组织完备之新学。"都十分发人深思。《学衡》杂志重要成员之一吴芳吉尖锐指出的:"复古固为无用,欧化亦属徒劳。不有创新,终难继起。然而创新之道,乃在复古欧化之外。"更是启发了我的思考。这些理论进一步加强了我对发展比较文学的信心和决心。我接连写了《论现代保守主义——重估〈学衡〉》(《中国文化》1990 年第二期)、《文化更新的探索者——陈寅恪》(《北京大学学报》1991 年第四期)、《"昌明国粹,融化新知"——汤用彤与〈学衡〉杂志》(《社会科学》1993 年第五期)三篇文章,坚持认为在任何情况下,中国不可能再回到拒斥外来文化的封闭状态。我不赞成狭隘的民族主义,不赞成永远保留东方和西方二元对立的旧模式,也不认为中国中心可以取代欧洲中心。在全球意识迅速发展,不同民族文化必须共存的前提下,我特别关注的是世界多种多样的文化资源正在迅速流失,这种流失必将造成难于补救的危机，因为历史早已证明不同文化之间的相互激发正是文化发展的重要动力。我感到当前比较文学的根本任务就是要在全球意识的观照下维护并促进文化的多元发展，为此，比较文学自身必须经历一个巨大的变革。

1991年新春，得到《读书》杂志的支持，我们在该杂志1991年第二期上组织了一次相当大规模的关于"比较：必要、可能和限度"的笔谈，季羡林、贾植芳和当时的国际比较文学学会主席佛克玛（Douwe Fokema）、斯洛伐克比较文学家高利克（Marian Galic）、印度比较文学教授阿米雅·杰夫（Amiga Dev），还有执教于美国的张隆溪、执教于英国的赵毅衡等都参加了笔谈。我为笔谈写的文章，标题是"转型时期的新要求"。我提出："在相互交往的全球意识正在成为当代文化意识的核心这种形势推动下，各民族多在寻求自身文化的根源和特征，以求在世界文化对话中，讲出自己独特的话语而造福于新的文化转型时期。"我认为目前文学理论的主要趋势是："总结各民族长期积累的经验，从不同角度解决人类在文学方面共同面临的问题。"文学批评和文学史要更多地研究"文学性"和文学形式的发展，"研究不同文化体系的读者对同一作品的不同接受、诠释、误读和使之变形"等。总之，"一种文化向世界文化发展，又从世界文化的高度来重新诠释、评价和更新一种文化，无疑是21世纪文化转型时期的一个极其重要的内容。"我在中国比较文学1990年第一期发表的《文学研究的全面更新与比较文学的发展》一文中曾谈到"全球意识与文化多元相互作用的主潮必然为文学研究带来全面刷新"，"在这样一个无可避免的文学研究转型期，比较文学无疑是一个很重要的触媒。它的巨大触媒作用就在于促进并加速地区文学以多种途径织入世界文学发展的脉络，从而使两方面都得到发展，比较文学也将在这一进程中找到自身与其他文学研究的结合点而达到新的水平。"

然而，问题的实质在于人类是否真的可以安稳地进入这个"全球意识与文化多元相互作用"的新时期呢？显然事实远非如此。要真正做到各民族文化平等对话、多元发展，目前还存在着许多阻碍。

最大的阻碍首先是各种"中心论"。反观一百年来比较文学发展的历史，从1886年英国学者波斯奈特（H. M. Posnett）第一次用"比较文学"命名他的专著到1985年中国比较文学学会成立，这一百年的历史几乎就是以欧洲为中心，歧视、压制他种文化，泯灭亚、非、拉各民族文化特色的历史。在比较文学极为兴盛的本世纪20年代末，著名的法国比较文学家洛里哀（Frederic Loliee）就曾在他那部名著《比较文学史》中公开作出结论："西方之知识上、道德上及实业上的势力业已遍及全世界。东部亚细亚除少数山僻的区域外，业已无不开放。即使那极端守旧的地方也已渐渐容纳欧洲的风气……从此民族间的差别将渐被铲除，文化将继续它的进程，而地方的特色将归消灭①。"现在看来，这当然迹近天方夜谭，但在前半个世纪，认同这种思想的比较文学家恐怕也还不在少数，今天它也还蛰伏在许多西方学者的灵魂深处。要改变这种现象远非一朝一夕之事。意大利比较文学家——罗马知识大学的阿尔蒙多·尼兹（Armando Gnisci）教授把对西方中心思想的扬弃这一过程称为一种"苦修"。他在《作为非殖民化学科

---

①洛里哀：《比较文学史》，傅东华译，上海书店1989年版，352页。

的比较文学》一文中说："如果对于摆脱了西方殖民的国家来说，比较文学学科代表一种理解、研究和实现非殖民化的方式，那么，对于我们所有欧洲学者来说，它却代表着一种思考，一种自我批评及学习的形式，或者说是从我们自身的殖民中解脱的方式。……它关系到一种自我批评以及对自己和他人的教育、改造。这是一种苦修（askesis）[①]。"可见先进的西方知识分子已经觉悟到在后殖民时代抛弃西方"中心论"的必要和困难。其实，也不仅是西方中心论，其他任何企图以另一种中心论来代替西方中心论的企图都是有悖于历史潮流，有害于世界文化发展的。例如有人企图用某些非西方经典来代替西方经典，其结果并不能解决过去的文化霸权问题，而只能是过去西方中心论话语模式的不断复制。

危害世界文化多元发展的除了各种中心论之外，更其严重的是科学的挑战。毋庸讳言，高速发展的电脑电讯、多媒体、互联网、信息高速公路正在极其深刻地改变着人类的思维方式、生活方式，以至生存方式。目前，国际互联网已联结全世界近一亿人口，并正以空前速度向前发展[②]。目前网络上通行的是英文，这种以某种语言为主导的跨国信息流是否会压抑他种语言文字，从而限制人类文化的多样性发展呢？更严重的是信息的流向远非对等，而是多由发达国家流向发展中国家。随着经济信息、科技信息的流入，同时也会发生意识形态、价值观念和宗教信仰等文化的"整

[①]阿尔蒙多·尼兹：《作为非殖民化学科的比较文学》，罗恬译，《中国比较文学通讯》1996年第1期，第5页。

[②]参阅孙小礼、刘华杰在"未来十年中国和欧洲社会最关切的问题"国际学术讨论会上的发言。

体移入"，以至使其他国家民族原有的文化受到压抑，失去"活性"，最后使世界文化失去其多样性而"融为一体"！这将是下一世纪世界文化发展的重大危机，也是全人类在 21 世纪不得不面临的新问题。

由于文化多元发展遇到的种种阻碍和挫折及其远非乐观的前景，一部分有识之士感到自身民族文化被湮没以至消亡的可能，奋起突出彰显本民族的文化，这对于保护和发展世界文化的多样性无疑具有极为重要的战略意义。遗憾的是在这一潮流中，封闭、孤立、倒退的文化孤立主义也随机而生。文化孤立主义无视数百年来各民族文化交往、相互影响的历史，反对文化交往和沟通，要求返回并发掘"未受任何外来影响的""以本土话语阐述的""原汁原味的"本土文化。其实，这样的本土文化是根本不存在的。如果我们说的不是"已成的"、不变的文化遗迹如青铜器、古建筑之类，而是不断发展的文化传统，那就必然蕴含着不同时代、受着各个层面的外来影响的人们对各种文化现象的选择、保存和创造性诠释。文化孤立主义常常混迹于后殖民主义的文化身份研究，但它们之间有根本的不同。后者是在后殖民主义众声喧哗、交互影响的文化语境中，从历史出发为自身的文化特点定位。文化孤立主义则是不顾历史的发展，不顾当前纵横交错的各方面因素的相互作用，只执著于在一个封闭的环境中虚构自己的"文化原貌"。由此出发，就有可能导致一种文化上的封闭性和排他性：只强调本文化的优越而忽略本文化可能存在的缺失；只强调本文化的"纯洁"而反对和其他文化交往和沟通，唯恐受到"污染"；只强调本文化的"统一"而畏惧新的发展，以至对外采取文化上的隔绝和孤立政策，对内压制本文化内部求新、求变的积极因素，结果是导致本文化的停滞，衰微。其实，即便是处于同一文化内部，不同群体和个人对于事物的理解也都不尽相同，因为人们对事物的认识总是与其不同的生活环境相连，忽略这种不同，只强调同一文化内部的"统一"，显然与事实相悖。强求统一，其结果只能是强加于人，扑灭生机，为保卫这种顽固的孤立和隔绝而引发战争也并非不可能。

加之以20世纪后半叶，后结构主义各种思潮将人们习惯的深度模式解构了：现象后面不一定有一个本质，偶然性后面不一定有一个必然性，"能指"后面也不一定有一个固定的"所指"。中心被解构了：原先处于边缘的、零碎的、隐在的、被中心所掩盖的一切释放出新的能量。在文化研究的范围内，这些思潮起了消解中心，解放思想，逃离权威，发挥创造力等巨大作用，但它也导致了某种离散和互不相关，使人类社会失去了必要的凝聚力。

综上所述，可以看到随着21世纪的到来，人类文化发展实面临两方面的危机：一方面是文化的多元发展受到威胁，文化的多样性日益削弱，这势必导致世界文化资源无可挽回的流失；另一方面是文化本土主义所造成的文化孤立和隔绝，不是引向文化对抗就是引向文化衰微，而思维模式的变化又大大加深了社会意识的分崩离析。

90年代前几年，我的思绪一直萦绕着以上这些问题。它们陆续反映在我接连发表的一些文章中，如《迎接新的文化转型时期》（《季羡林教授八十华诞论文集》，1992）、《世纪转折时期关于比较文学的几点思考》（《中国比较文学》1995.2）、《文化相对主义与"和而不同"原则》（《中国比较文学》1996.1）、《比较文学的国际性和民族性》(《中国比较文学》1996.4)、《后殖民主义时期的比较文学》(《社会科学战线》1997.1)、《文化相对主义与跨文化文学研究》(《文学评论》1997.4)等。其中《比较文学的国际性和民族性》一篇被香港《中文大学人文学报》第一期和《南方文坛》转载，后来又被译成意大利文，在罗马大学的《比较文学研究学报》上发表。

如何推动这一矛盾向有益于人类的方向发展将是 21 世纪人文科学的最重要任务之一，而比较文学无疑将在其中扮演一个十分前沿的角色。1997 年，我将关于这方面的思考写在《比较文学与二十一世纪人文精神》(《中国比较文学》1998.1)中。我认为文化危机和科学的新挑战呼唤着新的人文精神。所谓"新"，不仅是指所面对的问题新，而且是指人类当前的认识方法和思维方式也和过去很不相同了。经历过 20 世纪认识论与方法论转型的新人文精神与 18 世纪以来的旧人文精神最大的不同，就在于它不是什么固定的、一成不变的"原则"，也不是以少数人建构起来的、被称为"人文精神"的既成概念去强加于他人，更不是由少数"先觉者"去"启"多数"后觉者"或"不觉者"之愚"蒙"。新人文精神也不同于 20 世纪 30 年代白璧德所倡导的"新人文主义"。白璧德以克己、自律为核心，既反对以培根为代表的、超乎伦理的客观科学主义，也反对以卢梭为代表的、率性而行、不受道德规范的极端个人主义。21 世纪的人文精神继承了过去人文主义的优秀部分，强调首先要把人当作人看待，反对一切可能使人异化为他物的因素；强调关心他人和社会的幸福，关怀人类的发展和未来。它接受科学为人类带来的便利和舒适，但从人的立场出发，对科学可能对人类造成的毁灭性灾难保持高度警惕；它赞赏第二种思维方式对中心和权威的消解、对人类思想的解放，但同时也企图弥补它所带来的消极方面——零碎化、平面化和离散。新人文精神用以达到这些目的的主要途径是沟通和理解：人与人之间、科学与人文之间、学科与学科之间、文化与文化之间的沟通和理解；在动态的沟通和理解中，寻求有益于共同生活（我们只有一个地球）的最基本的共识。如果说过去的形而上学、"绝对精神"追求的是最大的普遍性，那么新人文精神则是将这种普遍性压缩到最低限度，而尽量扩大可以商谈、讨论和宽容的空间。这种普遍性又不是一成不变、由某些人制订的，而是在不同方面"互为主观"（尽量站在对方的立场考虑，类似中国传统的"将心比心""己所不欲，勿施于人"）的基础上达成的。

"互为主观"是德国哲学家哈伯马斯提出的，他力图弥补上述第二种范式的不足，设法使离散、零碎化的世界重新凝聚起来。他的基本出发点之一是任何人都必须通过社会，其特点才能得以实现，但一旦嵌陷入社会的网络就必须臣服于这一网络的普遍原则（有如参加一种游戏就必须遵守一定的游戏规则），这就使个人特点和意愿不能不受到一定的限制和压抑以至于被异化。为了解决这一矛盾，就要一方面提倡个人有说"是"或"否"的权利，另一方面又要提倡个人对自我中心的克服；既要同等尊重每一个人的尊严，又要保护这些个人赖以生存的联系网络。哈伯马斯提出"正义"原则，以保障对个人的尊重和个人的平等权利；同时提出"团结"原则，要求个人有同情和尊重他人的义务。他认为这是可以维系社会又可以得到普遍认同的最基本原则，只要不断通过交往、商谈、"互为主观"等途径就可以不断扩大宽容的空间。他还强调这些原则可以在不同的层面展开,可以限于制定互惠、互利规则的功利层面,也可以用于共同探求一种更好生活的伦理层面或其他更为抽象的层面。

关于如何解决保持差异和多元共存的问题,中国的"和而不同"原则也提供了很重要的启迪。"和而不同"原则出自《左氏·昭公二十年》。大约在公元两千多年前,齐国的大臣晏婴和齐侯曾经有过一段很有意思的对话。齐侯对晏婴说:"唯据与我和。""据"指的是齐侯侍臣,姓梁,名丘据。晏婴说:"梁丘据不过是求'同'而已,哪里谈得上'和'呢?"齐侯问:"'和'与'同'难道还有什么不一样吗?"这引出晏婴的一大篇议论。他认为"不同"是事物组成和发展的最根本的条件。例如做菜,油盐酱醋必须"不同",才能成其为菜肴;又如音乐,必须有"短长疾徐""哀乐刚柔"等等"不同",才能"相济相成"。晏婴说,像梁丘据那样的人,你说对,他也说对,你说不对,他也说不对,有什么用呢?此后,"和而不同"成了中国传统文化的核心观念之一。孔子说:"君子'和而不同',小人'同而不和'①。"周代史官——史伯提出:"夫和实生物,同则不继。以他平他谓之和,故能丰长而物生之。若以同裨同,尽乃弃矣。故先王以土与金、木、水、火杂,以成百物②。""以他平他",是以相异和相关为前提的,相异的事物相互协调并进,就能发展;"以同裨同"则是以相同的事物叠加,其结

---

① 《论语·子路》。
② 《国语·郑语》。

果只能是窒息生机。因此首先要承认不同，没有不同，就不会发展。但"不同"并不是互不相关，各种不同因素之间必须有"和"，"和"就是事物之间和谐有益的相互关系。"和"在中国是一个古字，见于金文和简文。"和"在古汉语中，作为动词，表示协调不同的人和事并使之均衡（并非融合为一）。如《尚书·尧典》："百姓昭明，协和万邦。"（这里强调的是"万邦"，而不是融为"一邦"）古"和"字还有"顺其道而行之"，不过分、得其中道的意思。如《广韵》："和，顺也，谐也，不坚不柔也。"《新书·道术》："刚柔得适谓之和，反和为乖。"都是和谐适度的意思。

"和而不同"原则认为，事物虽然各有不同，但绝不可能脱离相互的关系而孤立存在，"和"的本义就是要探讨诸多不同因素在不同的关系网络中如何共处。在中国，儒家立论的基础是人和人的关系，道家立论的基础是人和自然的关系，都是在不同的领域内探讨如何和谐共处的问题。"和"的主要精神就是要协调"不同"，达到新的和谐统一，使各个不同事物都能得到新的发展，形成不同的新事物。中国传统文化的最高理想是"万物并育而不相害，道并行而不相悖"。"万物并育"和"道并行"是"不同"，"不相害"，"不相悖"则是"和"。"和"的另一个内容是"适度"，"适度"就是"致中和"，既不是"过"，也不是"不及"，而是恰到好处，因适度而达到各方面的和谐。庄子认为，天道有适度的盛衰次序，人道社会也会有一些大家都会自然遵循的普遍原则。他说"顺之以天理，行之以五德，应之以自然"，就可以"太和万物"[①]，使

---

①《庄子·天运》。

247

世界达到最完满的和谐。作为儒家核心的道德伦常观念，强调"父慈子孝""兄友弟恭""君义臣忠"等双方面的行为规范，力图找到两者之间关系的和谐与适度。所以说："礼之用，和为贵。""礼"是共同遵守的原则和规范，它必须在和谐、适度的前提下才能真正实现。这种在"适度"的基础上，不断开放、不断追求新的和谐和发展的精神，为多元文化共处提供了不尽的思想源泉。

这种既保障对个人的尊重和个人的平等权利，又要求个人有同情和尊重他人的义务；既保障不同个人——社群——民族——国家之间的各种差异，又要求彼此对话、商谈，和谐并进，共同发展，只有这样，才能既保存人类文化的多样性，又避免本位文化的封闭和孤立，乃至引向战争和衰亡。这就是21世纪人文精神的主要内容。

新人文主义为比较文学提供了空前广阔的发展空间，也提出了比过去任何时期都更重要的任务。如果我们把比较文学定位为"跨文化与跨学科的文学研究"，它就必然处于21世纪人文精神的最前缘。因为文学写的是人，它一方面要求写具有独立人格和特色的个人，一方面又要求这种写作能与别人沟通（现在或将来）。比较文学是一种文学研究，它首先要求研究在不同文化和不同学科中人与人通过文学进行沟通的种种历史、现状和可能。它致力于不同文化之间的相互理解和沟通，并希望相互怀有真诚的尊重和宽容。文学涉及人类的感情和心灵，较少功利打算，而在不同的文化中有着较多的共同层面，最容易相互沟通和理解。从这个意义上说，比较文学的根本目的就在于促进文化沟通，避免灾难性的文化冲突以至武装冲突，改进人类文化生态和人文环境。这种 21 世纪的新人文精神正是未来比较文学的灵魂，也是一切文学研究和文学创作的灵魂。

一个新的开始

⊙

我十分清醒地意识到比较文学要完成它在文化转型时期的历史使命，就必须实现其自身的重大变革。这种变革首先是从过去局限于欧美同质文化的窠臼中解放出来，展开多方面异质文化中文学交往的研究。我想，这种研究应该从两种异质文化最初的接触之时开始。

1990 年，我们邀请美国著名历史学家史景迁（Jonathan Spence）来北大讲学，他的讲座的题目就是"从理论学术著作和虚构文学两方面探讨中国形象在西方的历史演变"。他从 1585 年西班牙人门多萨（Mendoza）应罗马教皇之请撰写的《大中华帝国史》，一直讲到安德列·马洛（Andre Malraux）的《人的命运》和博尔赫斯的《歧路园》。他认为文化间的交叉构成了人类历史的丰富性，这种交叉有时出于真实，有时出于想象。他甚至认为对另一种文化的最敏感的洞察往往出于对这种文化的误读和想象。他还指出制约着西方的中国形象的，主要不是中国的现实，而是西方自身的需要和问题。1990 年 2 月 3 日我在《文艺报》发表的《世界文化总体对话中的中国形象》一文介绍了史景迁的看法，并提出应该研究这些"中国形象"，"以一种'互为主观'的方法重新认识自己，这不仅对中国文化重构而且对世界文化的发展都具有十分重要的意义。"这篇文章后来又发表于广东的《传统与现代》和加拿大出版的《文化中国》。

自此之后，我一直关注这方面的问题，接连参与或主持了三次有关的国际会议。第一次是中山大学主办的"狮在华夏——文化双向认识的策略问题"国际讨论会（同名论文集1993年中山大学出版社出版），第二次是在北京大学召开的"独角兽与龙——在寻找中西文化普遍性中的误读"国际讨论会（同名论文集中、外文版1995年北京大学出版社出版），第三次是在南京大学召开的"文化的差异与共存"国际讨论会（同名论文集中、外文版1997年译文出版社出版）。我关于这个问题的思考集中表述在我1994年夏发表于《中国文化研究》的《文化差异与文化误读》中。经过许多事实的考辨，我认为所谓世界文化的相互同化、融合、一体化都是某种"中心论"的变形，"只有差异存在，各个文化体系之间才有可能相互吸取、借鉴，并在相互参照中进一步发现自己……由于文化的差异性，就不可避免地会产生误读，所谓误读就是按照自身的文化传统、思维方式、自己所熟悉的一切去解读另一种文化。一般说来，人们只能按照自己的思维模式去认识这个世界，他原有的'视域'决定了他的'不可见'和'洞见'。我们既不可能要求外国人像中国人那样理解中国文化，也不能要求中国人像外国人那样理解外国文化，更不能把一切误读都斥之为'不懂''歪曲'……总之，文化之间的误读在所难免，无论是主体文化从客体文化中吸取新意，还是主体文化从客体文化的立场反观自己，都很难不包括误读的成分。而从历史来看，这种误读又常是促进双方文化发展的契机，因为恒定同一的解读，其结果必然是僵化和封闭。这里所讲的文化误读既包含解读者对不同文化的深入探究，也不排斥因异域陌生观念而触发的'灵机一动'，关键全在解读者的独创性发现。"这篇文章引起了不少读者的共鸣，很快就被《新华文摘》所转载（1994.9），又被译载于香港大学和北京大学合办的英文刊物《新视野——比较文学年刊》（new perspective—A Comparative Literature Yearbook 1995.1）上。

两种文化的接触除了各自互相解读之外，就是直接对话。对话的首要条件就是双方都能理解和接受，可以达成沟通的话语。话语并不等同于语言，它是交往中的一套"游戏规则"。例如踢足球时，如果一方用乒乓球的规则，足球游戏就无法进行，因为足球游戏只能以相互认同和沟通的足球规则为前提。1990年伊始，我就写了一篇文章，题目是"展望九十年代——以特色和独创进入世界文化对话"（《文艺争鸣》1990.3）。我认为西方盛极而衰的文化体系需要找到一个参照系，一个"他者"以便用一种"非我的""陌生化"的眼光来重新审视自己，以突破过去的"自我设限"，来寻求新的发展。第三世界在挣脱了殖民主义的枷锁之后，也急需在新的基础上，在与西方的平等对话中，更新自己的古老文化传统，完成自己的文化现代转型。因此，东西方的文化对话是当代的一种历史要求。然而，第三世界所面临的是发达世界早已长期构筑完成的一套概念体系，也就是一套遍及于政治、经济、文化各个领域的，长期占统治地位，并被广泛运用的话语。事实上，这套话语经过数百年积累，汇集了千百万智者对于人类各种问题的思考（这种思考正是在殖民地物质财富生产者所创造的财富的基础上才得以进行），不能说没有价值。然而危险的是，如果第三世界只用这套话语构成的模式来诠释和截取本土文化，那么大量最具本土特色和独创性的、活的文化就会因不能符合这套模式而被排斥在外。如果像有些人所主张的，去"发掘"出一种绝对属于本土的话语，我想这种话语根本就不存在，因为文化总是在与其他文化的相互作用中发展的。正如哲学家罗素所说："不同文化之间的交流过去已被多次证明是人类文明发展的里程碑。希腊学习埃及，罗马借鉴希腊，阿拉伯参照罗马帝国，中世纪的欧洲又模仿阿拉伯，而文艺复兴时期的欧洲则仿效拜占庭帝国[①]。"况且，即便有这样的"完全本土"的话语，也不能为对方所理解而达到沟通的目的。

我认为要进行真正的对话，就必须找到一个中介，"这个中介可以充分表达双方的特色和独创并足以突破双方的旧体系，为双方提供新的立足点来重新观察自己，为'更新'和'重建'构成前提和可能。这个中介就是人类面临的共同问题。"例如不同文化体系的文学中的共同话题是十分丰富的，尽管人类千差万别，但从客观来看，总会有构成"人类"这一概念的许多共同之处。从文学领域来看，由于人类具有大体相同的生命形式和相关形式，如男与女、老与幼、人与人、人与自然、人与命运等；又有相同的体验形式，如欢乐与痛苦、喜庆与忧伤、分离与团聚、希望与绝望、爱与恨、生与死等。以表现人类生命与体验为主要内容的文学就一定会有许多共同的层面，如关于"死亡意识""生态环境""人类末日""乌托邦现象""遁世思想"等。不同文化体系的

---

①罗素(Bertrand Russeau):《中西文化之比较》,转引自《一个自由人的崇拜》,时代文艺出版社 1988 年版，第 8 页。

人们都会根据他们不同的生活和思维方式对这些问题作出自己的回答。这些回答回响着悠久的历史传统的回声，又同时受到当代人和当代语境的取舍与诠释，只有通过多种不同文化体系之间的多次往返对话，这些问题才能得到我们这一时代的最圆满的解答，并向这些问题开放更广阔的视野和前景。

文学理论（诗学）也是一样，比较诗学的当务之急就是总结不同文化体系长期积累的丰富经验，从不同语境，通过对话来解决人类在文学方面遭遇的共同问题。举例来说，文学研究首先碰到的就是"什么是文学"这一根本问题。中国从作为传统文学主体的抒情诗出发，对文学的传统界定首先是强调人类内在的"志"和"情"，"诗者，志之所之也"（《诗大序》），"诗者，吟咏情性也"（《沧浪诗话》）。"志"和"情"不是凭空产生的，志之动是感于物，情之生是触于景，所以说"应物感斯"，"景乃诗之媒，情乃诗之胚，合而为诗"（《四溟诗话》）。这种心物感应、情景交融不是简单的反映或模仿，而是按照"天人合一"的途径，人与自然共同显现着某种宇宙原理。所以说，"诗者，天地之心"（《诗纬》），"言之文也，天地之心"（《文心雕龙》）。总之，在中国传统诗学看来，从人的内在的心态、感情出发，达到与天地的沟通，这就是文学的本体。西方文学源于史诗和戏剧，比较强调文学对生活的反映。所谓"诗是一种模仿艺术"（亚里士多德《诗学》），是"一种再现，一种仿造，或者形象的表现"（锡德尼《为诗一辩》）。但西方诗学决绝停留于此。后来，华兹华斯强调"诗是强烈感情的自然流露"（《抒情歌谣集》），雪莱强调"诗则依据人性中若干不变方式来创造情节，这些方式也存在于创造主的心中，因为创造主之心就是一切心灵的反映"(《为诗辩护》)。20世纪，尼采进一步指出，诗人由于表达宇宙精神的"梦境"与"狂热"，也就"达到了和宇宙本源的统一"(《悲剧的诞生》)。整个过程可以说从对外在世界的反映进入到一种内在的沟通。其他如印度文化、阿拉伯文化、非洲文化对这一问题都有自己独到的见解。要解决这一问题就不可能在一个封闭的文化体系中来寻求答案，而要在各种文化体系的对话中寻求新的解释；在这种新的解释中，各种文化体系都将作出自己独特的贡献，共同的话语也就在这个过程中形成。这样的对话既回响着不同民族悠久的历史传统的回声，又同时受到现代人的诠释和检验。例如现代中国人的诠释就既不是先秦，又不是汉唐，也不是宋明的已经成为陈迹的文化诠释，而是在这个基础上发展起来的、容纳了清末洋务运动经验教训、经过五四科学民主洗礼以及七十年来马克思主义批判陶冶的现代诠释。现代西方人的诠释也不是辉煌一时的古希腊文明、十八世纪理性主义、二十世纪生命哲学的文化诠释，而是经过解构，濒于困境和危机，正在向他种文化体系寻求突破和更新的西方现代诠释。我认为我们即将进入的世界文化对话就是这样一种现代人的对话。

要以特色和独创进入世界文化对话，就必须在世界文化语境中对自己的文化有一个深入了解，并使之转换为现代性话语。我尝试首先从诗学（文论）的研究入手。我特别感到有必要把各大文化体系中的主要诗学概念汇集起来，这将是比较诗学最基础的工作。中国诗学、阿拉伯诗学、印度诗学、欧美诗学号称世界四大诗学体系，但所有以"世界诗学"为名的论著都几乎从未涵盖过这四个不同体系的诗学。于是，我们决定作一次汇通古今中外诗学术语概念的尝试。1993 年，北京大学比较文学研究所、北京大学古典文学教研室和美学教研室以及中国社会科学院外国文学研究所的部分研究人员决定合力编写的第一部《世界诗学大辞典》终于面世（辽宁春风出版社出版）。这部辞典 180 余万字，收词条近 3000，包括中国、印度、阿拉伯、欧美、日本五大地区，每一地区又分为：一般美学、文学概念，创作方法与形式技巧，文体，文论流派，主要文论家，主要文论著作六大部分。在写作中，除照顾到世界各大体系外，还特别关注古典诗学与现代诗学的贯通：一方面容纳了大量传统诗学、文体学、文学修辞学的内容，另一方面又力求充分反映现代哲学、语言学、符号学、美学等理论相通的现代诗学的最新成果，希望能通过不同体系的诗学术语概念的汇通和比较，达到互相映照、互相生发的目的。例如在对欧美地区的一些现代诗学术语进行诠释时，往往引出中国诗学中一些类似的概念进行比照，并引证了中国文学作品中的一些实例。这部辞典虽然还不能完全达到我们所期望的，但"虽不能至而心向往之"，这毕竟是一个有希望的开始。

在这个基础上，从 1994 年起，我开始给研究生开设比较诗学的课程，试图在与西方诗学的对话中，探讨中国传统诗学中"言与意""形与神""物与我""文与质""情与理""隐与显""虚与实""刚与柔""正与变"等范畴的变化和发展，并思考中国传统诗学在文学理论范畴方面对未来世界文学理论可能作出的贡献。这部讲稿近期内可望整理成书。我认为在范畴论之后，还应进一步研究中国传统文论的方法论。中国的诗话和评点传统与西方的分类体系建构传统无疑形成了尖锐的对峙，而今西方重理性分析的体系建构传统在经历其极盛时期，并对人类作出重大贡献之后，正在分崩离析；而中国重个人体验的诗话评点传统肯定会成为强有力的"他者"，有助于西方文学思想的重建。目前中国古代文论的现代转换已成为学术界十分关注的话题，预计不远的将来，这方面一定会有较大的突破。

18年来从事比较文学的学习、教学和研究，深深感到如果我们把比较文学定位为"跨文化与跨学科的文学研究"，它就必然处于21世纪人文精神的最前沿。因为文学写的是人，它一方面要求写具有独立人格和特色的个人，一方面又要求这种写作能与别人沟通（现在或将来）。比较文学是一种文学研究，它首先要求研究在不同文化和不同学科中人与人通过文学进行沟通的种种历史、现状和可能。它致力于不同文化之间的相互理解和沟通，并希望相互怀有真诚的尊重和宽容。文学涉及人类的感情和心灵，较少功利打算，而在不同的文化中有着较多的共同层面，最容易相互沟通和理解。从这个意义上说，比较文学的根本目的就在于促进文化沟通，避免灾难性的文化冲突以至武装冲突，改进人类文化生态和人文环境。这种20世纪的新人文精神正是未来比较文学的灵魂，也是一切文学研究和文学创作的灵魂。

┃ 文化评说＞

"好雨知时节，当春乃发生"

季羡林

乐黛云同志把她写的有关比较文学的论文集成了一个集子，要我写几句话。我立刻就承担下来。这并不是因为我自认为是什么专家，有资格这样做，而是因为我考虑到她这一部书很有用处，很有水平，而且很及时。杜甫的诗说："好雨知时节，当春乃发生。"我很想把这一部书比为"当春乃发生"的及时好雨。

何以说这一部书是及时的好雨呢？最近几年以来，我国文艺理论界对比较文学表现出浓厚的兴趣，青年学生对比较文学更是异常热爱。但是可惜的是，在国际上这一门不算新兴的学科，已经相当流行了，而对我们许多人还很陌生。由此就产生了一种不协调的现象：兴趣与知识不成比例。兴趣大而知识少，算得上一个反比吧。救之之法就是多做启蒙工作。

乐黛云同志在一部分论文中正承担了这个启蒙的任务。她介绍了外国流行的许多文艺理论流派：新批评派、结构主义、精神分析学、接受美学、叙述学、诠释学、复调小说，等等。通过她的介绍，我们可以了解这些听起来非常新奇的流派究竟是怎么一回事，不只是停留在名称上。

但是请读者切不要误解我的意思，认为这一部书只是一个启蒙读物。我完全不是这个意思，我只是想说，书中有几篇文章起了启蒙作用而已。我们一方面不能否认启蒙的重要性，另一方面又要看到，全书的价值决不仅仅是这一点。作者在那几篇谈比较文学与中国现代文学的文章中，使用了新方法，根据新理论，又结合中国固有的理论传统，比较了尼采、左拉与茅盾。她对茅盾这一位现代中国伟大作家作了深入的研究，得出了许多具有重大启发性的看法。她对另一个伟大作家鲁迅的思想和艺术也进行了探讨，也取得了可喜的成果。她的论文《尼采与现代中国文学》发表后，得到了广泛的赞扬。大家感到，她的论文给中国文艺理论界吹来了新鲜和煦的风。

我想，读过这本书的人都会同我一样感到这一阵风的吹拂，得到这样一个印象：作者以开辟者的姿态，筚路蓝缕，谈到了许多问题，发表了很多精辟的见解，给人以很多的启发，让人如行山阴道上，应接不暇；如入宝山，不知道捡哪一块宝石为好。接着上面引用的杜甫的诗再引上两句："随风潜入夜，润物细无声。"这一部书难道不像是"润物细无声"的春雨吗？

近几年来，中国比较文学学者，甚至连一些国外的同行们，都大声疾呼，比较文学中不能缺少东方文学，要建立世界比较文学的中国学派。我完全同意这个呼吁。但是什么叫比较文学的中国学派呢？这一个学派的特点何在呢？虽然有个别学者提出了自己的看法，也还没有得到广泛的承认。我个人认为，我们目前先不要忙着下什么定义。我们的当务之急是做些切切实实的工作，先就自己的研究范围，根据自己的理解和能力，再借鉴一下外国，努力钻研，深刻探讨，写出一些文章。鲁迅说过：什么是路？就是从没路的地方践踏出来的，从只有荆棘的地方开辟出来的。我们中国比较文学学者的脚底下，从没有现成的道路，只要我们走上去，锲而不舍，勇往直前，在个别时候，个别的人，也可能走上独木桥，但是最终会出现康庄大道。这一点我是深信不疑的。

祝愿这一部书像"知时节"的"好雨"一样，遍洒神州。

1986 年 2 月 18 日

乐黛云：比较文学与中国现代文学研究

乐黛云同志的论文集《比较文学与中国现代文学》这个书名起得好，它不仅是本书中一篇文章的题目，也不仅是表示本书包括了比较文学和中国现代文学这两方面的内容，而且说明了作者治学的经历和途径、方向和特点，读后是可以从她的经验和成果中得到一些启发的。

建国初期，"中国现代文学史"这门课程开始登上了大学的讲坛，成为中文系的必修课。在这门学科的草创时期，乐黛云同志参加了现代文学的教学和研究工作。在同她共事的过程中，我感到她不仅热情好学，而且思想锐敏、视野开阔，不满足于学科水平的现状，经常提出新的问题并力图加以分析和解决。虽然她曾经历过政治生活上的坎坷和曲折，但这些特点是一直保持下来的。正是在长期钻研的过程中她感到由"五四"开始的中国现代文学同外国文学的关系是必须深入研究的一个课题，而且必须从世界文学的角度来看待这一问题。于是她从中国现代文学出发，逐渐把兴趣和方向集中到比较文学方面。她为此下了许多功夫，并到美国专门考察研究了三年，深入了解了国际上比较文学这门学科的现状和学派，他们进行文学研究的思路和方法，以及外国学者对中国现代文学的研究和看法。应该说，这类（知识）在中国还是比较陌生的，因此她的这方面的文章都带有一定的开创和介绍的性质。但它对我们不仅有开拓视野、可资借鉴的作用，而且对现代文学本身的研究也是十分有益的。

从本书中关于中国现代文学的那些论文和它所显示的特色，就可以看出作者治学的着眼点和达到的深度。《五四以前的鲁迅思想》是写作较早的一篇文章，但它已把视野扩展到晚清，并注意到鲁迅与尼采的关系。后来在《尼采与中国现代文学》一文中就对此作了深入的研究。她首先指出尼采最初是以文学家的身份被介绍到中国的，接着根据详细可靠的资料，全面考察了尼采思想在不同时期对中国现代文学所产生的不同影响。文章结合中国社会及思想界实际，具体分析了尼采思想所产生的不同的社会效果；特别是着重分析了它和中国现代几个伟大作家鲁迅、茅盾和郭沫若的关系，尤见功力。其中除鲁迅与尼采曾有人作过研究外，对茅盾与尼采关系的分析尚属首创，而且论证紧密，颇有创见。作者着重分析了中国作家从"重新估定一切价值"和树立不怕孤立的斗争意志出发，为了反封建的需要，才接受了尼采的影响，因而主要作用是积极的；但即使在 20 年代，中国作家对尼采的以强凌弱等主张也是有所批判的。作者还分析了 40 年代的"战国策派"鼓吹尼采思想的动机和反动作用，因而得出了一种外来思潮"必然按照时代和社会的需要被检验和选择"的结论。可以看出，这里所显示的作者研究问题的角度和方法是必然会把她引入比较文学的道路和方向的。

作者对茅盾进行过深入的研究，《茅盾早期思想研究》一文已强调指出茅盾"不断根据中国社会斗争的实际需要，广泛接触、批判吸收外国思潮"的开阔的胸襟。在《〈蚀〉和〈子夜〉的比较分析》一文中，更就茅盾的主要作品进行了深入的分析。她引用朱自清说的《蚀》是"经验了人生写的"，《子夜》是"为了写而去经验人生的"评语。对两部作品加以比较分析，从创作准备和创作意图、材料来源和生活基础、艺术结构和心理描写，以及语言风格等方面，都进行了细致的比较和分析。特别是比较了《子夜》和左拉《金钱》中的主要人物，来说明《子夜》成就的那部分，尤有深度。她的关于现代文学的其余一些文章，也都具有类似的方法和特点。

在关于比较文学的原则和方法的多篇文章中，作者不仅介绍和引进了许多西方的理论和方法，而且强调了运用比较的方法有助于理解文学的本质特征，强调了开阔视野和运用比较文学的必要性和可能性。作者对创建中国的比较文学学科十分热心，本书中的这方面的文章虽然以倡导和介绍性质的居多，但因为它对许多人还是陌生的和新鲜的，仍然具有重要的开拓作用。比较文学具有总体研究的特点，它可以启发人们对文学研究进行宏观审视，以求取得理论上的突破。各种不同的新的研究方法也都在一定适用范围内有它的长处，可以供我们考察问题的借鉴，因此这些文章对读者是非常有用的。

我自己对比较文学的理论和各种新的方法也是很陌生的，但从乐黛云同志的道路和成果中感到一点启发：就是每个人如果能根据自己的精神素质和知识结构、思维特点和美学爱好等因素来选择适合自己特点的研究对象、角度和方法，那就能够比较充分地发挥自己的才智，从而获得更好的成就。乐黛云同志的治学道路显然有与她个人的知识面宽广和具有开拓精神等素质有关，但它却能给人以普遍性的启发，特别是在当前各种新学科、新方法纷至沓来的时候。因此我愿意将本书推荐给爱好和研究比较文学及中国现代文学的读者。

1986 年 2 月 20 日于北大

得失穷通任评说，敢开风气敢为先

——乐黛云先生的学术世界

一

⊙

　　乐黛云先生具有让人钦羡的家学渊源，父执辈中不少曾在世纪初留学海外并成为知名专家或学者，譬如其伯父乐森浔早年留学德国，长期执教于北京大学，为二十世纪中国地质学科的开创人之一。乐先生本人天资聪慧，国学基础扎实，外语成绩优秀，甚好外国文学，写作富于真情和文采，理论思维锋利敏锐，对文学有着充满理想色彩的兴趣，对学术有着强烈的文化使命感和"虽九死其犹未悔"的执著。1948 年，她在同时被多所大学录取的情况下，义无反顾地选择了北京大学，从此走上学术之路。此后虽有数次从政做官的机会，且很可能成为政界风云人物，当然也可能在某次政治运动中销声匿迹，但她似乎从未就从事学术研究有过动摇和悔意。大学期间有幸得许多著名学者授课和废名先生的亲自指导，毕业留校之后参加草创阶段的中国现代文学学科的教学研究和学科建设，作为王瑶教授的助手，耳濡目染，常常得到多方面的学术点拨。在与汤一介先生结婚以后，作为这一著名学术世家的新成员，理所当然地又得到一代国学大师汤用彤先生的悉心教诲、耳提面命，可谓长期受益。在与哲学家汤一介先生迄今四十多年相濡以沫、患难与共、同舟共济的生活中，学术的切磋当然是最重要的日常生活内容。所有这些内外因素，从一开始就为五十年代年轻乐观的乐黛云铺垫了系统厚实的知识基础，并以其少有的知识准备和环境条件，作为一个朝气勃勃、前途无量的北大青年学者开始了她的学术生涯。

以乐黛云先生的性格和气质，她在五十年代初期选择中国现代文学作为自己的学术专业方向应该说是十分自然的抉择。首先，这是一门处在创建阶段的学科，有十分广阔的领域可供驰骋，有无数的问题亟待探索和解决。这对于以探索新知、追求创造为兴趣所在，始终具有强烈的前卫意识的青年乐黛云而言，正是一片具有充分挑战性和诱惑力的学术领域。其次，现代文学 30 年在 20 世纪中国的历史变革和发展的进程中所具有的特殊意义，也是吸引她投身其中的重要原因。一部现代文学史不仅仅是与新文学的创建、发展，和鲁迅等一代文学大师的成就相关联，而且是与五四新文化运动、与一代中国人的救亡与启蒙、与中国共产党所领导的新民主主义革命密不可分，对于这一文化和文学运动历史的研究，其间所潜藏的学术魅力可以说是意味无穷。然而在 50 年代的历史环境条件下，要实事求是地从事严谨的中国现代文学研究，其间也蕴含着极大的政治风险性。对于后者，当时一度年轻气盛、事业顺利的乐先生并非完全没有意料，只是没有料到结果竟会是如此的严重、残酷和不可思议。将近 40 年之后，在一篇悼念王瑶先生的文章中，乐先生曾经回忆起她当年决定拜王瑶为师时与王先生的一次谈话。王瑶先生提醒她说，从事现代文学史研究是非常困难的，"有些事还没有定论，有些貌似定论，却还没有经过历史的检验。……况且有时还会有人打上门来，说你对他的评价如何如何不公，他是如何如何伟大等等。你必须随时警惕不要迁就强者，不要只顾息事宁人①。"当时王先生甚至开玩笑似的建议她去搞古典文学研究，因为至少作者不会从坟墓里爬出来和你争论。尽管如此，她并没有改变自己的主意，这就是乐黛云的信念和性格，即宁愿冒着风险参与到能开一代风气的事业中去，也不愿意沿着四平八稳的阶梯往上爬。何况当时在她的对面坐着的王瑶先生，就是一位从驾轻就熟的中古文学研究转而治现代文学史的有开创精神的师长。

50年代前期的中国，既生机勃勃又风云变幻，但不管怎么说，身处北大的乐黛云尚能以较多的精力投入到中国现代文学的教学研究工作中去。她精读鲁迅、茅盾、巴金、曹禺等大家的著作，尤其关注中国现代文学在其发展的过程中对各种外来文艺思潮的接受和影响，关注中国的左翼文学的发展与苏联文艺理论和政策的关系，关注世纪初以林纾为代表的文学翻译活动中的文化冲突、观念差异和接受整合等等。可以说，从研究现代文学开始，乐黛云先生的研究视野就敏锐地注意到了中西文化和文学的影响和接受诸问题，并且产生了探索这些未知领域的强烈愿望。然而在当时的历史环境和政治氛围下，基本上不太可能从严肃客观的立场去将这些与外来文化密切相关的学术课题加以充分的展开，但她还是试探性地有所大胆涉足。例如在一篇讨论五四以前鲁迅思想

①乐黛云：《透过历史的烟尘》，北京大学出版社1998年版，第14页。

的文章中，她就以较大的篇幅讨论了进化论观点对鲁迅思想形成的影响，并且相当令人信服地论证了鲁迅对进化论的积极方面有所选择的接受改造，同时也分析了鲁迅对社会达尔文主义的拒斥①。其论证方法和策略与她在许多年之后关于尼采与中国现代文学关系研究的思路是一脉相承的。也是在这一相当短的时期内，她在研究上进展很快，陆续发表了不少文章。其关于茅盾、曹禺等作家研究的论文已经引起学术界的注意和重视。可以想见，如果环境允许，又能假以时日，以其才学和能力，乐黛云先生在中国现代文学研究发展成为一位独树一帜的学者是完全可以预期的。关于这一点，仅仅以其 20 多年之后在学术上重新复出不久，即在茅盾研究以及中国现代文学与西方文学关系研究诸方面取得显著的成就，就是有说服力的证明。

然而历史的发展常常不是以人的意志为转移，个人的命运在时代的风暴面前不过是惊涛骇浪中的一叶小舟，船翻人毁只是瞬间之事，何况是乐黛云先生这样一位崇尚独立思考、追求新知、追求创造性而又充满理想主义的学人。甚至在 1957 年那场风暴到来的前夕，出于对学术出版现状的不满足，以及为青年一代学人发表观点开辟阵地的愿望，她还在和几个志同道合的青年学者一起策划商量，试图办一个同人性质的中级学术刊物，并展开了资金募捐活动。需知这是 1957 年的中国，此举几乎就意味着大逆不道和自投罗网。尽管由于师长们的提醒和预警，刊物终于没有办成，然而罪名已经成立，连同众多莫须有的罪名指认，几乎是在一夜

---

①乐黛云：《五四以前的鲁迅思想》，载《新建设》1958 年第 2 期。

之间，与一大批有良知和正义感的知识分子一起，乐黛云被定性为极右分子，遣送京郊农村劳动改造。用乐先生自己的话来说是，连学阿Q喊一声"二十年又是一条好汉"的时间也没有。

一个立志献身学术并且已经全身心投入进去的青年学人，突然被停止了学术生涯，强令与其热爱的事业告别，其伤痛和遗恨，只要想一想振翅欲飞的鹰突然被折断了翅膀的感觉就够了。从此以后便是二十年漫长的生命流放时光！自1957年那个夏天开始，二十年的学术流放岁月！也就是被剥夺从事学术工作资格的二十年。关于这一时期的体验和反思，在乐先生那本以英文写就并且以英、德、日三种文字出版的二十年回忆录《面向风暴》中有详细的记录，我这里不必赘言。在我个人与乐先生十多年的接触和无数次的交谈中，从未见她有过怨天尤人的悔意和时光不再而自我放弃的心思。在她的思想中念兹在兹的更多是从这当中得到了些什么，此后应该赶紧做些什么。如其所言："二十年'决心自食，欲知本味'；二十年深入底层，欲知我的根源和民族。我决不认为这是浪费，也从不怨尤。"诚然，从对国家民族命运和理念的认识与反省，从个体人格的历练和完善，从同一代人中许多尽管没有被打入另册，但是在此后的政治氛围下也同样难有作为等方面去看，确实不必怨尤。但是，如果从学术创造的角度去看，特别是从国际学术发展和竞争的角度去看，二十年就不是可以等闲视之的时光了。何况从个人讲，这正是人生黄金般的最富生命活力和创造力的大好时光，多少聪明才俊之士在灾难之后漫长的岁月中销尽了意气和才志；从时代的角度讲，这一时期也正是二次世界大战以后社会相对稳定，从而人文学术得以大发展和大转型的最好时期。而新中国和它的一代应该大有作为的知识分子却无奈地错过了这一历史的机遇，留在了世界的后面。这种扼腕慨叹之情，在乐先生的文字当中也不是没有流露。80年代初，当她到美国进行研究访问和讲学的时候，面对同龄的外国学者等身的著作、深厚的书本知识基础和熟练的外语能力，不禁发出了这样的感叹："我毕竟失去了二十年时间！当他们在攻读博士学位，阅读大量书籍，为自己的学术工作打基础的时候，我却在养猪、修路、种玉米、打砖瓦……①！"在乐先生看来，这与其说是个人的悲哀，倒不如说是一个民族的悲哀。事实上是朱光潜、钱钟书等前辈学人在三四十年代就已经具有的博古通今、兼知中外、掌握数国语言的学识水平，对于新中国培养的第一代学者而言，竟成了几乎可望而不可及的神话，更何况在此基础上的新开拓。然而她并无丝毫的气馁，也不缺应有的自信，亡羊补牢，犹未晚矣！塞翁失马，焉知非福？匮乏往往也就是追求发展和新变的动力，而一旦环境有利，对于具有开创精神的人们而言，缺失和空白正意味着历史性的机遇。也许他们在个体学识和成就的某些方面已难以和前人比肩，就中国学术而言，需要重建和开创的工作还有很多，天地仍旧无限广阔。关于这方面的打算，相信在70年代末解冻之初已经进入乐黛云先生的思索范围了，而随着改革开放的启动和对世界学术状况认识的加深，其思考正变得益加地明晰，那就是，仅仅封闭式地关在本国文化和传统的禁地中所进行的学术研究实在具有极大的局限性，而只有从世界的立场和跨越文化的角度去思

---

①乐黛云:《比较文学与中国现代文学》,北京大学出版社1987年版,第320页。

考和研究中国的文学和文化问题，才可能真正将认识和理解提升到人类整体和现代学术的层面。为了展开这一层面的研究，学术界急需建立起与之相关的，跨越民族、文化、语言和科际的学科群体。

二

●

从反右到"文革"，整整二十年。即使是对于常人，也足以令青年时代的雄心壮志和理想精神消磨殆尽，更何况是一个被打入另册、受尽磨难的女性。然而，当劫难过去，民族从噩梦中醒来，历史终于作出公正的评价，生活也总算按照它相对正常的轨道前进的时候。出现在人们面前的不是一个意志消沉、身心疲惫、絮絮叨叨于伤痛和苦难的受害者，而依旧是一个意气风发、斗志旺盛、依旧充满着学术理想和探索精神的乐黛云。此时在她的面前同样面临多种的生活选择，但是她还是毫不犹豫地选择了学术，"重又拾起早已失落的头绪"。

恢复教学身份以后的最初工作，是给国门重开后进来的第一批留学生讲授现当代文学课程，这也许是因为她在同龄教师中英文较好的缘故。当时的政治环境仍旧处在拨乱反正、思想解放的前夜，所谓的现当代文学课程，被严格限制在"鲁迅作品"、"样板戏"、《金光大道》之类作品和"高大全""三突出"的极左文论模式范围。但是向来无意循规蹈矩的她，却给学生讲开了巴金、老舍、曹禺，并根据授课对象的特点，将中国现代文学与西方文学曾经有过的相互借鉴、接受和影响关系纳入自己备课和研究的范围。这种有意的操作，不仅接续上了二十年前的研究思路，同时也为开启新的学科路径作出了学术上的铺垫和准备。数年后她那篇被誉为国内影响研究经典之作的《尼采与中国现代文学》的长篇论文，许多材料和观点就是在这一时期教学工作中酝酿成形的。其大胆的见解、缜密的认证和冲决禁区的勇气，不仅开启了勇于承认和深入探讨现代文学外来影响的风气，至今也还在为学界所称道。

改革开放初期的中国，伴随着国内思想解放、除旧布新的大趋势，学术界的理论拓展和学科建设活动空前活跃，推动中国走向世界，同时也使世界走向中国，日益成为学术文化领域里一股不可阻挡的思想潮流。在文学研究领域，一些德高望重的前辈学者如钱钟书、季羡林、杨周翰、李赋宁等人先后提出了中国重建比较文学学科的倡议，一些思想开放、目光敏锐的中年学人迅速跟进并率先行动，一批"文革"后重入校门的青年学子热烈响应，海外的比较文学学科信息也一缕缕吹进这块曾经封闭已久的土地。一时间在学界掀起一股学习和尝试比较文学研究的热潮。比较文学开阔的学术眼界、新颖的理论和方法特征，与乐先生的个性和长期的学术思路一拍即合，她可以说是毫无片刻犹豫地就投入到了这一新起的事业中去了。1980年北大成立中国第一个比较文学研究会，出版《北京大学比较文学通讯》，她是主要的发起人之一，甚至还动员了她的老师王瑶先生参与其事；1981年北大成立第一个比较文学研究中心，她又是具体负责人；同年"北京大学比较文学研究丛书"酝酿出版，次年开始问世；一些国外和港台知名比较文学学者陆续来北大讲学。所有这些，都为北大迅速成为中国比较文学的学术和组织中心打下了基础。这同时也意味着乐黛云先生的学术研究重心终于实现了根本的转向，即从现代文学走向了比较文学。

尽管我们说乐先生在转向比较文学的时候并无丝毫犹豫，然而一旦真正放弃一门自己驾轻就熟的专业，而要从事一门自己原本并不熟悉的新的领域的研究工作，其思想斗争的激烈是可想而知的。需知当时北京大学中文系的现代文学已经成为国内的重点学科，成为第一批硕士和博士研究点的首选，人才济济，少长咸集，成果迭出。作为这门学科创立时的较早参与者，其能力、知识结构加上勤奋努力，她已经在诸如茅盾研究、国外鲁迅研究和现代文学与西方文学关系研究等方面有了突出的进展和相当的影响，并协助王瑶先生指导"文革"后第一批现代文学研究生，接下来成为硕士、博士导师和学科带头人都是指日可待的事情。而这些难道不是一个学人梦寐以求的吗！一旦转向比较文学将意味着放弃这些唾手可得的地位和声名。何况由于历史的原因，这一切本来就已经来得够晚的了。事实上，后来的发展表明，为了比较文学，她成为博士导师的日期又往后推迟了不下五年。不过她引以为自豪的也许也就是这一点，因为她是中国第一个真正的比较文学硕士点和博士点的主要创始人，自己也无可争议地成为国内第一位名副其实的比较文学博士生导师。今天，当她面对旗下在学或学成的几十名比较文学硕士和十多名博士弟子的时候，她的心中是会感到无比欣慰和自豪的。严格地说，当时的比较文学在中国还不能称为是一门学科，甚至作为一门课程它也缺乏合法地位，只是在少数思想较解放的高校里被作为不定期的选修课或讲座安排。人们关于比较文学的知识，一方面来自于1949年以前曾经有所了解和接触的老一代学者的学术记忆，另一方面来自于少得可怜的资

274

料和介绍。真正体制化、专业化、学科化的比较文学是具备专业史的学科。而要发展中国自己的比较文学，首先离不开向西方的借鉴，当务之急就是要真正走进西方比较文学学科的体制内部去对它的历史、理论、成就和现实运作机制作进行深入的学习和了解、认识和体验，以借取"真经"，从而为中国比较文学的复兴和起飞作好准备。1981年，乐黛云先生作为哈佛访问学者赴美国哈佛大学，由此开始她一个时期的西天求法取经之旅。这一年她刚好五十岁。

在美国研究学习的三年，乐先生刻苦钻研比较文学学科的各门知识和理论，遍访学界名流，积极参与包括国际比较文学年会和美国比较文学年会在内的各种学术活动，还远赴欧洲主要国家讲学、访问、开会，与不同流派观点的比较文学学者探讨该学科的历史经验和成败得失，并且积极呼吁国际比较文学界关注中国和东方的比较文学研究。三年下来，她对在中国如何推动比较文学学科的建设已基本了然于胸。就个人而言，她在美国期间的成就当然是以两本在美国本土出版的英文著作为标志的，一本是前面提到的《面向风暴》，另一本是学术专著《中国小说中的知识分子》。后者作为类型学的研究，以古今几部有一定代表性的小说为材料，以知识分子这一特定的社会群体为对象，探讨了在不同时代的政治、经济和文化冲击下人的性格和命运，追踪社会动荡和转型时期外来文化冲击在知识分子身上的表现，进而对中外知识分子的概念和定位、对知识分子在社会运作机制中应该扮演的角色和价值意义作了深入的追问。两部著作出版后好评如潮，包括《纽约时报》在内的美、英、德、加等国的二十多家报刊发表书评，并被列为加州大学一些校区的教学参考书。她在国外积极的学术活动使她很快为国际比较文学界和汉学界所认识和认可，包括定居和大学教职在内的各种机会也随之而来。以其曾经受过的磨难和国外的条件，她如果接受这些机会，为自己在国外选择一个稳定的生活和学术发展的环境，似乎也是合情合理、顺理成章的事，而这些东西难道不也是迄今为止许多留学人员所梦寐以求的吗？但是乐黛云先生无意于此。如同她曾经放弃、现在放弃和此后还会放弃的一些易得和现成的声名和利益一样，她看重的更是自己的学术理想，那是一些她认准以后就会不顾一切地去努力从事的事情，为此，她可以牺牲许多，包括将一些想写的书不断推后甚至放弃。我甚至怀疑，要不是时间紧迫和年纪过大，她很可能会在美国或什么地方攻读一个比较文学博士学位什么的，而并不考虑其间的成败得失。因此，我以为她的回国不能简单地称为爱国，她是为着自己的学术理想而去，也当然会为着自己的学术理想而回。而只有在中国，才有实现她的学术理想的可能，所以她就顺理成章地回来了。历史将会证明，她的归来，对于刚刚起步的中国比较文学事业是一件值得记忆的幸事。

三

即使是在国外期间，她也始终关注和参与着国内比较文学研究的进展，不断向国内刊物撰文介绍西方比较文学学科的发展状况，引起了广泛的关注。回国以后短短几年时间，她就发表了好几十篇学术论文，出版了论文集《比较文学与中国现代文学》和专著《比较文学原理》，为北京、广州、湖南、河北各地的出版社主编着四套比较文学和比较文化丛书，包含比较文学基本理论、西方文学对中国的影响、中国文学对国外的影响等方面，她还促进将《北京大学比较文学通讯》改版为《中国比较文学通讯》向全国学界推广，并参与了《中国比较文学》杂志的组织编辑工作等等。

就个人的学术研究重心而言，她这一时期的成果有以下一些方面：首先是比较文学的基本理论及其中国化的问题，如比较文学的名与实，西方化的比较文学研究范式选择、改造与中国实践，中国比较文学的现状与前景，比较文学在中国和第三世界国家发展的可能性和现实意义，比较文学在中国的普及与提高，新起的西方理论如接受理论对于比较文学研究的刷新等。除去写作，四年间，她连续六轮在北京大学、深圳大学、鲁迅文学院、解放军艺术学院、中国文化书院等院校讲授《比较文学概论》课程，听者如云；她在各地主讲的讲座总是人头攒动，人员爆满，成为校园一景。其次是运用比较文学方法对于中国现代文学的具体研究，如前述尼采与中国现代文学的研究，鲁迅研究和茅盾研究等。在这一方面的研究中，关于中国现代作家与西方文化关系的研究已从材料的直觉和探索走向了理论的自觉，即从世界文学和现代性的视野来看待中国现代文学的意义。与此同时，她还是较早的积极向国内学界介绍国外中国现代文学研究的情况的少数人之一，她在中国现代文学研究会第三次年会上的演讲《中国现代文学研究在国外》，成文发表后得到普遍的好评。她还精选几十万字的国外鲁迅研究成果，组织同仁和研究生加以翻译校订后，编定成《国外鲁迅研究论集》和《英语世界鲁迅研究》出版，极大地开阔了国内研究的视野。另一方面，她还将借鉴运用西方理论来分析处理中国文学作品视作为开辟中国文学研究新路径的一种尝试，写出了一系列以新批评、结构主义、精神分析、接受美学、叙述学和阐释学等理论分析中国小说的文章。其相同主题的课程受到包括首届北大作家班在内的同学的热烈欢迎。从上述方面的工作可以看出，乐先生的研究始终是着眼于比较文学学科和国内文学研究具有全局性和关键性的课题，从国际学术和文化交流的立场高度思考和分析问题。作为一位视野开阔、思维敏锐、不断求新的学者，她很少在某个单一狭窄的领域和课题上作长久的停留，而往往是同时在几个相关领域提出问题。首先是开创新的风气并有所突破，然后将系统、全面、稳妥、深入的展开留给他人，而她自己此刻的目光又盯上了更新的进展。多年来，不知有多少同仁和后辈从她的观点、材料、文章和思想中受益，这只要看看她主编的丛书中许多作者的前言后记和她为不少著作所写的序文就可窥见一斑。而她自己倒未必在意自己完成了多少部专著。真的算得上是但开风气不念旧，披荆斩棘我为先了。

但是公平地说，上述研究工作和成果只是乐黛云学术世界的一部分，以我十多年的亲历所见，这至多占据了她百分之四十的时间，而更多的精力和时间却都投入到了她更重视的学术构想，即学科化、专业化、体制化的中国比较文学学科的建设当中去了。这是一桩比起个人化的研究和写作来说更需要具有战略眼光、全局意识和牺牲精神的旷日持久工作。根据国际通例和学术界公认的标准，一门学科的形成和被确认，除了区别于其他学科的有专门价值的理论体系和实践成果外，还需要具备一些保证其持续运作和发展的基本的外部条件，它至少包括具有自己的行业协会团体，有自己的专业性杂志，在高等院校和专门研究部门中有自己的系科或研究所，设立专任的教授和系统的研究生（硕士、博士和博士后）教育体系等。以此考察学术化的比较文学在中国的发展，其最初的引进和实践从本世纪 30 年代初期就开始了，部分学者断断续续的研究一直持续到五十年代初期，但直至其被人为地取消前也终究未形成学科化的机制。由于 70 年代末、八十年代初老一代学者和新一代学人上下应和的再次提倡，几年间又出现了复兴的好趋势。当时的情形是，上有季羡林、杨周翰、戈宝权、王瑶、贾植芳、王佐良、李赋宁等一批学者的积极鼓吹，下有一批中青年学人的呼应推进，谈论比较文学成为文学研究界一时的时髦。一些省份和院校已开设课程并建立了自己的地方性团体，局面相当可喜。接下来要做的事是如何使其深入持久地发展下去，将一时的"热点"变成一门"合法"的专业，将地方性的活动变成全国性的体制性学术行为，以避免许多时新理论曾经遭遇过的那种一哄而起，又一哄而散的命运。而要实现这一目标，最重要的步骤就是使其体制化、专业化和学科化。乐黛云先生当然不是唯一的具有这种意识的人，但却是意识最强烈、行动最自觉、投入时间精力最多和最能坚持不懈的一位。她回国后不久，便应聘兼任了新建的深圳大学中文系系主任，并促成在深圳大学成立了比较文学研究所。当时的深圳是改革开放的前沿，又贴近港澳台地区，是推广新思想和开展海外学术交流的理想之地。而在北京大学，她又在季羡林、杨周翰等学者的支持下，经教育部批准，使北京大学比较文学研究中心升格为有编制、有机构、有自主权的实体研究所，并被任命为所长，而且还迅速推动在该所建立了国内第一个专业的比较文学硕士点。1995 年 10 月，经当时的国家体制改革委员会批准，中国比较文学学会成立大会和首届具有国际色彩的学术研讨会在乐先生担任中文系系主任和比较文学研究所所长的深圳大学召开。这是中国比较文学界的第一次全国性大聚会，《中国比较文学》杂志也在此前后出版发行。所有这些都标志着比较文学学科在中国实现其专业化和体制化的开始。而在众多为走向这一步而努力的学者当中，乐黛云先生出演了少数核心角色之一，无愧为体制化的中国比较文学学科的重要创建人之一。

深圳大会以后，杨周翰先生任会长，乐先生和一些同仁担任了学会的副会长和秘书长。由于秘书处设在北京大学比较文学研究所，因此学会的日常工作实际上是在她的领导下进行的。杨周翰先生去世以后，她全面接手工作，已连续三届当选为全国学会会长，并连续两届当选国际比较文学学会副会长一职。成为中国比较文学界担任时间最长的主要领导者。自此以后，十多年以来，她从国际交流、国内团体和教学研究体制构建三个方面，马不停蹄、全力以赴地为中国比较文学学科的建设和发展而努力工作，其潜藏的才智和能力终于得到了充分的发挥，并以其超常的精力、不懈的热情、突出的组织能力和学术奉献精神闻名于国际国内比较文学界。前国际比较文学学会会长佛克玛就多次称赞她为中国比较文学界最热情的、不知疲倦的学术组织者和领导者；西方学界同仁每每相见，都惊异于她何以有如此旺盛的精力在有限的时间内安排如此多的工作，近乎于现代社会中时见的"工作狂人"。来往的港台学者常常说："只有你们的乐黛云才会不断地有那么多的点子、课题和合作方案，并且同时操作多项工作。"至于国内同仁也多领教过她的精力和活动密度，尤其是本研究所的人员，论年龄都在她的后面，而不可思议的是大家觉得精力也总是在她的后面，碰到较多的系列学术活动的时候，常常反而有被她拖得精疲力竭之感。笔者在北大比较所学习工作十年来，至今也没能真正跟上乐先生的工作节奏。我深信在乐先生眼中，像我等这样上一至二门课，带几个研究生，做一份自己的研究工作，分担一些学会的秘书处事务和研究所行政琐事之类什么的，应该十分从容之至。而实际上我辈早已顾此失彼，甚有"累"感，常常只好放下自己个人的学术研究，以较多的精力去做好学会和研究所的事务。因为先生已经带头下了"地狱"，做弟子的似乎也别无选择了。然而，也许正是由于在乐先生带领下，在学界同仁的共同努力下，中国的比较文学学科事业才会不断发展和壮大，其今日所达到的规模、影响和专业化、体制化的境界，是同时起步或复兴的许多文学和文化研究学科所难以比拟的。

四

⊙

事实上，自八十年代后期到世纪末的今天，作为中国比较文学学会最主要的领导人和学科的主要学术带头人，乐黛云先生为比较文学在中国的深入发展所作出的贡献是很难简单地用发表了多少文章、出版了几本书所概括和论定的。在这十多年的时间内，原先比较文学界中人，有的离世，有的高升，有的出国发展，有的转行，有的隐退，当然也有许多人又新加入这支队伍。而乐先生和一批中坚学人却始终站在这一岗位上，坚持不懈地努力于比较文学事业的发展。她这一时期的工作与其说是惦念于个人的学术建树，不如说是更加将精力投注于学科在国内的学术深化和扩展上。

比较文学作为一门跨越民族、文化和国界的学科，它的发展在很大程度上依赖于国际学术交流的深度和广度。由于清楚地意识到这一点，乐先生几乎总是不断奔走于国际之间，迄今出国不下三十余次，足迹遍及四大洲几十个国家，或是出席国际比较文学学会的理事会、国际学术年会、主要国家的比较文学年会，或者为了相关学术合作和讲学访问等等，她不断为中国的比较文学的发展和国际地位奔走呼吁，并推动中国学者积极参与国际学术交流，扩大影响。如果说1982年那届国际比较文学年会只有三位中国本土学者与会的话，那么1987年以后，每届国际年会上中国学者都能够以群体队伍作为重要的一支力量出现。而这一切都与乐先生的策划和组织是分不开的。除了走出去，另一种方式是请进来。八十年代以来，仅由她出面，就邀请过多达几十人的国外知名学者来华讲学，其中许多都是国际文学研究界和比较文学界的大师级人物。例如美国杜克大学的杰姆逊教授1985年在北大作了三个月的讲学，引起很大轰动。其演讲录《后现代主义与文化理论》出版以后，成为中国引进西方后现代文化理论的重要事件，其内容和观点多年来为无数的中国学人所阅读和引用。迄今为止这种讲演录在北大出版社已成为系列丛书并出版九种之多，大为学术界所称道。

在国内以全国学会为组织联系的学术队伍发展上，乐先生也没少花心思。许多地方省区比较文学学会的酝酿、成立和发展，都与她的鼓吹、宣传和支持有关，甚至一次次不辞辛苦地前往各地讲学指导，办讲习班，组织学术讨论会等；全国学会一度多达十余个的二级专业研究会的组建和活动开展，她也有多方面的支持和参与。她的家比研究所的办公室更像全国比较文学界的联络和交流中心，她家里的大门、电话和传真机，近些年又加上电子邮件信箱等，就像她个人的思想胸怀一样，永远为学术同仁和莘莘学子们敞开，记不清曾经有多少人从这里进出和获得教益。为了使中国比较文学界的学术活动更具有国际影响力，每一届中国比较文学年会她都力主并亲自出面邀请一批国外学者参加，连续五届年会平均每一次都有二十人左右的国外学者出席，使其成为真正的年会暨国际学术研讨会。作为一种惯例，三年一届的中国比较文学年会已经在国际学界产生了一定的影响，中国的比较文学的研究和发展已成为世界比较文学格局中重要的组成部分。

作为学术上的带头人，乐黛云先生具有强烈的前瞻意识和战略眼光。进入九十年代以来，她不仅随时关注着国际比较文学界和文学理论界的发展动向，不断著文介绍国外跨学科研究、诗学研究、文化误读与文化对话理论等方面的进展，而且率先带头引进和组织译介了诸如新历史主义、女性主义、后殖民主义和文化研究等新兴理论的一系列著作和文章。这些译著的及时出版总是使国内学界受益匪浅，我们研究所也一度因为这种前卫性的率先译介工作而声誉鹊起。至于国内比较文学学科的学术走向，更是她竭尽心力去考虑和投入的重点。例如她始终认为，比较诗学即中外文学理论的比较研究是比较文学的重中之重，多年来一直尽心竭虑于此，不仅主编出版了打通古今中外文论范畴、概念、术语的大型辞书《世界诗学大辞典》，使东方和中国的文论思想站在同一文本的平等地位与西方对话，而且组织翻译出版了包括另一位前国际比较文学学会主席万尔·迈那等人的著作在内的最新比较诗学专著。她个人在比较诗学领域尤其关注术语概念的对译、理解和误读问题，关注比较诗学范畴的基础概念研究，并极力推动笔者专注研究其间的方法论问题。她的好几个硕士和博士研究生的研究方向都是比较诗学，已经陆续完成了一系列基本课题研究。在此基础上，包括她自己的范畴论研究在内的一套比较诗学丛书正在积极运作过程中。她常常告诫学生，这一领域的研究相当复杂和艰难，现在还不是搞什么建构体系和作出全盘价值判断的时候，更不要急于求成，而是要有持久作战的准备，一步步从基本的术语概念做起。她还认为，跨学科和跨文化研究是未来比较文学研究的重点之一，尤其在非西方社会的比较文学研究更是如此。为此她不但写作论文，介绍新知，还主编了体现中国学者研究成果的《超学科比较文学研究》论文集，而且一有机会就鼓吹强调。意识到西方中国文学研究的成绩和国内对这一领域的陌生，她组织研究所同仁和学生翻译出版了两大册近80万字的欧洲和北美中国古典文学研究名家文选，并支持笔者赴欧洲专题研究这一领域的历史成就和现实问题，开设相关课程，以开阔学界的眼光。她认为异质文化之间的互识、互证、互补研究，文化内层的研究、文学的总体综合研究、文化层面的翻译研究，以及前述比较诗学研究和跨学科研究将是未来世纪里比较文学研究的重点和方向，是新的比较文学学科理论构架的核心元素。而一种转型之后的全新的人文精神将作为其理论的基础。因此必须在此基础上来考虑比较文学的未来，才有可能真正突破19世纪以来在西方中心主义思想基础上形成的比较文学理论框架。为此，她不但为同仁主编的新的比较文学教材撰写有关章节，还亲自挂帅，与笔者等三名弟子共同撰写了一本《比较文学原理新编》，集中突出相关问题的对话原则和问题意识，以为此后的教学深化提供研讨的基础。

在经过十多年的努力之后，她所领导的北大比较文学与比较文化研究所，从单纯文学研究走向了文学研究与文化研究并重的路子，形成了比较文学基本理论与比较诗学、中法文化关系研究、北亚文化和中日文化研究、比较文化与电影研究四个研究方向和学术群体，完善了全国第一个从本科必修课程、硕士、博士培养、博士后流动站单位，以及包括国内外进修访问人员在内的系统完整的教学研究体系。1998年在读的有来自大陆、港澳和日本、韩国的博士生19人，硕士生13人，访问学者多人。从这里毕业的硕士研究生中，十多人考上了国外著名大学的博士研究生，仅在竞争最激烈的美国哈佛大学就多达三人入选，不少人已成为国内学界的新锐力量。研究所与欧洲跨文化研究院的学术交流、研究合作与出版，使"文化误读"的概念和相关理论为国内学界所知晓和关注。研究所和学会与国际比较文学学会的合作，成功地在北京召开了国际学会的理事会和国际学术研讨会，由于绝大多数国际理事、国内外知名学者和前国家教委主任朱开轩等人的参加，不仅扩大了中国比较文学的学术影响，也使"文化对话"成为学界关注的焦点，并将关于是否需要从比较文学走向比较文化研究的国际学术论争推向了中国学界的前台，至今余波未散。同时，研究所与国际学界合作的"国际比较文学史丛书"东亚诸卷的研究与写作项目也在运作过程之中。总之，北大比较文学与比较文化研究所在学术研究和学术组织诸方面的成就，使它多年来一直是国内比较文学研究的中心，并且与华东、华南和西南等地各具特色的重要研究群体相互呼应，形成了九十年代国内比较文学研究的基本格局，为未来世纪的深入发展打下了坚实的基础。这些成就的取得和研究的深化，当然是学会和研究单位同仁合作努力的结果，然而也和作为主要领导者的乐黛云先生的中枢作用是分不开的。不妨举个较少为人注意的例子。作为免费寄送每一位中国比较文学学会会员和许多学者的学会刊物《中国比较文学通讯》，至今已出版了30期，为会员提供的资料和信息价值有目共睹，声誉在外。而几乎每一期乐先生都要亲自过问组稿。尤其该刊是没有国家一分钱拨款的杂志，多数情况下的出版费用都是靠乐先生出面"化缘"而来，其间的难处、所花的精力和时间不言自明，然而受惠的却是整个的比较文学界。有关她在这方面无私学术奉献的例子还可以举出很多很多。

从1978年至1998年，二十年又是转眼一瞬间，当年连学阿Q喊一声"二十年之后又是一条好汉"的时间都没有的乐黛云先生，在这新的二十年中不必自己声明就真正地成了一条著名的学术"好汉"！她十多年前回国时的学术理想正在成为现实。在我本人和她许多次的交谈中，她都反复强调了这一意愿，即中国比较文学学科的复兴、繁荣，这一学科的专业化和体制化以及未来持续发展的前景，是比她个人的学术成果更要紧的大事，为此她甘愿作出奉献，她愿意为后来者"鸣锣开道，打扫场地"。事实是，乐黛云先生不仅为中国比较文学学科的建设和发展作出了重大的贡献，她自己在个人的学术研究和编写出版学术资料方面的成就也是惊人的，这些只要看看前述那些等身的著、编、译成果就可见一斑。而以我个人的见解，当然也包括众多同仁的看法，在中国当下的学术语境中，乐先生为比较文学学科所做的大量工作，应更有一番非同凡响的创造意义，并且是鲜有学人能够达到的精神境界。用中国比较文学界的元老季羡林先生的话来说就是，乐黛云"不但在中国国内推动了比较文学的研究，而且更重要的是，她奔波于欧美之间，让世界比较文学界能听到中国的声音"，因而"功不可泯，功不唐捐"①。

　　根据记载，乐先生的父辈都是以高寿著名的，以乐先生的身体、精力和心态，再走过一轮二十年完全不成问题。而以她的才学和能力，创造更多的学术成就应是很自然的事。我们都满怀信心地期待着。

写于 1998 年北大百年校庆期间
（转载自《中外文化与文论》1998 年第 5 辑）

---

　　① 见季羡林先生为乐黛云所著《透过历史的烟尘》所作的序，北京大学出版社 1998 年版。

从蜻蜓、笼鸟到"我就是我"

祖　慰

　　北京大学国家一级教授、国际比较文学学会副会长、中国比较文学学会会长乐黛云，是法国学术文化界邀请的常客。她是一位学术跨度很大、学术成果丰硕的学者。近来，由法国"人类进步基金会"支持，由她主编的一套用中法文出版的《远近丛书》，正在陆续发行，受到法国评论界的热烈好评。因为，在美国学者亨廷顿描述文化冲突是未来世界最危险的冲突时，她却在用当代人活生生的个人真切体验，叙述着不同文化的人通过中国古代哲人提出的"和而不同"，能够在异质文化间不断误读和解读的动态过程中，通达到像共生生命体那样双向被激活其原创性的和谐。

　　在巴黎，我听过她的演讲和她在朋友家中的敞开心扉的谈话，并阅读了她的一部分著作，使我形成了这样奇特的意象链：蜻蜓→鸟贩子的笼鸟→"我就是我"的自由精魂。这根意象链，似乎在叙述着中国自上个世纪50年代登台的一代大知识分子的"悲欣交集"的乌托邦精神史。

蜻蜓姑娘和在坏孩子手中的蜻蜓

⊙

原北大副校长、著名学者季羡林，为乐黛云著的散文集《透过历史的烟尘》作序，他写道："她（乐黛云）为人坦诚率真，近乎天真；做事大刀阔斧，决不忸忸怩怩，决不搞小动作。有这样禀性的人，在解放后三十年来的连绵不断的黄钟为轻、蝉翼为重、颠倒黑白、混淆邪正的政治运动中，而能够不被溅上一身污泥浊水、戴上五花八门的莫须有的帽子，简直是难以想象的。事实上，她也确实没有能幸免。"

乐黛云幽默地说，因为她有一半贵州苗族人的血统，所以有陈寅恪说的"野蛮精悍之血"，决定她命运多舛。

她出身在富有的书香门第，大自然和书海把她塑造成个快活的充满幻想的像一部苏联电影中的女主角——"蜻蜓姑娘"。四十年代末，这位快乐的贵州蜻蜓姑娘唱着要被杀头的"解放区的天是明朗的天……共产党的恩情说不完"的革命歌曲飞到了北大。五零年飞到布拉格参加第二届世界学生代表大会。在抗美援朝的热潮里，蜻蜓姑娘唱出了充满青春激情的战斗的诗——《只要你号召》，获得了全国奖。可是后来，总是拿北大知识分子首先开刀的一系列阶级斗争——批判《武训传》、批判俞平伯、批判胡适、镇反肃反、镇压胡风集团等，使她这只率真自由的"蜻蜓"被政治的线拴住了。直到她和几位同事筹办中文系的一个学术刊物而被加上"摆脱党的领导"的罪名成了"极右派分子"，流放到农村劳改，就完全成了鲁迅描写的"像蜻蜓落在坏孩子的手里一般，被系着细线，尽情玩弄、虐待。虽然幸而没有送掉性命，结果也还是躺在地上，只争一个迟早之间"。——这个"坏孩子"就是阶级斗争。

多年前我去英国剑桥大学采访，在那里也听到过许多教授学者在三十年代曾被马克思所描绘的天堂深深吸引，不惜一切代价帮助苏联，甚至当间谍。后来也是因为苏联严酷无常的"阶级斗争"这个"坏孩子"，使他们从乌托邦中惊醒。如果剑桥教授和乐黛云有所不同的话，那就是剑桥的"蜻蜓"没有被"坏孩子"捉住。

"蜻蜓姑娘"被覆灭的命运注定是"只争一个迟早之间"了。然而，幸亏她拥有中国传统文化中的"随遇而安、自得其乐"的苦闷稀释剂，没有自我毁灭。尤其幸亏把她交到了农村不识字的大娘大爷家里去监督劳动，因为淳朴的中国老农听不懂"阶级斗争"新文化，只凭着人性的直觉和良知去判断，反而把她当作好人和女儿呵护，才使她躲过了那场六十年代初的大饥荒的死劫。蜻蜓没死。

从鸟贩子的笼子里飞出去

◉

历代许多中国知识分子为人、做学问，鲁迅给描绘了一个"精神模型"："像鸟贩子手里的禽鸟一般，只落得麻痹了翅子，即使放出笼外，早已不能奋飞。"这个"鸟贩子"就是由权力强制的"独尊儒术"或"独尊×术"。所谓麻痹了翅膀，即是知识分子自己甘愿当圣人和帝王的注经者，以谋像藤攀大树登云那样，得一份寄生性的荣耀。

乐黛云不然，她却在寻觅飞出这个深达数千年的精神窠臼的方法。

20世纪50年代，她最崇拜和喜爱的现代中国作家是鲁迅。她写出了《鲁迅早期思想研究》的论文，即使在她被打成右派之后，当时最著名的学术刊物《新建设》还敢冒天下之大不韪将文章发表出来了。这篇论文就开始显示乐黛云有着"野蛮精血"的异类学术气质，无视古今"鸟贩子"的规范。她那时就以鲁迅的"外之既不后于世界之思潮，内之仍弗失固有之血脉，取今复古，别立新宗"作为治学的律条。

"鸟贩子"毫不含糊地将她的翅膀打折，关进了为右派分子专设的监督改造的"笼子"里长达20年，与学术无缘。

乐黛云在20年里，自己舔着打折的翅膀让它不麻痹，让它康复：50年代在农村放猪时她面对荒山野岭背诵英语单词，以拓宽外语基础；60年代她在当资料员时一心为自己增强古汉语的功底；70年代她为北大招收的外国留学生上课时，借机系统地研究了20世纪以来，西方文学在中国如何被借鉴和吸收，又如何被误解和发生变形。尤其重要的是，她到世界思想库中找到了知识分子的人格和社会功能坐标——"对追求普遍原则有一种自觉"（艾德加·莫林），"保留一点创造性的不满的火星，一点批判精神，在理想和现实之间保持某种张力"（卡尔·曼海姆），"知识分子理想的绝对性，禁止他和政治家难以避免的'半真理'妥协"（连·本达），"把文化考虑置于社会之上，而不是为社会利益牺牲文化"（塔柯·伯森斯）。她就在这个崭新的坐标上，写出了《尼采与中国现代文学》的学术文章，引起热烈的反响，后来获得了北大优秀论文奖，为自己开辟出了一个学术新边疆。

就像巴斯德说的机会只给予有准备的大脑一样，当在"笼"

门打开的时候——1981年美国哈佛大学邀请她前往进修访问一年时，她从容地抖了抖复壮了的羽翼，奋飞进了国际比较文学的前沿，飞到了"我就是我"的现代知识分子境域。

好雨知时节，当春乃发生

●

乐黛云从新大陆开始的比较文学学术生涯，颇有点传奇性。

在主宰世界的人类越来越年轻化的所谓"前喻文化"（Prefigurativea）年代，乐黛云却在曹操写"老骥伏枥"的五十高龄，才跨进比较文学殿堂。先是在哈佛大学访问一年，然后是"将在外君命有所不受"，未经北大批准，自作主张应邀到伯克利大学访问研究一年。以后就回国潜心读书和研究，并和其他学者一起，建立中国的比较文学队伍，积极参与国际学术对话。在西方，比较文学发祥于十九世纪中叶；中国比较文学用短短十几年走完百年之路，在国际比较文学中异军突起。在中国，已有一百多所高等院校开设了比较文学课程，创办了数十种学术刊物，出版了数千篇（本）学术专著。仅以国际比较文学第十三届年会为例，中国学者就提交了109篇论文，仅次于美国。乐黛云被选为国际比较文学学会副会长。诚如季羡林教授所说，"比较文学在中国原来是一门比较陌生的学问，最近几年来，由于许多学者的共同努力，它已经浸假步入显学的领域。在这里，黛云实在是功不可泯。"十多年就从无学到显学，这是乐黛云等造就的集体传奇。

再看乐黛云教授本人。短短十几年，她出版了一系列重要的专著：《比较文学原理》《比较文学与中国现代文学》《中国小说中的知识分子》等。还发表了关于主题学、文类学、诗学、国学、跨文化误读和关于中国和欧洲的现实主义两场争论的比较等方面的许多引起反响的论文。她主编了如《世界诗学大辞典》等大型学术丛书。她还发表了敢于直面人生的关于自己学思历程的回忆录《面向风暴》（英、德、日三种文字出版）、《我就是我——这历史属于我自己》等。在她的内宇宙里，她对生命的晚霞有着独特的解读，只需要换一个心灵时区，晚霞就是朝霞。她狂吸着多学科的前沿信息，以"反熵"而不断置换心灵时区，得其朝霞的升腾气韵和多元富丽的色彩，突破前喻文化神话，成为例外。

她的导师、著名学者王瑶曾对她有一段画龙点睛的评语："每个人如果能根据自己的精神素质和知识结构、思维特点和美学爱好等因素来选择适合自己特点的研究对象、角度和方法，那就能够比较充分地发挥自己的才智，从而获得更好的成就。乐黛云的治学道路显然有与她个人的知识面宽广和具有开拓精神等素质有关，但它却能给人以普遍性的启发，特别是在当前各种新学科、新方法纷至沓来的时候。"

让王瑶这样的学贯古今中西的学者称道"知识面宽广"，乐黛云确实是以多元见长了。中国现代文学、西方现代文学、中西诗学、中西美学、中西哲学，甚至系统论、控制论、信息论、耗散结构论、进化论等自然科学学科，她都深有积累和心得。乐黛云为什么这样辛苦地去寻求多元呢？因为她彻悟，信息时代的创造发生机制是"一切尖端乃常规之超常综合"。登月的阿波罗飞船是如此，生命基因工程是如此，比较文学的研究也该如此。当今学者最过硬的功夫不是"一招鲜，吃遍天"了，而是将多元的"不鲜"组合出尖端的"鲜"来。中国的比较文学队伍是多元的，她本人的学术元素是多元的，多年来，她就在这两方面苦心孤诣地进行系统组合，使得中国比较文学后来居上，使得她总在喷吐着朝霞式的绚丽文章。

有人形容她的文章如杜甫的诗说："好雨知时节,当春乃发生。"这不是一场断魂的纷纷春雨，而是化着从被拴的蜻蜓到鸟贩子手上的笼鸟，再到"我就是我"的自由精魂的丰富意象的春雨，是向即使不作比较文学研究的其他人也提供普适性人生方法论的春雨……

（发表于 1998 年巴黎《欧洲时报》）

一念之差差百年

—— 乐黛云、余华对谈实录

余 华

活着最重要

●

余华（以下简称余）：您一直都在教书吗？

乐黛云（以下简称乐）：是。我 1948 年到北大，1952 年留校，1957 年当右派，然后就下乡改造，1960 年又回来工作。

记者（以下简称记）：您经历过不少波折？

乐：这中间的故事很难说。余华你觉得呢？你那个《活着》的主角，受了这么多悲惨的遭遇，还是要活下去。

余：就是生命本身要求他活着，没有任何其他的理由，这是我的理解。

乐：按说生命的尊严与压力，其实是分不开的。如果你没有受到压力的话也就无所谓生命的尊严。你想，假如像阿Q一样，做什么他都不会往心里想，尽管很穷，并不感到这个生活的压力有多大，他有很多办法来缓解。真正对生命的尊严有所珍惜的人，才会感到生活的压力。

余：没法分开。而且不同的时期不同的阶段，压力和尊严也不一样。我们浙江有一个作家跟我说，汪静之已经九十多岁了，

295

每天早上还出去慢慢地跑步。我这个朋友有一天早晨想出去锻炼一下，就遇到汪老了。汪老对他说：你知道什么最重要吗？我告诉你，活着最重要，其他的东西都不重要。

乐：所以你的《活着》就是受了这个启发？

余：那已经是《活着》以后了。那是1996年、1997年发生的事情。后来我在杂志上看见王安忆的文章，她说得也很好。她根据沈从文的一个孩子写了一篇回忆录，说沈从文评价一部小说的好坏的标准就是：这个小说好！就是写得很家常。

然后王安忆又说起她看到一篇采访汪曾祺的报道，人家问汪曾祺：你在"文革"中怎么没想到死啊？汪老说：你哭啊，你喊啊，你自杀啊，最后怎么着都不如活着好。

乐：我的老伴汤一介，"文化大革命"开始的时候就是陪斗，一斗冯友兰他就陪斗。当时冯友兰年岁已经很大了，他不是留着胡子吗，大家就把他摁在台上，把他的胡子一根根地拔下来。后来汤一介就问他，就当时你是怎么经历过来的？冯友兰说当时我什么都没想，我就想到佛经上的"心如菩提树，身如明镜台。本来无一物，何处染尘埃"。我就老背那首诗，所以他们怎么对我，我根本没感觉。这本来就是虚幻的……

余：对，对。

记：但是在他们的心里这一定是真正的伤痛？

乐：那当然是了。所以知识分子是有两种的，有一种是宁为玉碎不为瓦全，可是那个时候如果都像那样的话，知识分子就剩不了多少。

尊严不能用死来捍卫

⊙

乐：当时我在北大知道自杀的有六十多个，有年轻的也有老的。我现在住在北大校园里，每次从未名湖走过，脑中都会出现那些人的影子，他们笑的样子，说话的样子……

余：这是北大的另一面，另一个历史。前几天有一个报道，关于邓朴方的，有一句话他说得很好。大家问他：你"文革"的时候为什么跳楼自杀？他淡然一笑，说：一念之差，就是一念之差！只是一念之差，你可能就活不下来了。所以，并不是说自杀的人的经历要比活着的人要重得多，其实可能还轻一点。

记：那么你赞成哪一种？

余：我当然是赞成好死不如赖活着。

乐：一念之差，说得很对。但是像翦伯赞，他是著名学者，也是民主人士，他被赶出原来的教师宿舍，老两口住在北大东门外边一个小胡同，住的只有一间屋子，也没有厨房。他就在屋子的前面烧了一个煤球炉，用来做饭吃。当时有小孩跟在后面摇旗呐喊的，每次火刚一升着，就一碗水倒下去把火泼灭了，老太太就重新再烧。后来上面指示，说这样的人养起来就算了，不要再去找他的麻烦了，让他搬回原来的地方去住。可是搬回去没多久，夫妻两个一起吃安眠药自杀了，穿得整整齐齐的，两个人也很安详。

那么，他为什么还要死呢？最困难的时期已经过去了。后来大家跟他的学生聊天的时候谈起这个，说可能有两种原因，一个就是他可能觉得我一个知识分子，应该靠自己的知识……做了这么多年，游手好闲的被人家养！

余：如果没有那个批示的话……

乐：那也许他还活着。

余：这才是真正的宁为玉碎不为瓦全！

乐：真的，这个生命的尊严到底怎么捍卫，我觉得这不是一个简单的问题。比如说我，当初我下放到农村去，可是我从来没想到过死，主要就是觉得一定会搞清楚的，我不是他们说的那种人，为什么要在成为那种人的时候死掉呢？我就要活着给他们看。这是我当时最重要的支柱，生命的尊严就表现在那个地方了。尊严并不是要用死来捍卫，所以我一定要活下去。

时代不同压力不同

◉

余：我是六十年代出生的，我觉得我们这一代正好是个分界线，我们跟前辈们比较容易沟通，我们之后的一代如果跟我们都很难沟通的话，那么跟我们的前辈也就不太好沟通了。因为很多感受不一样。

乐：而且人生的价值也不一样。

余：对，完全不一样。

记：您的学生当中也有像余华这么大的，他们已经成为社会的中流砥柱了，您怎么看他们这一代？

乐：总的来说，他们这一代就是还有一些追求。

记：您不太满意的是哪一代？

（乐黛云刚要回答，余华指着记者说：像你这一代的！乐黛云大笑，说：像你们年轻的这一代啊，我真是……）

乐：现在有些本科生啊，我真是没法说他们。做什么事都是功利放在头一位。你就是让他查下资料或者是打一份东西他都要问你：多少钱？而他们根本就觉得现在这个世界就是这样的。上网占去了很多时间，功课也不是很认真地写，一心一意就是想怎么出人头地。

记：余华那一代在这一点上是什么样？

乐：他们这一代的环境比我们那时候要好一点，起码没有人去强迫他们说他们不愿说的话。

记：但是他们也挨饿呀。

乐：挨饿都是肉体上的，我觉得倒不是很重要的，最痛苦的是逼着你说你不愿意说的话。而且，我们那时候大家对于生活上的追求还是比较少的，没有说要住大房子啊什么的，也因为没有这种可能，你就甭想，老老实实在筒子楼里也就住了这么多年。现在这方面对于年轻人来说是很大的压力呀。他们要攒钱买车买房子，所以给他们造成很大的生活上的压力。……余华你觉得最大的压力是什么呢？

余：像您说的把相处得不错的人变成"反革命"，这是最难受的。

记：你也经历过？

余：我没有经历过这个。我经历的是什么呢？就是在小学的时候，老师经常发动我们互相揭发，谁说了反动口号？父母有没有说过反动的话？好在我的父母没有在我面前说过反动话，否则我脑子一热也把他们卖出去了，这很有可能。所以余杰写文章批余秋雨，那就是不了解历史了。我可以做一个这样的比喻，就是那个时代的年轻人对革命的热情超过了现在对上网的热情！如果说再过二十年谁上网谁有罪的话，那……几乎人人都上过网了！

别听成功者的片言

◉

记：松下幸之助说，有些人高呼口号从事解放运动，可实际上却压迫了人。

余：这种成功者的片言只语代表不了什么。所有的人，他获得成功一方面是他的才华，另一方面还有无数个巧合，无数个机遇。当初，如果一个岔口岔开，他可能就走了一条失败的路。无论是像乐教授这样做学问的也好，像我这样写小说的也好，你回忆过去，到了每一个关键的时候会发现它们都是一个巧合。

但是成功者成功后往往开始说一些总结性的话，你是绝对不能听的。而且，我发现成功者有一个嗜好，他们愿意虚构自己的过去，而不愿意面对自己真正的过去。他愿意把过去虚构得顺理成章的——只有我这样的人才能成功。

乐：想一想也真的是这样。

余：这也像北大一百年校庆一样，它就是要找一个光明面。但是呢，正如乐教授所说，北大在非常时期有六十多个冤魂呢。还有，在整个北大那么多年里面有多少人离开了北大？有多少人进来了北大？这其中这么多年来发生了什么？这些才是真正的……生命是在这种地方！而不是一个人在成功了以后面对着摄像机说话。

现在想起来，我当初要是考上大学的话，也是来北大做乐教授的学生的话，我就可能不写东西了！是不是？人生就是这样。

刚开始对你不是一件好事，最后可能变成一件好事；而刚开始是好事的，最后很可能会变成坏事。

乐：这个偶然性，我看，真是佛经里面说，人生有八苦，里面除了生老病死之外最重要的就是求不得苦。你想要什么，始终是求不得的，即使得到了以后也不会心满意足，又会有更新的目标。正是因为这求不得苦，才感觉到生命的尊严。如果你根本就一无所求，或者有钱我就大吃大喝，就去赌，那就无所谓生命的尊严了。

余：这就像去买体育彩票，你必须先花了钱去买，你才有一点点中的希望；你要是不去买的话，那就根本没有希望。人生也是一样，你走了这条道路，跟这条道路有关的东西才能相遇，如果你不做这个事情，跟它有关的每天都出现但遇不到。

乐：即使遇上也不会发现。我那时下放到农村，虽然很累，但是精神上很平静，因为我的老伴对我特别好，每个星期都一定要给我写一封信，这对我非常重要。依然爱说爱笑，并没有像有的人被压得抬不起头。过年的时候我们右派开联欢会，我还带着他们唱歌，唱的是"祖国，歌颂你的明天"。结果第二天把我抓去斗了一顿，说："你还歌颂明天！你对今天怎么看？"

那时在农村，你是个右派你就应该低眉下眼地低着头走路，我偏就不信，我还挺着胸走路。当时很年轻，才二十五岁，还戴着一个花头巾，也打扮得挺潇洒的样子，人家拿我没办法。这个我觉得也是一种生命的尊严，就是你对自己的信心，以及你要做一个什么样的人，你对外界投降到了什么程度。

余：乐老师刚才说的那些，我一听就特别能理解。你要是七八十年代出生的人，他听着会像听一个故事一样。

301

圆新鸳鸯蝴蝶梦

邱华栋

学坛辉映两颗星

⊙

前些时候，乐黛云教授在北京大学作了一次"我与北大"的演讲，情真意切，把自己和北大的几十年"情感纠葛"统统都交代了，竟使许多学生都眼闪泪花。而在听讲座的后排，有一位额头宽阔、目光睿智的学者也微笑着颔首鼓掌，他就是北大哲学系教授、博士导师汤一介先生。

无独有偶，在另一次关于"中西文化的二十一世纪走向"的国际研讨会上，汤一介先生在讲台上慷慨陈词滔滔不绝时，在前排坐着的乐黛云微偏着头，眼睛里深露出孩童般天真、钦慕的目光，看着汤一介先生，饱含赞许、鼓励与爱意。

作为中国当代著名哲学家，汤一介先生已经写了《郭象与魏晋玄学》《中国传统文化中的儒道释》等五部专著，发表论文一百余篇。还任中国文化书院院长，又兼任欧美多所名牌大学的客座教授，培养和正在培养的硕士、博士生有二十几名，在国际上影响广泛，近年来参加世界学术讨论会数十次之多，在全世界飞来飞去。

乐黛云教授任北大比较文学研究所所长、国际比较文学学会副会长，著有《比较文学原理》《中国小说中的知识分子》等四部专著，主编有三十种书籍，任欧美多所名牌大学的客座教授。是她一手开创了比较文学在中国的事业，而她自己，也藉此成为中国当代著名文学理论家。

两个老北大，一文、一哲，几十年是如何一路在学海"闯荡"过来的呢？

汪洋中的两条船

⊙

1949年下半年，祖国刚解放，他们俩一同在北大念书，当时汤一介任校团委宣传部长，乐黛云任群众文化部长，一来二去就认识了。他们俩一个读哲学，一个读中文。后来两人互相有了好感，就在一起走，当时大家都反对学生谈恋爱，看见他们俩亲亲热热，就老提意见。有一次开团员代表大会时，他们俩提出来，恋爱并不会影响工作，相反倒能促进学习与工作。"结果我们俩胜利了。所以，北大建国后学生谈恋爱还是从我们俩开始的呢！"说起这一点，乐黛云很自豪。1952年，他们毕业后，汤一介被分配到北京市委宣传部，乐黛云留在中文系任教，两人就结了婚。

1957年，"反右"大风一刮起来，乐黛云就被打成了"右派"，那会儿他们的女儿三岁多一点儿。当时乐黛云觉得中文系的年轻人没有发表作品的阵地，就办了一个同仁刊物，结果被认为是"反革命小集团"，和其他几个支部书记一起成了"右派"头子，齐刷刷地。

这下可好，他们俩成了敌我矛盾了。"当时的情况很严重，许多夫妻都受不了那个压力而离婚了，可我却认为，乐黛云绝对不是右派，她倒是一个少共布尔什维克，结果给了我一个严重警告。她到乡下劳动，我给她写信仍称'同志'，有人就批判我'丧失立场'。"汤一介豁达幽默地边笑边说。但他也没逃得了政治风雨，几年后，"文革"中他被打成了"黑帮"，而这会儿乐黛云成了"死老虎"，这下两人全掉进"海"里了。

批斗汤一介时，他手里举个很大很重的木牌子，他当时只有一个念头：这牌子绝对不能从手上掉下去，一旦摔下去砸死了人，那真成了"反革命"了。

"老汤那会儿身体不好，白天斗完晚上还要把他关在哲学系二楼'攻心'，每天攻到十二点。那时候我很害怕，心想万一把他带走了怎么办？当时就有人突然失踪，再无下落了。所以我每天都在哲学系楼下台阶上等他，和他一起回家。"

在那个疯狂的年代里，知识分子的命运就像是航漂在大海之上。"文革"后期，江青组织了"梁效"大批判写作组，把汤一介又"网罗"了进去，还有周一良等许多名教授，叫他们写大批判文章。毛主席逝世和粉碎"四人帮"后，把他们又都关起来了。

中国知识分子几十年的沉浮与挣扎，他们亲身体会了，他们的两个儿女因此都学了理科，为的是离意识形态远一点，别再像父母那样天天提心吊胆。

"结婚四十年来，无论我们在生活中各自遇到了什么风浪，我们都互相信赖，没有在严重的时刻背叛谁，一直肩并肩走下来了。"他们俩说起遥远而又辛酸的往事，唏嘘不已。"但我们毕竟走过来了。"

两个"好汉"互相帮

⊙

汤一介在 50 年代就打下了十分扎实的马列哲学的底子，经过了政治风云的变幻，他转而研究中国哲学了。他们俩现在各有各的书房，各坐拥一座书城。"他对我帮助很大。我是念现代文学出身，古代的底子太薄，他就常笑我，说我的文章写得过于浪漫主义。而他对新东西看得不多，外语又没我好，我就常给他提供新信息，我们'合作'得很愉快。"乐黛云半开起玩笑地说。

他们俩有时候也争论，汤一介研究儒家，乐黛云认为在中国传统文化对妇女的压迫方面，他没有具体的体会，老认为孔子伟大、正确。但汤一介对她也有一个小小的不满，因为乐黛云做饭特别好，可近五六年来，他再也没有品尝她做佳肴的口福，因为她也太忙了。"因此，我一肚子怨言，都没法说出口。"汤一介委屈地抱怨说。

汤一介在生活上关注得少，乐黛云每次从国外回来，都要带给他一个小礼物，他属兔，所以她就送他小兔子，在书架上，各个国家的兔子，有几十只。"可他却从来不会想到这个。"乐黛云说。

"不，这个她可说错了，我从来不送她小东西，送她的可全都是大件。电脑我送了她一套，电子琴也送了她一套。我今年准备送她一个新电脑和电传，因为我刚得了一万元稿费。我送她可从来不送小东西。"

"他都送我有用的，可有时候我觉得没有小东西更好玩，更有情趣，这一点他却想不到。"乐黛云反驳说。

"也许这就是浪漫派和务实派的区别吧！"汤一介说完，大家都笑了。

305

两条大道通"罗马"

◉

现在，他们俩都在写《我的学思历程》，由台湾明年出版。这套书共约了全球十二位著名华人学者来写，大陆就他们俩。

说起走上比较文学研究的道路，乐黛云感触颇深："只有将文学研究放在世界的背景下，才能把中国文学搞清楚。现在，世界文学的发展是全球意识下的多元发展，欧洲中心论已经破除了，必须要有一个全球意识，否则就会被封闭在整个文化之外，对世界没有贡献。"

而汤一介搞文化哲学研究，也是在这样的视野下展开的。欧美有些学者认为，21 世纪将是东西方文化冲突为背景，特别是向阿拉伯文化与儒家文化发展，如何使各种文化走向对话和协调，是他一直努力思考的问题。他不太赞成知识分子边缘化，"知识分子应该从专业出发，做深入研究，对现实发生作用，是我们的使命。"汤一介胸有成竹。

80 年代以来，他们俩的学术研究进入了黄金时期，除了写书、读书、编书，他们还搞了很多国际文化、文学研讨会，推进中国当代文学与文化的进展。汤一介说："我想再写十年，第一个工作是重写《中国哲学史》，从老子一直写到今天，类似于黑格尔的《哲学演讲录》那样的。另一个计划是写一部《西学输入史》，总结一下我们吸收西方文化的经验与教训。"他认为，人类文化目前正在逐渐走向融合，把以外在超越为特征的西方学说与以内在超越为特征的中国学说结合起来，形成一个高层次的文化体系，是他的目标，也是人类文化的走向与前途。

而乐黛云除了写完那本《我的学思历程》，还想写一本《中西诗学对话》，并把她主编的《世界诗学大辞典》的中国词条部分译成英文。她很有信心，"我打算再干十五年。"

两个退而坐拥书城，进而直航五洲的学者夫妻的生活是紧张而又有序的。在他们的心中，的确有一条道路，那就是，在这个全世界文化走向融汇与整合的时代，作为东方的中国学者，如何使中国文化纳入现代文化发展的总潮流，是自己首要的任务。

俗话说，条条大道通罗马。他们也有他们心中的"罗马"，趁着这旺年头儿的大好时光，他们还打算猛跑十年二十年，谁说青春只是青年人的事儿！

（《中华英才》1994 年总第 86 期）

图书在版编目（CIP）数据

探索人的生命世界 / 乐黛云著；江力选编. —— 北京：东方出版社, 2022.6

（大家文丛 / 江力, 李克主编）

ISBN 978-7-5207-1694-9

Ⅰ.①探… Ⅱ.①乐… ②江… Ⅲ.①散文集—中国—当代 Ⅳ.①I267

中国版本图书馆CIP数据核字(2020)第180431号

探索人的生命世界

(TANSUO REN DE SHENGMING SHI JIE)

- -

编 著 者：乐黛云 著　江力 选编

责任编辑：闫　妮

特约编辑：吕玉萍

出　　版：东方出版社

发　　行：人民东方出版传媒有限公司

地　　址：北京市朝阳区西坝河北里51号

邮　　编：100028

印　　刷：艺堂印刷（天津）有限公司印刷

版　　次：2022年6月第1版

印　　次：2022年6月第1次印刷

开　　本：145毫米×210毫米　1/32

印　　张：9.75

字　　数：210千字

书　　号：ISBN 978-7-5207-1694-9

定　　价：54.00元

发行电话：（010）85924663　85924644　85924641

- -